东京空港杀人事件

MORIMURA SEIICHI

［日］森村诚一 著

叶荣鼎 译

四川文艺出版社

图书在版编目（CIP）数据

东京空港杀人事件 / (日) 森村诚一著；叶荣鼎译. — 成都：四川文艺出版社，2020.6
ISBN 978-7-5411-5646-5

Ⅰ.①东… Ⅱ.①森… ②叶… Ⅲ.①推理小说—日本—现代 Ⅳ.①I313.45

中国版本图书馆CIP数据核字（2020）第037842号

TOKYOKUKOSATSUJINJIKEN
© Seiichi Morimura 1981
First published in Japan in 1981 by KADOKAWA CORPORATION, Tokyo.
Simplified Chinese translation rights arranged with KADOKAWA CORPORATION, Tokyo through The Copyright Agency of China.

著作权合同登记号　图进字：21-2020-207

DONGJING KONGGANG SHAREN SHIJIAN
东京空港杀人事件
[日] 森村诚一　著
叶荣鼎　译

出 品 人	张庆宁
责任编辑	余　岚
封面设计	叶　茂
内文设计	史小燕
责任校对	蓝　海
责任印制	崔　娜

出版发行	四川文艺出版社（成都市槐树街2号）
网　　址	www.scwys.com
电　　话	028-86259287（发行部）　028-86259303（编辑部）
传　　真	028-86259306
邮购地址	成都市槐树街2号四川文艺出版社邮购部　610031
排　　版	四川最近文化传播有限公司
印　　刷	成都勤德印务有限公司
成品尺寸	145mm×210mm　　开　本　32开
印　　张	9.5　　　　　　　　字　数　230千
版　　次	2020年6月第一版　　印　次　2020年6月第一次印刷
书　　号	ISBN 978-7-5411-5646-5
定　　价	49.80元

版权所有·侵权必究。如有质量问题，请与出版社联系更换。028-86259301

〈代序〉

森村诚一,本格派与社会派兼容并举的代表作家

叶荣鼎

12岁那年,森村诚一在家乡经历了美军最后一轮空袭,此后,又经历了反战和平运动。走出埼玉县熊谷商业高中校门后,森村经伯父介绍进入东京都内汽车零配件公司从事汽运工作。某日,他驾车运输商品途经神田骏和台坡道时,因难以驶上坡道而犯愁,巧遇明治大学的学生们路过,出手相助将车推上坡道。大学生们的"助人为乐",促成了森村毅然辞去汽运工作迎考大学深造这一转机。

经过紧张的高考复习阶段,森村成功地考取了青山学院大学文学部英美文学专业。四年大学期间,森村参加旅行兴趣小组,热衷于登山,练就了硬朗的身板。森村毕业时,正值1958年日本大学生就业不景气时期,他原计划去媒体行业就职,最终希望化为泡影。因擅长英语,森村后来被妻子娘家亲戚所在的某酒店聘为总服务台职员,在那个岗位工作了长达九年。森村孩提时便沉湎于读书,知识面广,尤爱阅读西方名著,《约翰·克利斯朵夫》可谓他的"文学圣经"。适逢森村工作的那家大酒店位于东

京都闹市中心，附近有文艺春秋出版社，这就唤醒了他从小立志成为作家的梦想。当时，流行作家梶山季之、阿川弘之、黑岩重吾、笹泽左保等人寄宿在森村所在的酒店创作，森村便借机与作家们朝夕交往，赢得了作家们的高度信赖。其间，森村与梶山季之感情甚笃，受托保管其文稿，受托送其文稿给出版社责编，这给了他饱览梶山手稿的难得机遇。森村通宵达旦地读稿解构，仿写创作，并将自己的创作稿交由梶山季之斧正。若干年后，梶山将森村收为编外弟子，鼓励他大胆创作，帮助他反复修改，极大地增强了他创作的自信心。然而，酒店是一个彻底毁灭追梦青年个性的职场，森村愈发感到自己犹如囚禁在笼里的一头困兽。

一个偶然的机会突然降临。森村受到文艺春秋出版社某编辑的鼓励，开始撰写描述酒店工薪阶层的生活随笔。完稿后，他向包括文艺春秋杂志在内的多家杂志投稿。32岁那年，森村以"雪代敬太郎"的笔名（母亲为他起的）创作的《工薪族恶习》，在日本文坛一炮走红，初露锋芒。在享受同行与读者的好评声中，森村也受到了上司劈头盖脸的怒怼，斥其热衷于写作而怠慢于酒店服务工作。以此为契机，34岁即1967年那年，森村离开了酒店，转聘于商业学校任教，业余时间依然坚持创作。不久，森村含辛茹苦创作的《大都会》问世，但因一路滞销而心情郁闷，又在出版社热心编辑的提议下，开始潜心于侦探推理小说的创作，以周末旅行的山岳险境经历和长期供职酒店的阅历为题材，进行缜密构思。1969年，森村以酒店为背景的本格派与社会派兼容的侦探推理小说《高层的死角》闪亮登场，获得读者们的热购与同行们的好评，在高水平的入围评奖作品中拔得头筹，登上第十五届江户川乱步奖的宝座，深受鼓舞。自1970年起，森村便专职创作侦探推理小说。

1973年，《腐蚀的构造》异军突起，荣获第二十六届日本推理作家协会奖。森村塑造了栋居弘一良刑事警官这一特色侦探形象。1977年，《人证》搬上银幕，名驰海外，森村诚一成为角川书店的主要签约作家。

因《人性的证明》《青春的证明》相继走红于日本文坛，森村诚一惊动了国际侦探推理文坛。接着，先搬上银幕的《野性的证明》，一夜走红于日本全国各地院线，从而，之后出版的同名小说《野性的证明》发行量过亿，刷新了侦探推理小说销售史。20世纪80年代，日共机关报《赤旗》连载了森村的《恶魔的饱食》，刊登了日本关东军731部队在中国活体解剖实验、试制生化武器的照片，向日本人民和世界人民揭露日本军队在中国犯下的滔天罪行，在国际上引起了空前反响。

森村不仅作品优质高产，而且广交朋友。与同时代作家大薮春彦感情深厚，在大薮葬礼上受邀宣读悼词。与角川书店的角川春树社长结成同人加挚友的关系，在角川春树社长涉嫌毒品犯罪被捕入狱后，为防止角川书店经营失控下滑，森村联合许多同人和读者创办了"角川书店未来思考会"，鼎力支撑角川书店度过了有史以来最艰难的时期，之后，森村整理出版了《伊卡洛斯也许苏醒——角川事件的死角》。那以后森村开始涉足写真与俳句的创作领域，每次外出旅行或散步，总是带着大小相机及其配套器材，记录下珍贵的美景，出版了一系列写真与俳句作品。2006年3月1日，在《朝日新闻》上发表随笔《俳句与写真的忠告》，不久兼任《芦笋与写真俳句私塾》评委，点评俳句与写真爱好者们提交的作品。2015年，森村诚一参加群众集会，就安倍晋三政权设立推进修改和平宪法机构的妄动，展开了义正词严的批评，决不允许安倍晋三政权将日本推向战争策源国的险境泥潭，并在报刊上发表了措辞极为严厉的批判檄文。

《东京空港杀人事件》作品的情节设计和运用超常独特，自始至终高潮迭起，扣人心弦。在侦查不断深入的同时，小说精彩的情节设计将日本企业界疯狂而又激烈的竞争和人性亲情的扭曲刻画得惟妙惟肖，读来可信，酷似洞察日本经济社会的"洞若观火般窗口"，折射出了本书作家森村诚一不同于其他作家的独树一帜的写作魅力。森村诚一的作品所获殊荣如下：

1969年第十五届江户川乱步奖
1973年第二十六届日本侦探推理作家协会奖
1974年第十届小说现代黄金读者奖
1976年第三届角川小说奖
2008年第十届加藤郁乎奖
2011年第四十五届吉川英治文学奖

《东京空港杀人事件》久负盛名，经久不衰，被称为推理小说界常青树、重磅大作，集中彰显了作家"写技平中出奇，诡计高人一筹"的写作特点，在日本受到了同行界的好评和读书界的追捧，被译成多种外语版本畅销于国际。

一部优秀文学翻译作品的问世，离不开各位同人为之付出的心血。值此，衷心感谢卓尔不群的四川文艺出版社张庆宁总编、彭炜主任、余岚责编，衷心感谢为封面设计、版式设计与审读校对等付出努力的工作人员。谢谢！

2019年小雪写于上海虹桥东华美寓所

主要登场人物

大竹义明　　　全日空专务
系永夏雄　　　日本航空工学界权威、东京大学教授，
　　　　　　　调查组组长
新堀宇吉郎　　日本航空工学界权威、A大学教授
杉井一郎　　　千代田重工业公司总工程师
大桥盛太郎　　亚洲重工业公司副总裁
野村市松　　　全日空航空公司副总裁
丰田恒男　　　国家航空部航空管理局局长
吉村健太郎　　国家航空部航空管理局辅佐官
木下公平　　　航空评论家
培斯曼　　　　美国斯普鲁多飞机制造公司副总裁兼总工程师
乌托尼侬　　　全日空驻美国阿拉斯加空港飞机保养班主任
小室安彦　　　全日空秘书
小室由纪子　　小室安彦妻子
真壁慎一郎　　中央银行副总裁
杉原省造　　　千代田通商公司专务

为谷敏之	千代田通商公司秘书
真壁慎一	真壁慎一郎的儿子
大竹美和	大竹义明的女儿
大石常子	东京空港宾馆客房女服务员
江森	东京空港宾馆保安员
那须警长	东京空港"8·11"凶杀案侦破专案组组长
横渡警官	东京空港"8·11"凶杀案侦破专案组侦查员
十君警官	东京空港"8·11"凶杀案侦破专案组侦查员
堀越警长	神奈川县厚木"9·30"凶杀案侦破专案组组长
田边警官	神奈川县厚木"9·30"凶杀案侦破专案组侦查员

目录

序　章　坠　落 /001

第一章　羽田 10~15 公里东水域 /039

第二章　坠落的背景 /064

第三章　第三事故原因 /078

第四章　推理的准确率 /100

第五章　被消失的未婚夫 /111

第六章　二重密室的死者 /118

第七章　妖怪的嫌疑犯 /140

第八章　乌托尼依的死 /164

第九章　迷路的诱饵 /182

第十章　第三收件人 /211

第十一章　生存的条件 /225

第十二章　规模庞大的犯罪 /241

第十三章　凄绝的交差 /251

终　章　虚无的判决 /282

序章 坠 落

1

火花，发生在一刹那间。随着飞机左翼传出剧烈而又沉闷的轰隆爆炸声响，升腾起冲天的火光。旋即，机身大幅度向左倾斜。

与此同时，飞机左翼上的第一引擎与左翼端部，处在熊熊烈火的包围之中……

在高空飞行途中，最令广大旅客感到恐怖和绝望的，莫过于机身着火。客机，一旦置身于茫茫的九霄云外，如处与世隔绝的境遇，喊天不应，叫地不灵。它与水陆交通工具着火有着截然不同的区别，既不能外逃化险为夷，又不能跳水死里逃生。

刚才还镇定自若、谈笑风生，以翱翔九天为乐的一些旅客，霎时面如土色，魂飞魄散。客舱内乱成一团，仿佛号角悲鸣，哀乐四起。尤令人揪心的，是孩子们此起彼伏、惊恐万状的号啕大哭。

昭和三十×年三月十二日上午十一时三十分，全日空461定期航班的白峰号喷气式客机，载着八十二名乘客和全部机组人员，从途中停靠的空港起飞，进入喷气式飞机J115航线飞行。该航班是途经北冰洋上空，飞往英国伦敦的国际定期航班。

到达菲阿万科斯导航站上空后，进入J120航线飞行。到达福多由贡导航站上空后，即进入北冰洋上空飞行。此后，则根据飞行员的判断飞行。

这条国际航线，是沿北冰洋上空飞往欧洲的"空中立体高速公路"。在这条航线上，各国飞机因飞行方向不同，故而上下重叠、前后紧随、纵横交错、穿行如梭。飞机之间的上下距离，必须保持在六百米左右。飞机之间的前后间距，必须保持在十分钟以上。

遥望这条空中立体高速公路，空间寥廓，视野清晰，交织着菲阿万科斯导航站和福多由贡导航站的超短波全方位无线标识。过去，飞机是根据山、河以及城镇的目标标识，目测飞行。现在，为排除云雾之类的视线障碍以保证全天候飞行，既可按照无指向性无线标识和无线距离测试组成的彩色航线，也可根据超短波全方位无线标识结成的航线飞行。

天上的交通高峰与地上相同。空中立体高速公路，也由于飞机数量的剧增，高峰迭起，拥挤不堪。在规定上下间距和前后间距的空间里，不允许两架飞机在同一时间里并驾齐驱。因此，在现代化的"全天候航线"上飞行，即便各飞机之间不清楚相互间的上下前后距离，也绝对安全。

在飞机上，一旦"禁烟指示灯"和"系安全带指示灯"的灯光消失，起飞时的紧张情绪，从旅客们的脸上一扫而光。取而代之的，则是轻松自如、潇洒走一回的气氛。

当然，人们无论怎么习惯于空中旅行，也都难以摆脱起飞时神经的高度紧张。安全起飞后，客舱内说话声与欢笑声汇合在一起。有看杂志的，有抽烟卷的，也有把目光移向窗外"搜寻"宇宙的奥妙的。

当飞机升到一万米高空时，其时速约一千公里，飞行开始趋于平稳。如果飞机周围的气温在零下五十摄氏度,风向北偏东,无降水量,云层稀少,便是最佳飞行时间。从一万米高空俯瞰,阿拉斯加的中段冰原,仿佛是一望无际、波纹涟漪的白色飘带。

十一时××分,白峰号客机在到达规定通报飞行情况的空中位置时,向地面的空中交通管制所通报了客机自身的标识符号、位置、经过时刻、飞行高度、飞行方式以及到达下一个航站的预定时间。

火龙,正是在报务员通报后的一瞬间发生了!

不过,机长松田君保持着高度的沉着冷静。他指挥助手们严格按照消防操作规程,有条不紊地采取了灭火措施。在短短的一分钟时间内,火被扑灭了。

"女士们,先生们,请镇静,火已被扑灭了!左翼的第一引擎上只是稍稍出了点故障,危险已经排除,请放心!现在,请大家系上安全带,在各自的座位上坐好,不要慌张!"

驾驶舱内的机组人员总算松了一口气。就在这当儿,又出现了危险情况,而且迫在眉睫。

"左边的副翼几乎被烧毁了!"

机械员水原君脸色苍白,慌慌张张地向机长松田君报告。飞机一旦失去副翼,连颠簸飞行的可能性也不存在了。

松田君的脑海里闪过一个念头,飞机必须立即返回刚才起飞的空港降落。但安全降落,有严格的机身重量限制。由于刚起飞不久,油箱里灌满了燃油。要么继续使用,要么空中排放,否则,被禁止降落。

倘若,刚才的引擎故障导致电线系统短路以及金属部分过热,那么,整个飞机将顷刻间燃烧成"火团"。

松田君根据自己的经验判断,飞机必须立刻紧急着陆。

"驾驶喷气式飞机，不需要著名飞行员，也不需要怎么熟悉飞机。按照飞行手册上的规定，无论发生什么情况，飞行必须优先。"

松田君以往接受过这样的训导，如今也经常这样教导晚辈。但眼下，要求全面而且彻底地发挥自己的处置能力和判断力。

松田机长经过长期的研究且吸取了许多同行以生命换来的教训，养成了超常的良好习惯：无论遇到什么困难，都能作出迅速反应和准确判断。他清醒地意识到，眼前所面临的，是自担任机长以来罕见的特大事故。

事态，在变本加厉地恶化。储压表的指针处在正常数值一半的位置上。假若仅第一引擎失去功能，并不影响飞行。剩下的三台引擎，能继续保持飞行。即便仅剩下一台引擎，飞行也能照常进行。不幸的是，受刚才爆炸的影响，储压器被损坏了。犹如人心脏周边的动脉血管被切断一样，属于重大事故。

控制机身的副翼、方向舵以及传动齿轮的升降，都是依靠储压器进行。由于储压器的损坏，飞行的正常态势越来越难以维持。

松田君和副驾驶使出吃奶的力气紧紧握住方向舵的操纵杆，力图保持平衡。可机身仍不断向左倾斜，似乎被牢牢控制在千钧之力的恶魔手中。

"快打开备用储压器！"

机械员水原君赶紧打开备用储压器，机身恢复了平衡。可兔子尾巴——好景不长！少顷，机身又开始向左侧倾斜。

松田君见状，立即命令副驾驶相川君与刚才起飞的空港联络，详细报告飞机上所发生的紧急事态。

"一定要与空港联系上！就说我们准备紧急着陆。"

机长终于做出了决断。

要返回空港，必须在空中盘旋式飞行。可一旦盘旋开始，机身无法保持平衡，将瞬间导致机毁人亡。

旅客中间已经炸开锅了，情况更加糟糕。

飞机从高空快速下降。

副驾驶按照国际航空准则的有关规定，发出了紧急求援电文。

"我们是全日空的461国际航班。由于第一引擎和储压器发生了重大故障，无法继续飞行。请求紧急着陆，我们现在的位置是……"

飞机下面，鳞次栉比的险峰，如剑出鞘一般；比比皆是的悬崖峭壁，如同龇牙咧嘴、张开血口的猛兽，仿佛在等待美味的猎物那样，等候着受伤客机"自投罗网"。

这一带，似乎是阿拉斯加大山脉的一部分。映入眼帘的，是地势险峻的冰山雪峰和荒无人烟的冰川。无论怎么仔细搜寻，能使百吨多重的机身和九十一名旅客、机组人员安全着陆的平地似乎没有。并且，由于飞机的大幅度倾斜，已经到了千钧一发的时刻。飞机，必须立即着陆！

松田机长的眼眶里，血在涌动。他虽竭尽全力让自己保持镇定，可焦躁的情绪使喉咙干渴得难受，眼睛直冒金星，视线竟然模糊起来。

"镇定！再镇定！"他暗自喊着，不停地为自己打气。

他意识到，九十一条生命，此时此刻正攥在自己的手心里。

翻开他的飞行记录，安全飞行的时间已高达一万七千小时。他，也是"全日空"第一次开通途经北冰洋上空飞往欧洲航线的"首航机长"。昭和初期，邮政部在霞浦举办飞行训练班考试，他是那次考试获得飞行员资格中最年轻的学员。从那以后，他在长达近四十年的漫长岁月里，全身心致力于飞行事业。

二战期间，他曾在炮火纷飞的南洋群岛上空，成功地避开了地面上停有B17战斗机的军用空港，把旅客安全送到了目的地。二战结束后，他加盟全日空，成为国际热门航线的首航机长。可以这么说，他是一位空中经验格外丰富、驾驶技术特别老到的机长。眼下，他正凭借着自己近四十年来的飞行经验，全力以赴地面对突发性的特大灾难。

飞机正前方左侧，突然出现了一块被夹在群山中间的雪原，好像是那条白色飘带般冰川的末端。这瘦长的雪原上，如果降落操作得当，也许飞机能安全着陆。

"把飞机降落在那片雪原上！"

松田果断地下了命令。这时候，机身向左侧倾斜的角度越来越大，眼看就要翻身。刹那间，机械员水原君急中生智，再次打开备用储压器。其实，这样的动作已经不知重复了多少遍。机身，迅速朝雪原靠近。

"降下副翼！"

松田君下达命令的声音刚落，机械员水原君焦急地喊了起来。

"机长！如果使用备用储压器转动副翼，就会失去操纵方向舵的压力。"

已经到了万分危急时刻！松田君必须作出最后、也是最重要的抉择。为了减慢着陆速度，缩短滑行距离，就必须降下副翼。然而，为了降下副翼，又必须加大使用备用储压器的压力。可这么一来，备用储压器里的压力将消失殆尽，方向舵的操纵也将完全失灵。

失去副翼的有效减速，飞速的滑行将使远远超过着陆重量的机身像脱缰的野马，在这荒无人烟的雪原上横冲直撞。尤其是，飞机一旦撞上雪原周围矗立着的冰山，其后果不堪设想。

松田君的额头上大汗淋漓，汗珠一个劲儿地往眼睛里灌。硕长的雪原，如同汹涌的波涛，朝飞机迎面扑来。白色的巨型飘带，如同恶神脸上的白纱，随着呼啸的风声不翼而飞，露出了狞笑的真面目。可这一切，又被咆哮而去的机身扔在遥远的背后，瞬间无影无踪。

2

客舱里，刚才还喧嚷的人声已经消失。虽说有几个妇女被吓得魂不附体、面如土色，但经过乘务员细致耐心的护理和引导，得到了恢复。可也有个别旅客，由于惊吓尚处在瘫软状态。

为加大缓冲的力度，全体旅客一律穿上厚厚的救生衣，并将枕头和毛毯抱在胸前，保护身体。

"女士们，先生们，安全带都系紧了吗？眼镜、钢笔、圆珠笔、假牙以及其他带有棱角的东西，请不要放在身上！在飞机着陆的瞬间前，我会向大家发出信号。因此，请大家尽可能抱紧毛毯和枕头，尽量使整个身体呈弓形。如果大家能按照我说的去做，就不必担心了。请各位务必保持镇静，镇静，再镇静！"

乘务长和乘务员在走廊上，演示了飞机着陆时的姿势，希望大家模仿。从他们脸上的表情可以得知，眼下面临的紧急状况，他们也从未经历过。在他们空中走廊上的服务生涯中，可谓最危险的一次。

尽管如此，这些乘务员的脸上毫无惧色，相反面带笑容，给人以和蔼可亲的感觉。事实上，他们的言行举止，与旅客们的心理活动密切相关。旅客们打心眼里佩服他们，称赞他们不愧是一流的乘务员！可想而知，倘若乘务员们此时此刻的脸上现出惊慌失措、诚惶诚恐的表情,整个机舱内无疑会陷入混乱不堪且难以收拾的境地。

"即便能够安全着陆,接下来怎么安排我们?"

有位日本旅客向乘务员提问。

"请别担心!救援活动已经开始。再过几个小时,我们大家就可以回到空港宾馆,喝上热咖啡暖暖身子骨。"

依然笑容可掬地回答旅客提问的,是乘务员前川奈美小姐。

"我最希望能喝上一杯热酒,这要求能满足吗?"另一位日本旅客插嘴说。于是,引来了客舱内的一阵哄堂大笑。多亏这句轻松而又诙谐的插曲,使客舱里的紧张气氛迅速得到了缓和。加上乘务员熟练而又轻松的引导,分散了旅客们的注意力。旅客们不再对面临的严重局面胡思乱想、浮想联翩。

事态的严重性,虽应该随时向旅客们通报,可眼前的首要任务,须摆脱困扰在旅客们身上的沉重压力,从而减轻驾驶舱内机组人员的压力。

很快,客舱里的紧张空气又回升到顶点。银色的雪原,就在近前。最初在高空中俯瞰的时候,分明是平坦整齐的冰地,可眼下面对面观察,却变成凹凸不平的丘原。冰原上,好像覆盖着一层薄薄的新鲜积雪。由于飞机已经进入低空,视线往往受阻,可视距离仅达五公里左右。冰原上的空间,飘浮着薄薄的雾层,可视范围极其有限、勉强。

在这荒无人烟的冰原上,自己果真有救出超百吨重量的飞机和九十一条生命的能力吗?再者,由于危险,不可打开着陆架滑行。在这叫天不应、呼地不灵的雪原,一旦紧急着陆失败酿成火灾,是不会出现化学消防车和救护车的。

"要不要降下副翼?"

副驾驶相川君催促道。

"如果降副翼,必须现在就降,否则就来不及了!"

"好,降副翼!"

松田机长终于下了决心。

"将副翼降到十度!"

"将副翼降到二十度!"

松田君和相川君拉开嗓门喊道。

支撑机身的备用储压器的压力迅速流入副翼的操作系统。转眼间,备用储压器里的压力处在零的状态。倾斜的机身,几乎贴着地面飞行。也就是这一瞬间,驾驶舱内机组人员的手上淌满了汗水。

"副翼,降成功啦!"

飞机上所有机组人员不由得松了一口气。紧接着,更大的难关紧逼而来。

时速,被牢牢控制在三百公里左右。可即便如此,仍然超出正常着陆规定六十公里的时速。习惯于平坦跑道着陆的飞机,其机身底壳将面临无数被积雪遮盖着的"凹凸陷阱"的考验。

"前进!"

机长松田君似乎在向自己下达最后的命令。他猛地加大马力,将机头朝地面俯冲。客舱里的全体乘务员宛如一尊尊石雕,坚守在各自的岗位上,等待着命运的归结。

3

惊心动魄的俯冲开始了。凹凸不平的冰川,犹如巨大的飘带,在机身下端此起彼伏。就在底壳着地的瞬间,机身剧烈地跳跃起来。此刻，沉重的飞机已经无法调整"麻雀跳跃般"的着陆姿势。三百公里的时速仍丝毫没有减弱。紧接着，飞机展开第二次着地俯冲。

飞机着地后，仿佛被扔入特大型搅拌机里，左右摇摆式的摩擦和颠簸接踵而来，持续不断。在冲出着陆地五十米左右的地方，飞机左翼与凸起的冰块发生了猛烈的碰撞。猛然间，左翼上第一引擎与第二引擎之间发生断裂，裂成笔直的两大部分。

这起致命的相撞，致使机身猛地向右跃起。咣当！断了左翼的飞机，与右侧锯齿形的特大冰块迎面相撞。随着一声巨响和雷电般的闪光，喷泉般的火柱朝空中腾起。

整个机身，以主翼根部为中心线断裂成前后两大块。数名旅客仿佛飞机的残骸碎片，被一股巨大的热浪弹射到坚硬的雪原上。与此同时，悲鸣声、喊叫声和哭泣声交织在一起的"大合唱"，被震耳欲聋般的连续爆炸声吞噬。

坐在机尾乘务员休息室的乘务长大竹义明和乘务员前川奈美，丝毫没有受伤。他俩敏捷地松开安全带，赶紧确认客舱后半部的幸存者。

机身，以主翼根部的稍后侧为中心线，断裂成前半部分和后半部分。坐在断裂处座位上的那些旅客早已面目全非、体无完肤，被弹在雪原上。

坐在与断裂处稍稍错开的座位上的那些旅客，因刚才惊心动魄的恐怖，吓得目瞪口呆，无所适从。

汇集在机身表面的结构材料，按理能抗击冲撞所带来的扭曲。可眼前的状况，不仅这些结构材料变得弯弯曲曲，千姿百态，就连成千上万的管道和配线，由于结构材料千疮百孔，也裸露在光天化日之下，犹如被巨大车轮碾过后从怪兽尸体内溢出的内脏和骨髓。

　　幸运的是，主翼根部没有引擎，没有引起煤油燃烧。留在断裂的客舱里，似乎比来到雪原上要显得安全。

　　大竹君命令幸存者香取君代和沼田重子两位乘务员，为受伤的旅客采取应急措施，自己则带着前川小姐来到雪地上，观察断裂的前半部分机身情况。雪地上，湿度比较高。趴在岩石上的前半部分机身，距离后半部分机身大约二十米。机首正面朝着他俩。被机头撞击过的锯齿形特大冰块，宛如刚从粉碎机中出来，变成一大堆碎末。机首被撞成扁平状，酷似鸭嘴巴。

　　由于巨大的冲击力，与撞入姿势呈相反形状，导致右翼的两台引擎喷火，前半部分机身的客舱内浓烟滚滚。

　　沿着机身撞入冰块的方向，沿途的雪原上，散落着乘客尸体、飞机残骸以及货物，仿佛拖着重伤身体的特大恐龙，一路爬行时留下的痕迹。泄漏的煤油被火引着后，沿着洒落在雪地上的煤油带，喷着火苗和散着黑烟。被弹在雪地上的第一引擎，在距离机身很远的地方喷射着火焰。

　　了解前半部分机身里的情况，比清理雪地上的尸体更为重要。不用说，救出幸存者是首要大事。此时，前半部分机身的周围到处是火，油箱随时有被点燃而引起爆炸的可能。走到断裂处，只见一个乘务员的脸上被鲜血染得红彤彤的。他叫山口君，正步履蹒跚地朝外走来，身后还跟着好几个旅客。

　　乘务员身上的衣服已成了碎片，体内的鲜血正在向外涌出。与后半部分机身相比，前半部分机身的损害程度要大得多。

　　"还有活着的旅客吗？"

　　大竹君问山口君。

　　"不清楚。我身后的这些旅客，都是凭自身力量挣扎着跑出来的。"

"机长他们呢？"

"在驾驶舱里。我正忙着救助旅客，还没有来得及上那里确认。"

答话的山口君嘴里也在不停地渗血，滴滴答答掉在雪地上，好像是牙齿折断了。大竹君无暇安慰他，因为旅客中间还有伤势更严重的。

"你先带他们去后半部分机身避难！那里有两个乘务员。你把他们带到那里后，从那里找几个没有受伤和伤得较轻的旅客，请他们协助我们。这前半部分机身的客舱里，也许还有不能动弹，但还活着的旅客。"

大竹君指示山口君后，再向已经来到雪原上避难的旅客们求援，请他们鼎力相助。眼下，救人要紧！

顿时，有好几位旅客立即响应。他们快速跑到大竹跟前，要求分配任务。

"孩子他爸，请小心点哪！"身后传来妻子的声音。

"我马上再进去。旅客中间只要有一个人能帮我们就行了。"

山口君说道。在旅客面前，乘务员决不能示弱。其实，他伤得好像并不轻，可他是个责任心很强的男人。当然，在这种非常时刻，人手越多越好。

救援任务，交给了刚才向大竹君主动请缨的旅客们。这些旅客与他们一起，钻进了前半部分机身的客舱内。

"再不快跑，就要爆炸啦！"

一个旅客大声嚷道。于是，好不容易凑在一起行动的旅客们，变得踌躇不安起来。

"不会马上爆炸,请大家别害怕!"

大竹君大声疾呼。

火虽然还没有蹿入客舱,但周围的火苗开始向机身蔓延。由于周围火势不减,客舱内被映照得如同白昼。有身系安全带的,但已经死了;有正在痛苦呻吟的;有正在大声抽泣的:一片混乱……尽管惨不忍睹,但眼下只能先救出还活着的旅客。已经死去的,只能放在最后清理了。

一些受惊吓而正在哭泣的人,被迅速解开安全带,然后再朝他们脸上扇上几个耳光,示意他们靠自己的力量快点出去。

"喂,还活着吗?"

先摇晃身体,再叩击脸部。如果有微微反应,便立即抬到机身外的雪地上。走廊上,横卧着好几具尸体。他们也许是安全带没有系紧,或许受到冲击后断裂,在飞机着地的一瞬间,从座位上弹起而后掉到走廊上,因伤势过重而死亡。

"救命!救命!"

一个似乎脚部受重伤的妇女,一边在走廊上爬一边大声喊叫。

"等一会儿,我马上就来救你!"

总之,人手不够。

"山口君,前川君,你俩再去找一些轻伤旅客来!我去救机长他们。"

大竹君沿着走廊朝机首的驾驶舱走去。

如果机长平安无事,他一定会率先冲出指挥救人。至今见不到他们的人影,想必已经失去自行逃出驾驶舱的力气。

驾驶舱里,有机长松田君,副驾驶相川君,机械员水原君和报务员吉野君四人。驾驶舱与客舱之间的那扇房门已经扭曲、裂开,黑烟争先恐后地从裂缝里涌出。顶着浓烟,根本看不清驾驶舱里的一切。即便他们还活着，也许已经被烟呛得不省人事。

大竹君用身体撞击。出乎意料的是，门轻易地开了。原先闷在驾驶舱内的火苗和黑烟，似乎找到了发泄的出气口，张牙舞爪地向门口涌来。

大竹君被深深呛了一口，但顾不了那么多了。

"机长！副驾驶！水原君！"

他朝着里面大声喊叫，可没有回音。第六感觉告诉他，驾驶席上好像有人在有气无力地蠕动。

4

最终，从前半部分机身救出的，有旅客十九名，有松田机长和水原机械员；后半部分机身的幸存者，包括乘务员在内共十三人。

飞机起飞前，旅客有八十二名，机组人员九名，合计九十一名。结果活下来的，只有三十四人。

幸存者中间，有颅骨骨折、神志不清的松田机长，还有数名生命垂危的重伤员。除了大竹君、前川小姐和数名旅客安然无恙外，其余都不同部位、不同程度受了伤。

前半部分机身里面，也许还有一息尚存的人，只是爆炸随时都有可能发生，救援者不得不告别了他们。

在驾驶舱里颅骨骨折已经死亡的相川副驾驶、吉野报务员，与其他已经死亡的旅客，都被留在四分五裂的前半部分机身的残骸里。

轰隆！在这群死里逃生的人面前响起了巨大的爆炸声。与此同时，残骸碎片四处飞溅，火光冲天，留在残骸内的几十具尸体顿时化为灰烬。

侥幸活下来的人们,无暇顾及为遇难者举行追悼会。当前必须做的是,伤员的临时包扎、现场位置的核实以及发求救信号等一大堆事情。

幸存者中间,日本人占多数,有二十六名。其余的是,美国人三名,加拿大人两名,法国人一名,中国人一名,西班牙人一名。

男性二十四名,女性十名,其中有一个五岁的女孩。

获救的松田机长,虽然还没有脱离死亡的危险,但仍在不停地唠叨。

"由于飞行时机身大幅度向左倾斜,估计现在的位置不会偏离规定的航线。从地势判断,多半是坠毁在阿拉斯加州的麻克雷山涧的冰川上。

"紧急着陆前发出的电文,地面的空中交通管制所确已收到。各基地派出的救援队正在向这里集结,请大家放心。"

说完,松田君又陷入昏迷状态。

机长向来责任感很强。他此时此刻只有一个念头,无论伤势多么严重,只要一息尚存,必须将着陆前的情况交代清楚。

紧急迫降地点在荒凉的山涧冰川上,两侧是银装素裹的冰山雪峰。地面,仿佛是厚厚的冰层与积雪复合而成。

重伤者的应急措施,必须优先进行。按照伤势重轻程度的顺序,将后半部分机身里的薄板集中起来,制作临时病床,让他们躺在上面。

重伤者的处理结束后,开始收集散乱在雪地上的旅客尸体。由于他们是在机身遭受猛烈撞击时从断裂部分弹出的,故而已经难以找出一具完整的尸体。

几个身体状况好的旅客，在帮助乘务员一起收集尸体。有些尸体被抬起后，还没有走几步路，大小肠子呼噜涌出，掉落在雪地上，真是惨不忍睹！帮助抬尸体的旅客们一察觉，便吓得途中弃尸、抱头鼠窜。费了九牛二虎之力，总算收集了五具尸体，可每具尸体都是残缺不齐，有的缺脑袋，有的缺胳膊，有的断腿，有的身体破裂。从尸体上流出的鲜血和飞散的肉块撒满了一地，染得雪地上到处斑斑驳驳。

"请大家小心，别让冰块的锋口割了脚！"机长伤势不轻，副驾驶已经死亡，大竹乘务长成了幸存者们当然的指挥员。此刻，他不是尽乘务长职责，而是在尽代理机长职责，他的号令没有人违抗。

5

白峰号喷气式客机，虽然第一引擎的火势被扑灭，可由于储压装置失灵，以致无法恢复飞机平衡飞行的状态，从而向当地的空中交通管制所发出了要求紧急着陆的电文。当地空中交通管制所收到电文后，立即向附近正在飞行中的飞机以及距离最近的救援机关发出了紧急通知。

与此同时，当地空港、水上警察以及其他救援机关立即派出搜救飞机，满载干粮、救护工具、医药品、防水无线机、信号枪以及烟火发射筒，飞赴空难地点搜索救援。

东京全日空公司总部，从空难当地的空中交通管制所获悉白峰号坠落的消息后，立即召开全体员工的紧急会议，要求坚守岗位，随时待命出发。并且，派出三名得力的工作人员奔赴现场。

各有关机关，正静静等候着消息。白峰号电文通知当地空中交通管制所：飞机紧急着陆在麻克雷山涧的冰川上。此后，便杳无音信。

"救援队已经出动了！"

大竹君的这番话，犹如给幸存者们注射了强心针。顿时，大家活跃起来。

"这冰川，距离当地空港以及菲阿万科斯导航站很近。搜索飞机也许马上会出现在我们的头顶上，因此，现在最需要的是忍耐和坚持。大家都要关心和爱护伤病员以及妇女儿童，齐心协力，坚持就是胜利。"

大竹君为旅客们鼓劲。不幸中之大幸的是，后半部分机身里的食品储藏室没有受损。充足的食品，足以让幸存者们饱餐三天。

大竹君思忖了片刻，救援飞机恐怕还需要十二个小时才能赶到这里，食品的供应量有必要做一些调整。尤其防止断粮是当务之急，必须加以限制。可现在，如果多供应一些食品慰劳大家，也许能缓解旅客们由于恐怖和不安造成的紧张情绪。

没有燃料无法取暖。但就品质优良的食品储藏量来说，根据大竹君的计算，确实能让旅客们敞开肚子吃饱。

"能不能喝上热酒？"

旅客中有人说。说话的这位旅客曾在飞机紧急迫降前，与乘务员前川小姐开过类似的玩笑。这是一位幸运且生命力极强的幸存者，叫田所君。据说是东京某纤维公司的高层干部。圆滚滚的脸上富有光泽，乍一看，就知道是擅长保养、讲究营养的人。他的额头右侧贴着护创膏，好像并没有受多大的伤。

旅客中间，有人在哧哧笑着。

——在这种关键时刻，像这样幽默的角色真是太难得了！

大竹君想。

"快了。"

前川奈美小姐答道。

"那我就死心塌地等你的热酒啦！"

一番话逗得大家前仰后合，开怀大笑。

三十分钟过去了，天气骤变。刚才还是大火烤热的空间，突然狂风四起。紧接着，风夹着雪花从天而降，铺天盖地。数米远的前方，变成茫茫一片的银色世界。风刮得人们几乎无法站直，摇摆不停。亮晶晶的雪花，朝着领口长驱直入。狂风越刮越猛，暴雪越下越大，人们呼吸开始变得急促起来，连换气也感到困难。

无可奈何，为了换气，他们只得蹲在雪地上脸朝下，等换过气再站起身来。目光无论朝着哪一方，都是一派梦幻中的银色世界。渐渐地，连方向也辨不清了。在数米远处将尸体堆集在一起的大竹君，当返回近旁的后半部分机身时，由于风雪弥漫，险些弄错方向。暴风雪的恐怖，像一股高压电流传遍每个幸存者的全身。

气候恶化时，大自然就像凶猛无比的野兽，张开獠牙无情地扑向善良的人们。

暴风雪追逐着幸存者，迫使幸存者不得不回到后半部分机身的客舱里。幸亏乘务员休息室内备有毛毯，每人都可以分到一条裹在身上取暖御寒。

后半部分机身的客舱残骸并不宽敞，还有多处裂缝。幸存者们就地取材，用损坏的钢板以及其他材料将裂缝封住。在这短而狭窄的空间里，大家只能挤成一团，相互取暖。

阿拉斯加州的大山里，一旦暴风雪来临，便产生空气对流，气温会急剧上升。这一次可能是季节的缘故，气温却急剧下降。

由于裂缝堵不严实，鹅毛大雪无孔不入，径直蹿入客舱内。为了保护好重伤员以及妇女儿童，乘务员与身体健康的男旅客分别把守在裂缝的地方，重伤员和妇女儿童则尽量转移到里面。

气温不断下降，坐在裂缝处的人们冻得实在坚持不住了。于是，身体健康者就每隔一小时轮流"站岗"。

"妈妈，我冷！"

五岁的小女孩哭喊着。

"别哭！叔叔阿姨们都冷。"

母亲轻言细语地安慰道。

小女孩的父亲叫家永君，是日本著名的小说家。据说是为了出席在法国巴黎举行的国际文学家会议，偕妻子女儿一同前往。

"把我的这条毛毯给孩子吧！我不冷。"

赴巴黎学画的未来画家平田君，解开裹在身上的毛毯盖在孩子身上。这时候，几个身体强壮的旅客也纷纷模仿平田君的男子汉举止。

分配食品时，有人把营养价值高且容易消化的食品让给伤员。在这生死未卜的关头，幸存者们这种相互谦让、照顾伤员和妇女儿童的高尚品格，在白皑皑的冰天雪地里织成了一道独特而又美丽的风景线。尽管他们还没有脱离死亡的威胁，可三十四名幸存者的心被人世间崇高的责任感紧紧联结在一起，形成了坚不可摧的铜墙铁壁。

"救援队马上就要到了！请大家坚持！"

"来，多吃点食物，增加点热量。"

大家相互安慰，互相勉励。舱外，大雪纷飞，狂风呼啸；舱内，洋溢着相互关爱的气氛。虽没有炉火和暖气，却个个心里感到热乎乎的。

"这种暴风雪，在北美洲被称为'剧雪烈风'，是低气压经过后产生的。由此可见，低气压已经过去。只要暴风雪停止，救援队就会出现在我们大家面前。食品非常充足，请放心！只要能顺利度过今夜，我们明天就可以回到空港了。"

大竹君鼓动大家，绝非信口开河。紧急迫降前发出的电文，当地的空中交通管制所肯定能收到。按照国际惯例，他们肯定迅速派遣救援队赶赴紧急着陆现场。

"只要暴风雪过去，救援队就会来到这里。也可以这么说，只是个时间上的问题。"

大竹君的话感染了乘务员们，感染了一些性格外向的旅客。沉闷的空气被打破，海阔天空又开始了。

"只是一个劲儿地欣赏暴风雪的歌声，太无聊了！我们这儿有不少来自外国的朋友。我建议举行'国际歌喉大奖赛'，大家看怎么样？"

又是那个一心等着喝热酒的田所君向大家提议道。

"哇！这倒是个好主意！"

"这建议太棒了！我赞成。"

未来画家用英语翻译给坐在一旁的美国旅客听。不料，他也拍手称好。大家一致表示赞同。

"是否请'热酒朋友'先唱一个！"

说话的是位叫古贺的年轻人，就职于某家商社，据说这次是赴库贝哈克分公司任职。听他这么一说，几个旅客带头鼓掌。

"不行，不行，我不擅长！"

田所君十分为难似的，还羞羞答答地用手抓了抓头发。事实上，他内心却很想展现一下自己的歌喉。

"好吧，我就献丑了！唱一首《木曾节》给大家听。"

田所君说完，润一下嗓子，大声唱起来。歌声圆润，音色厚实，富有表情。

一曲唱完，连听不懂演歌的外国人也热烈地鼓起掌来。

接着，是一对美国的新婚旅行夫妇为大家唱歌。新郎从手提袋里取出夏威夷四弦琴伴奏，新娘则一连唱了好几首夏威夷歌。

歌谣唱完，是吟诗。总之，大伙都拿出各国有特色的歌曲和诗词参加表演。既歌颂自己的祖国，又炫耀自己的歌喉。舱内，热气腾腾，参赛踊跃。重伤员们也一时忘记了伤痛，脸上笑嘻嘻的。随着高潮不断迭起，大家似乎忘记了所处的艰难困境。舱外，暴风雪依然下着，下着……而且越下越猛。

6

直到第二天拂晓，大竹君才察觉自己最初的判断失误。由于这一带尚未进入真正的冬季，暴风雪不仅不会马上消失，相反大有越演越烈之势。

早晨，仍不见暴风雪减弱的迹象。风速平均每小时为二十米，最大风速为每小时四十米。气势汹汹的暴风雪，毫无远走高飞的征兆。幸存者们最后的避难所——机身残骸看来也坚持不住了，被猛烈的狂风吹得不停地晃动，随时可能有被刮走的危险。

大家开始忐忑不安起来，仿佛死神正在朝他们走来。

早餐时，没有人再为伤员着想了。

"对不起，我也冷，把毛毯还给我！"

未来画家平田君板着脸说。其他人也跟着仿效，主动要回毛毯。

通宵达旦的热闹场面，已经一去不复返。客舱内，又恢复了死气沉沉的状态。

昨天夜里，大家都在唱歌、吟诗，压根儿没有注意外面的暴风雪。此时此刻，空气越沉闷，心情越压抑，风暴声也就越刺耳。每一声呼啸，就像无数根钢针扎在每个人的心头上。

如此恶劣的气候，救援队果真能舍身来救我们吗？

虽然没有一个人这么说，但大家心里却都在这么想。越这么想，越按捺不住心里的恐慌。

大自然的气压调节，简直太随心所欲了！势不可当的低气压，不但继续增强，而且由西向东大踏步挺进，竟然还带来凛冽刺骨的寒冷气流。

低气压经过的同时，令人深恶痛绝的"剧雪烈风"紧步后尘而来。更可恨的是，白峰号紧急着陆数小时后，它就迫不及待地赶来，似乎趁火打劫，企图让幸存者们长眠在这里。

最大风速达到每小时四十米的狂风，送来短柱形状的结晶雪花，如同无数把锋利的匕首，向幸存者们刺来。惊人的风速，刮得人们连眼睛也难以睁开。如今，可视距离仅一米左右。在如此恶劣的气候下，救援队即便出动，也只得中途返回各自基地。搜索飞机也只得返回各自营地。

第二天从早到晚，暴风雪丝毫没有减弱。根据当地气象预报：局部地区的暴风雪（据推测，大概是指紧急着陆地域）有可能持续数日。

起初还处于昏睡状态的松田机长，从第二天开始，伤势突然加重。正午时分，他的心脏停止了最后的跳动。紧接着，又有三个重伤员也于当天随他而去。

在暴风雪的围困下,加之眼睁睁地看着重伤员们相继死去,幸存者们焦躁不安起来。报务员的去世,使人们更难以正确把握紧急着陆所在的具体位置,这给本来就一触即发的紧张气氛添加了浓浓的火药味。

"救援队真的会来吗?"

不知是谁这么说了一句,导致舱内的紧张气氛直线上升。

"像这样的暴风雪,救援队怕是来不了啦!"

"那我们是在等死!"

"乘务长在撒谎!"

"喂,到底怎么啦?我们有没有希望啊?"

恐怖像瘟疫,很快在旅客中蔓延开来。舱内犹如沸腾的开水,一片混乱。

这种时刻,昨晚的动人歌喉,昨晚的相互谦让,昨晚的……已经荡然无存。每个幸存者以各种方式,展现自己热切的求生欲望,各自打着小九九。叹气声、呻吟声、叫骂声汇成一股又一股热浪,摇曳着破烂不堪的机身残骸。

唯一的小女孩又大声哭了起来。

"吵死人了,快闭嘴!"

未来画家平田君大声嚷道。

"你有什么资格叫她闭嘴?孩子是牙齿痛才哭的。"

孩子父亲家永君与未来画家平田君辩论。

"你说什么?牙齿痛?别胡说!你明白眼下是什么处境吗?"

平田君龇牙咧嘴,大声呵斥。昨天,是他将身上的毛毯第一个让给小女孩取暖御寒的。今天,他却第一个对小女孩一反常态,吹胡子瞪眼的。这一百八十度的转弯,简直令人难以置信。

7

"请各位旅客安静!请大家心平气和!救援队肯定会来的!因为现在还不是真正的冬天,暴风雪也不会无休止地永远刮下去。暴风雪一停,救援队就会出现在我们大家身边。现在,我们一定要保持冷静,千万不要慌乱!"

大竹君的耐心说服,并没有取得理想的效果。

"你总说救援队救援队的,他们到底知不知道我们现在所处的位置?"

"知道。在紧急着陆前,我们确实发出了SOS电文。"

"你怎么会那么清楚!飞机着陆前后,你一直与我们在一起,难道不是吗?"

大竹君愣了一下,稍稍有点语塞。

"不是吗?你并不清楚是否发出SOS电文。尤其是报务员是否报告了我们现在所处的具体位置,你更不清楚。"

说这话的是田所君。昨天晚上,他还建议举行国际歌喉大奖赛,还带头唱《木曾节》演歌。整个通宵,数他最活跃、最热闹。可眼下不知是中了哪门子邪,变成了凶神恶煞。此刻,他乘胜追击,连珠炮似的向大竹君发难。

"住嘴!"

大竹君猛呵一声。顿时,舱内肃静。大竹君伺机牢牢抓住这个来之不易的机会。

"诸如此类恶作剧或是制造混乱的言行,最好请谨慎一点!大家细细想一想,SOS电文既然发出去了,难道会不告诉对方自己所处的位置?这是最起码的常识,谁都明白。请大家相信我,听从我的命令。从现在起，由我代理机长，请大家务必听从我的指挥。要想活着回去的，就请相信我。"

大竹君语气强硬，舱内的风波暂时平息了。

第二天半夜来临，可暴风雪仍旧没有离开的迹象。

"剩下的食品还有多少？"

大竹君悄悄地问前川奈美小姐。

"如果节约一点分配，也许还能吃上两天。"

"好，接下来的食品分配，比原来的定量减少百分之五十。"

这样做，虽然会引来旅客的不安，可为了打持久战必须作出这样的调整。这一带，很有可能属于暴风雪持续几天的局部地区。倘若这场暴风雪真像气象预报那样，食品必须限制供应。

第三天来临，暴风雪的势头依旧不减，食品供应面临着更加严峻的局面。

两天来，又有两名伤员相继死去。

第三天傍晚时分，暴风雪终于偃旗息鼓，鸣金收兵。

"好了！现在该轮到救援队来救我们了！"

陷于绝望泥潭的幸存者们，脸上终于恢复了正常人的表情。然而，一连两天过去，别说搜索飞机的影子，就连飞机引擎的一丁点儿声音也没有。食品已经所剩无几。这两天里，又有一个伤员死去。

"果然不出我所料，救援队根本就不清楚我们现在的位置。"

"再这样下去，气候又要恶化。"

"食品已经差不多没有了！在这种荒无人烟的地方等下去，肯定会饿死！"

"逃出去吧？"

旅客们围着大竹君，纷纷提议。乘务员也表示赞同。

大竹君作为代理机长，此刻正站在重大抉择的十字路口。从紧急着陆那天算起，至今已是第五天了。由于受恶劣气候的影响，三天受阻。自气候恢复正常以来，好天气又已经持续了四十多个小时，却仍然没有见到搜索飞机出现在头顶上的影子。

第一引擎发生故障，是从当地空港起飞后不到二十分钟的时候。紧接着，机身朝左倾斜。于是，驾驶舱立即向当地空中交通管制所发出电文，请求紧急迫降。这短短的时间，充其量只有十来分钟。搜索飞机按理能够飞来。

——驾驶舱在紧急迫降前果真发出电文了吗？当地空中交通管制所，果真收到电文了吗？还有，我们现在所处的地理位置，救援队清楚吗？

——可是，松田机长生前明明白白说过，救援队已经出发了。

——也许濒临死亡的机长当时神志不清、说胡话？

大竹君一直在不断地告诫自己，必须保持异常冷静的头脑！此刻，他觉得自己也似乎从旅客那里染上了恐慌症。一旦在心理上滋生出怀疑，幻觉上的恐惧将一发不可收拾。

当时，救援队确实按照电文上所说的迫降地点，冒险靠近。由于遇上长达三天的暴风雪，大量的积雪改变了这一带冰山雪峰原来的形状。稍不留神，搜索飞机就有可能漏过和错过失事地点。

再者，由于这一带地形的改变，以致他们选择了错误的航线，被难以逾越的"冰墙"阻挡了搜索的路线。

另外，由于气流状况极其恶劣，空中搜索难以进入电文上所推断的地点。

像这些难以预料的情况发生，幸存者们既不会清楚，也不会体谅。

怀疑一切的情绪越发高涨，有的旅客甚至怀疑他们被故意扔在这里。

四周，荒凉的冰川和苍白的山脉，仿佛一座密不透风的大自然冰库。机身残骸，如同大自然冰库里一个破烂不堪的冰箱。一旦步入这种可怕的境地，即便精神正常、身强力壮的男子汉，也会精神错乱、胡思乱想。

由于五天来一直处在极度恐怖和悲观绝望的状态之中，一些旅客连判断自己现在究竟在哪里以及到底陷入什么样困境的思维能力也失去了。也有一些旅客目瞪口呆地望着天空，嘴里独白似的嘀咕。你无论对他说什么，不是直愣愣地看着你就是啊啊地张着嘴巴，犹如聋哑人。

还有一些旅客急得哇啦哇啦地大声哭泣，一个劲地拍打着脑袋。这天傍晚，还发生了一场武斗。由于食品剩余无几，只得按照一开始定量的五分之一分配。几天来，大家始终处在饥饿状态。晚餐食品刚分配完就响起日语的叫骂声。

"你干什么？不要脸！无耻！"

只见两个年轻的日本旅客扭打在一起，在雪地上翻来滚去。一个是古贺君，一个是平田君。

"怎么回事？"大竹君问道。

"这家伙，抢夺伤员的食品，太卑鄙了！"

富有正义感的古贺君面红耳赤，向大竹君大声诉说。被古贺君当场扭获的平田君，干脆厚着脸皮耍赖。他歪着嘴，还恬不知耻地笑着说：

"瞧，这个伤员，就是让他开怀大吃，也是要死的。眼下这种状况，健康人都顾不了，还去顾那些要死的人，太不值得了！简直是一种浪费！这种时候，还有什么礼貌可讲。依我看，救援队是不可能来了。怎么办？谁最强悍，谁就能活到最后。我已经饿得前胸贴后背，眼睛直冒金星。我无可奈何，只好从那些注定要死的人手里抢夺食品充饥。"

"住嘴！亏你还说得出口！"

"你这家伙，嘴上说的比唱的还好听！他那份食品，你早就盯上了。我抢先下手，你感到后悔了吧！"

"住嘴！再不住嘴……"

古贺君朝平田君扑了上去，被大竹君从背后一把抱住。

"安静！请安静！"

大竹君向山口君使了一下眼神，分别把两个斗殴的年轻人拉开。刚才，他俩扭打在一起的时候，有一个重伤员一直在吼叫。他的枕边，有好几块被踩碎的饼干。这些饼干，就是平田君与古贺君刚才斗殴的导火索。这时候，好几道饥饿的目光正不约而同地投向那里。其中，还夹杂着乘务员的视线。犹如一群饿狼发现猎物时射出的贪婪目光。大竹君一一看在眼里，不寒而栗。他意识到，眼前的这些幸存者，为了生存，已经渐渐失去人性。不当机立断，将会铸成大错。

终于，他作出果断的选择。

8

"逃出去！"

大竹君下达了命令。顿时，那一道道目光不再想入非非了。

说容易，付诸行动并非易事。然而，继续在这死亡的山谷里抱有幻想，将一次次失去死里逃生的机会。等待，无疑死路一条。要不了多久，暴风雪将再度光顾，为大家送葬。逃走，虽一路坎坷、充满危险,但还是有活着出去的可能。

"伤员怎么办?"

山口君问道。

"能行走的,组成突围小组。其余的,留在这里。"

"什么?"

山口君瞪大眼睛,简直不敢相信自己的耳朵。

"是不是还要我再重复一遍!凡是不能行走的,都留在原地。"

大竹君斩钉截铁。

"那,那……"

"这样做太残酷了!"

"这家伙果然不是真心诚意!"

随着山口君悲伤的叫声,旅客们纷纷发出强烈抗议。大竹君丝毫没有畏缩,相反意志更加坚定。他用深沉的目光望着大家。

"这种时刻,希望大家要高度清醒!根据地势判断,南面好像是大山的山脚。我们突围的方向,必须选择南面。就我们现在虚弱的体力,无法推算到底需要多少时间才能走到山脚。眼下,只剩下一天的粮食了!"

话音刚落,周围响起了唉声叹气的声音。

"但是,"大竹君拉大嗓门,"就像大家知道的那样,如果继续在这里等候,一旦气候再度恶化,我们所有的人都将不复存在。究竟是等死,还是设法突围?趁眼下还有点滴食品以及尚存的微弱体力,爬也要爬到有人的地方!"

"逃出去!逃出去!我们赞成!"

许多旅客立即响应,表示赞同。

"听我继续说下去!这里是阿拉斯加,一旦途中遇上暴风雪，我们都将长眠在这里。也许有人愿意留在这里，但是，一旦决定了，不允许有其他选择。为了使更多的人活着出去，必须团队行动！"

"可你说把伤员留下来，是怎么回事？照这么看，你不是真心把大家带出去。"

家永君非难大竹君。

"我是真心的。"

大竹君脸朝着家永君，非常严肃。

"我们既没有运送伤员的雪橇车，又没有拉车的雪橇狗。在这荒无人烟的山地里，就是我们这些没有受伤的人，也必须走上好几天，根本没有能力抬着伤员出去。所有突围的人，都必须靠自己行走。目前，只有能依靠自己力量行走的人，才有可能活着出去。"

"这种非人道的做法，我不同意！"

家永君义愤填膺，面红耳赤。大竹君虽没有读过他的作品，但曾经在某报文艺专栏上读过他的文章。他专门描述平民的悲欢，笔法细腻、深刻，充满了人情味。读者对他评价很高。

"那好，就请家永先生背一个走如何？"

这时候，未来的画家平田君用嘲笑的口气调侃，"在绝望中挣扎的人，无论谁都觉得自己可爱。带上伤员走，原本可以获救的我们，将一起葬送在这里。我是一个直言不讳的人，别怨我说话不客气。现在，我既不是老大，也不是机长。但不管怎么说，我赞成头儿的决定。"

"你算是人吗？"

"刚才头儿不是说了，请您这位富有同情心的作家先生背一个伤员走。怎么样？答应了吧？这绝妙的题材，将来还可以写在您的小说里。"

"你这家伙,给我闭嘴!"

家永君使出全身力气欲朝平田君扑去,被大竹君上前拦住了。

"请你们俩都住手!现在不是比赛武打的场合。我郑重声明,即便有人愿意背着伤员突围也绝不允许。我的话听见了吗?我已经不知说了多少遍,这里是天寒地冻的阿拉斯加,只有团队行动,才有可能死里逃生。为使更多的人获救,请大家必须不折不扣地执行我的命令。我再说一遍,我的命令不允许任何人反对。首先,不能独自行走的人统统留下。我们既没有雪橇车,也没有粮食。因此,绝不允许背着伤员步行。如果有人在途中掉队,也只能随他去。"

"你不是人!"

家永君大声喊道,好几个旅客也随声附和。

"你们怎么说我都行,但我的命令必须执行。请大家做好出发的准备!毛毯、粮食和药品等生活物资,请集中起来交给我保管。没有我的命令,不允许任意使用!"

"伤员的毛毯和食品怎么办?"

山口君问道。扔下伤员们也是万不得已,但究竟应该留下多少食品和物品?于是,他请示大竹君。

"不留给伤员!食品和物品,我们全部带走。"

山口君一听这话,傻了眼,连眼眸也转不动了。

"难道连盖在他们身上的毛毯也带走?"

"是的,一条不留!"

大竹君的命令,等于强行抢夺。山口君越来越觉得大竹君酷似魔鬼。

"山口君,你磨磨蹭蹭地想干什么?时间紧迫,必须争分夺秒！我说过了，毛毯一条也不能留！前川君，香取君，快去收集毛毯！"

这命令太残酷了！几个乘务员面面相觑，不知如何是好。大竹君虎着脸命令他们。

"喂！这命令不能执行！这等于杀人！不仅把重伤员扔在这里，还要夺走他们的食品和毛毯，我绝不答应。"

家永君越说越激动，径直朝大竹君扑去。

"如果大家能活着出去，无论判什么罪我都接受。可我现在的责任，是尽量救出更多的人。虽然这么做，很对不起伤员，但对于那些已经奄奄一息的伤员，即便给他们再多的粮食和毛毯也是白搭。目前应该做的是将这些物资集中起来，让给有获救可能的人使用。山口君！你还愣在那里干什么？还不快去！"

"住手！给我住手！把我的那一份给他们，我不需要，求求你了，别干那种惨无人道的事情。"家永君张开两只手，巨人般地站在大竹君面前。

"你的那份只有一条毛毯，可不能行走的人有许多。我已经一再强调，不允许自由行动！山口君，快集中毛毯！如果你不会，我来替你干！"

大竹君推开家永君，朝躺在地上的伤员们走去。"请你们自觉协助一下，按照我刚才说的做！"大竹君说话的语气，似乎已经完全丧失了理智。这些伤员，虽然不能动弹，但神志清醒。有的使劲拽着毛毯，有的将身体压在毛毯上。然而，也有人没有反抗，而是默默地看着毛毯从自己的身上消失。"求求你们！我能走，请带我一块儿走吧！"一个伤员哭着说。

"不行！你的膝盖是粉碎性骨折，根本不可能行走。"

大竹君铁面无情，朝伤员摇摇头。

"我,我爬着走,绝不牵连你们!"

"在雪地里爬着走,那怎么行?我同情你也可怜你,可实在没有办法。如果我们能活着出去,一定带上救援队来救你们。"

"求求你,把食品留一点给我们!"

一个重伤员苦苦哀求。

"不行!食品也全部带走。你们只能各自想办法活下去!"

"你这是在杀人,是犯罪!"

无论别人怎么骂,大竹君无动于衷,毫不手软,强行夺走了伤员身上的毛毯。准备突围的旅客和乘务员,也反对这种惨无人道的做法,没有一人充当帮凶,可又无能为力,只能袖手旁观。

"我有一个请求。"

说话的是一位腰部受到撞击而行走不便的老人。看上去,像一个有相当地位的老者。他一边主动递上毛毯,一边说:

"不给毛毯和食品,是不可能活着等到救援队来的。我想快点死,是否能赏给自杀药?"

大竹君的脸部肌肉猛地抽动了一下,似乎还没有达到毫无人性、丧心病狂的地步,可这仅仅是瞬间的反应。少顷,他脸上的表情比刚才还要冷漠、麻木。也许他意识到,眼下是非常时刻,绝不能用感情代替行动,哪怕一点点流露也不行。

"我非常怜悯你此刻的心情,但自杀药不能给。现在,就连活命的药也不够,这是明摆着的事情,请你谅解。"

老人点点头。据他申报的职业,是某大公司的高层干部。从外表看,酷似阔绰的绅士。长相威严,却态度和蔼,这也许是环境造就人的缘故。自从进入这个非常大家庭,他没有半点丑陋的言行。

然而,他黝黑的脸庞,也没有掩饰住内心的焦躁和绝望。

"这种行为是非人道的!这乘务长肯定得了精神病。各位旅客,我们不能把自己的生命交给这种人,应该罢免他代理机长的职务!"

家永君大声说道。

"我同意!"

某商社职员古贺君第一个举手赞同,也有好几个旅客表示响应。山口君、前川小姐和香取小姐的脸上,也流露出拥护的神色。

"等一等!"

洪钟般的声音,虽略带嘶哑,可掷地有声。他,就是刚才那位希望领取自杀药的老人。

"那位代理机长说的,完全正确。为了多救出一些可以行走的旅客,除了扔下我们,别无选择。现在要讲的人道,是让更多能行走的人活着突围。"

"像他这样的人已经成了魔鬼,难道也应该活着?"

家永君对老人的话感到十分意外和纳闷。

"总之,别管我们!你们应该活下去,按照那个代理机长说的去做,也许能活着回到家里。"

"可我讨厌这里,讨厌死,我要跟着你们出去。别把我扔在这里,请无论如何带上我。孩子他爸,你不会扔下我不管的吧?我们是为了纪念银婚,才坐上这班飞机赴欧旅行的,没想到……"

说话的,是一个长得胖乎乎、求生欲望极强的中年妇女。此时此刻,她正朝着一个丈夫模样、约五十岁光景的男人,一边哽咽一边诉说。

"别伤心!我不会扔下你的!"

男子说话时,语气十分悲伤。

"突围小组的各位成员,请注意了,再过十分钟出发!"

大竹君下达了命令。

9

紧急迫降后的幸存者,当时共有三十四名。在过去的几天里,以松田机长为首的七名重伤员相继死去。现在,只剩下二十七名。

这当中,还有七名重伤员根本无法动弹。没有受伤的幸存者中间,有两名的家属是重伤员,他们必须留下来护理。最终,突围队由十八人组成。

当天下午一时三十五分,十八位幸存者在大家庭里度过了难熬的五天,终于离开了。出发时,重伤员们挣扎着把脑袋从飞机残骸的裂缝口探出,用眼神为十八勇士壮行。可他们的脸上,无不流露出痛苦的神色。

在这相互告别的一刹那间,突围队员个个泪流满面,依依不舍。连那个头号损人利己的未来画家平田君,眼眶里也噙满了泪花。

天空虽然晴朗,可风速越来越快。太阳照射的地方,气温超过二十摄氏度。而太阳照射不到的地方以及强风猛刮的场所,气温却在零下十摄氏度至零下三十摄氏度之间。

夜间的气温,明显低于白天。对于失去机身保护的十八位勇士来说,首要问题是如何取暖。大竹思索着:无论能否找到避难的场所,只要一遇上天气恶化,就把毛毯连接起来抵挡寒冷。

然而，眼下的气候倒出乎意料地稳定，多亏老天爷帮忙。机不可失，时不再来！尽量咬紧牙关走，能走多少就走多少，说不定在步行的途中会遇上救援队。

——脚下，也许是一条生路。九死一生？！百死一生？！或许是死亡之路？！与时间和饥饿赛跑，远远超过赌博台上孤注一掷的雄风。

——如果获救，其结果意味着什么？自己将坐在被告席上，被兴师问罪。下令抢夺重伤员身上的毛毯，下令扔下重伤员。

——在生存极其困难的环境里，扔弃行走不便的重伤员。不仅如此，还抢夺毛毯、拒绝供药和断粮，强行剥夺他们的生存权。自己，将被法庭认定"故意杀人罪"而送上断头台。

——我这样做，也实在是出于万不得已。

"我这样做，也是为了救更多的人。"

大竹君的心里，在向重伤员们深深地致歉。他抬起依然没有表情没有眼泪的脸，朝着无边无际的雪原进发。

现在唯一可以依赖的，是山口君随身携带的航线简图和一块小小的磁铁。路，缓缓向下延伸。刚走出五十米左右，发现有一块暴露在外面的岩石。从岩石开始，坡度越来越陡。渐渐地，机身残骸也从人们的视线中开始模糊……

大家停住脚步，眺望着相伴长达五天的机身残骸，似乎在向它作最后的告别。

距离后半部分机身二十米左右的地方，斜趴着机首的残骸。从机首那里朝左望去，距离大概五十米远的地方，横卧着固定第一引擎的左翼前半部分。其周围，撒满了货物之类的碎片。它们是机身着地受到撞击时，从货舱和客舱裂缝口飞出的。横七竖八的碎片上，覆盖着厚厚的积雪。远远望去，像一座座神态各异的冰雕。

"这大概是永别吧？！"

不知是谁发出悲伤而又激动的声音。

就在这时候，重伤员们待着的机身残骸那儿传来令人心碎的哭喊声。

"带上我！别把我扔在这儿！我不要死在这儿！快救救我吧！"

有人一边哭，一边朝突围队伍飞奔而来，仿佛后边有人在追赶。他，是那个去欧洲旅游纪念银婚的丈夫。

他说过，不丢下相伴二十五年的妻子，并拒绝执行一起突围的命令。而现在，他却厚颜无耻地扔下了妻子拼命地奔跑。

在这种生与死考验的关键时刻，在他的脑海里，什么正确的人生哲理，什么二十五年相伴的夫妻情感，皆烟消云散。

唯有必须使自己活下去的本能，撕去戴在他脸上长达二十五年的假面具。他此刻的真实灵魂，如同暴露在光天化日之下显露原形的妖魔鬼怪。

"孩子他爸，别扔下我！快回来！别把我一个人扔在这里！快带上我！你打算自己逃走？千万别干那种蠢事！别去学那些驴肝肺的坏样！

"你难道忘了吗？幸亏来到我家做入赘女婿，你才有今天。我说的不是吗？喂，快回来！"

男子的背后，尽管妻子的哭声、呻吟声和诅咒声接连不断地飞来，却无法使他回心转意。此刻，也许他已经吃下了"铁秤砣"，即便九牛二虎之力也无法将他拉回来。

妻子察觉到丈夫执意背叛她，便从机身的裂缝口爬到雪地上，悲痛欲绝，哭着喊道：

"畜生！难道你是这样的男人？！……求求你们了，请把我的男人还给我！别把我一个人扔在这里！瞧！你们看，我能走！快看呀！"

妻子明白了，无论好说歹说也无法劝回一意孤行的丈夫。于是，她像乌龟似的在雪地上一边爬，一边破口大骂。

"羞耻！羞耻！你这样活着，还不如去死！我就是哑了嗓门，也要诅咒你。"

家永君难过得捂住耳朵，心里也在咒骂那个狠心的丈夫。

"快走！前面的路还长着呢！"

大竹君的脸上依旧没有任何表情，催促的口吻十分生硬。

数天后，衣衫褴褛的一行男女找到了山脚下一个人烟稀少的村庄。这一带，泥土冻得像铁块。这时候，突围队只剩下十个队员，而且已经奄奄一息，危在旦夕。

全员身上都长满了冻疮。一个头儿模样的日本人，尽管患有雪盲症，可背上依然驮着一个小女孩。

小女孩的双亲在途中精疲力竭而掉队。还有一些队员，也因为疲惫不堪而永别在途中。

当地人接到头儿模样的男人的救援请求，立即派人沿途寻找，却连一具尸体也没有发现。也许他们从冰川的裂缝坠落到谷底，长眠在异国他乡了。

与此同时，由于气流相对稳定，救援队和直升机终于找到空难现场。在机身残骸里，遇难者们紧紧地抱成一团，身体早已僵硬。经现场清点，尸体数量与旅客和机组人员的实际人数相差甚远。

救援队的现场勘察结论是：有一部分幸存者已经突围，去向不明。

第一章 羽田 10~15 公里东水域

1

昭和四十×年二月六日傍晚，小室由纪子在东京羽田国际机场迎接丈夫小室安彦从欧洲出差归来。安彦君乘坐的美国造斯普鲁多808型喷气式客机，是全日空442国际航班。飞机由法国巴黎国际空港起飞，途经英国伦敦，绕北冰洋上空飞回日本。飞机准时从途中的停靠空港起飞，根据时刻表的预定时间，大约再过一个小时，即可降落在羽田空港。

马上就可以见到日夜思念的丈夫了！尤其一想到几小时后将被丈夫紧紧拥抱在怀里的滋味，不由得热血沸腾。他那宽大而结实的身体，令由纪子浮想联翩。顿时，由纪子脸颊红得像一朵正在怒放的鲜花。

由纪子用眼睛悄悄地瞟了一下周围，担心自己脸上的奇妙变化被旁人察觉。虽然身边站着几个丈夫的同事，与自己很熟悉。好在他们没有注意自己此刻情感世界所出现的骤然变化。

由纪子是三个月前与安彦结婚的，尚属新婚阶段。父亲在神奈川海岸地带，经营着数家宾馆和饭店。凡旅游业经营者，大多知道她父亲的大名。在家里，由纪子是独生女儿，称得上大门不出二门不迈的闺秀。经过红娘的牵线,她与安彦君就一次公开相亲便一见钟情,播下爱情的种子。三个月前,他俩闪电般地结婚了。

学生时代,安彦君是大学里橄榄球队的主将,个儿魁梧,虎背熊腰,在当今的年轻人中间,像安彦君这样的体形,可谓凤毛麟角。再说,肌肉发达的年轻人,多半举止粗野,语言鲁莽。可安彦君则相反,举止温文尔雅,文质彬彬,颇有绅士风度。

在相亲的酒宴上,安彦虽片言只语,却给由纪子及其亲属留下受过良好教育和天资聪颖的印象。

小室安彦,几年前毕业于T大学。同年加盟全日空。如今,在该公司秘书室供职,整天围着大人物们转。秘书室里的职员,被视为干部培养对象。

尽管由纪子婚前是个十足的闺秀,却也堪称"介绍婚姻"的典范。家境优越的由纪子与安彦第一次见面,便永远投入了安彦的怀抱,似乎还没有品尝到恋爱的甜蜜。

安彦,似乎也非常喜欢天真、典雅的由纪子。双方的父母没有异议。一个月后,俩人举行了婚礼。

因此,虽说俩人已成了夫妻,但情感仍然停留在初恋阶段。结婚后,恋爱阶段的感情如火如荼,越发强烈。

深深陷入爱河的由纪子,婚后没几天已十分痴情于丈夫。对于自己心理上的这种急剧变化,她感到非常害羞。

新年伊始,丈夫接到上级命令,赴欧洲出差一个月。夫妻俩原打算在正月里尽情欢度二人世界的计划,不得不告吹,化成泡影。

这次赴欧,事关重要。原定公司的专务大人赴欧,可事不凑巧,专务突然病倒。不得已,公司临时决定由秘书安彦君代行。

安彦君在公司里是位深受上司器重的年轻秘书。公司利益高于一切！他毫无怨言地接受了命令。

再说专务，是他和由纪子的婚姻介绍人，还亲自主持了他俩的结婚仪式。代专务出差理所当然，谈不上发什么牢骚，连感谢还来不及呢。

病中的专务让年轻的安彦君代自己出差，行使专务职权，不用说，是在破格提拔前让他挑重担。然而，在新婚妻子看来，则意味着将孤苦伶仃地度过漫长而又寂寞的日子。可为了丈夫的将来，应该全力支持。

再过一个小时，长达一个月的相思就要结束了。今天晚上，一定要躺在丈夫的怀里尽情地撒娇。飞机上的丈夫，此刻也一定在想念着自己。

让这对如胶似漆的新婚夫妇，分居长达一个月，未免太残酷了。从今夜开始，他们将重新回到二人世界。

空港等候大厅里，四周摆满了五彩缤纷、竞相争艳的鲜花。时间一分一秒地过去，等待丈夫归来的年轻妻子，害羞占据了她整个心灵。

——镇静！让别人发现自己的秘密，该有多难为情呵！

由纪子的脸颊，红得像刚从树上摘下的苹果。她悄悄伸出两只手，轻轻地捂住双颊。

"夫人，飞机马上就要到了！"

这时候，有人从背后轻轻地拍了一下由纪子的肩膀，仿佛看透了由纪子在想什么，而且来得这么及时。由纪子不由得转过脸去。

"这一个月里，拆散了你们这对蜜月夫妻，老夫实在是有愧呵！每天晚上，我也总是睡不好觉，连做梦都在责备自己。这下好了,我终于如释重负。今天晚上,我也可以睡个安稳觉啦!"

说话的,是肤色浅黑的大竹义明。此刻,他紧绷的脸上正露出微微歉意的笑容。这对新婚夫妇的大媒人就是他,让安彦赴欧洲出差的,也是他。可以这么说,大竹专务是这对年轻夫妇的大恩人。

"您好!专务。"

由纪子的脸变得更红、更紧张了。大竹笑嘻嘻地邀请由纪子。

"怎么样,一起到大厅内侧的门口去好吗?那里有风,可稍有点冷。"

大厅里,人来人往。早已感到头昏眼花的由纪子,似乎得到了解脱,一边连连点头,一边跟在大竹身后朝大厅内侧的门口走去。

大厅内侧的门口,正如大竹提醒的那样,二月的寒风拂面而来。这对于由纪子红得发烫的脸颊,不啻旱季迎来了大雨,求之不得。

无论哪个国家,空港的布局基本上大同小异,说不上有什么特色可以让人欣赏。只是夜景显得格外美丽娇娆。移动的灯光,是正在滑行起飞的国际航班飞机。跑道两侧,闪烁着红、白、蓝、绿、黄组成的彩色灯带。这也许是跑道灯和着陆灯等各种照明设施。

大厅内侧门口,风不断刮来,果然人影稀少。两侧,是挡风玻璃。可丝毫阻挡不住二月的寒风。

"夫人,来,到这里来!"

大竹专务大声喊道,引导由纪子到矮塔形状的商店屋里。在这里,不大声嚷嚷,对方就听不见你在说什么。附近的停机坪上,时不时传出飞机的引擎声。

走进塔屋里，风被挡在墙外。这里，有小卖店和游戏机房。墙上，垂挂着一台播放飞机到达时刻的电视机。

"还有二十分钟！"

大竹专务看了一下手表，对由纪子说442国际航班的到达时间。

"也许现在已经在空港上空盘旋，正等待空中交通管制所的降落命令。如今的羽田空港，与地铁站台上下班的交通高峰差不多。"

大竹专务深深地吸了一口气，隔着顶层玻璃仰望天空，由纪子也跟着朝天空望去。此刻千叶县一带上空，正如大竹专务所说，等待进入东京空港的飞机熙熙攘攘，不停地闪烁着灯光。灯光，是为了防止飞机之间相撞。

在这些飞机里，也许有丈夫乘坐的斯普鲁多808型喷气式客机。

这时刻，由纪子思念丈夫的心，犹如大海里的波涛在翻腾。

2

当天下午六时三十八分，全日空绕道北冰洋飞回日本的442国际航班AJA4301客机，飞入R19航线，经过距离茨城县大子东北一百英里海上的哈多库临空地点，朝羽田空港飞来。

六时四十八分，飞机在大子上空与羽田空港的空中交通管制所取得联系，通报了所在位置、高度和经过时刻。尔后，飞入东京—大子—松岛—之泽—札幌的J25L的飞行航线。

经过大子的指向标，AJA4301客机一边与羽田空港空中交通管制所联络降落事宜，一边朝千叶县佐昌市的东京外围导航台上空飞去。

如果羽田空港处在起飞降落的高峰,飞机必须在东京外围的关卡区域内无线设施的上空盘旋等待,或者在超短波全方位无线标识的电波点上空盘旋等待。飞机之间的上下距离,必须保持三百米左右。一边盘旋,一边等待空中交通管制所调度员的降落命令。

六时五十六分,该客机以三千三百米的高度经过千叶县佐昌市的东京导航台上空。两分钟过后,该机进入东京空中交通管制所的雷达区域。

六时五十九分,该机与东京空中交通管制所联系。

"我机从千叶上空就已经进入降落状态。现在我们停止仪器飞行,转入目测飞行,等待贵所的着陆命令。"

3

AJA4301客机,由于已经在千叶上空与空港的东京空中交通管制所取得联系,并被允许着陆,因此该飞机没有按照正常路线飞往江户川河口,而是缩短距离,抄近路朝空港飞来。

与此同时,由香港返回的日本航空公司波音727客机,以仪器飞行方式径直从木更津上空朝羽田空港飞来。

空中交通管制所的调度员于七点整向AJA4301客机喊话,是否看见日航B727客机。

AJA4301客机回答:

"没有看见。"

调度员得到来自AJA4301客机的回答后,便命令日航B727客机使用33L(A跑道)着陆。

三十秒钟过后,该调度员命令AJA4301打开着陆灯光。这时，从木更津直线飞来的日航B727客机，与从千叶走捷径飞来的全日空AJA4301客机，已经同时进入距离跑道三千米前后、高度二百米左右的区域，随时可能有相互撞机的危险。

也就是说，没有保持相互之间规定的距离，或侥幸擦肩而过，或酿成撞机事故。

调度员的命令，理所当然是正确的。

可AJA4301客机，竟然没有回答。

二十秒钟过后，调度员再度向该机喊话，依然没有回答。

"快报告空中现在的位置！"

另一方面，从香港飞来的日航B727客机，已经确认本身与AJA4301客机的间距和相互所在位置。同时，收到调度员向AJA4301客机的喊话内容，并得知AJA4301客机两次没有回答。

AJA4301客机应该从右侧飞来。于是，日航机长迅速命令副驾驶密切注视右侧，与随时出现的AJA4301客机保持规定的间距。虽连续两次没有回答的间隔很短，可AJA4301客机猛然间不知去向。

"AJA4301客机，我们是东京空中交通管制所，你现在在哪里？请回答！"

"AJA4301客机，我是东京空中交通管制所的调度员，听到喊话了吗？"

依然没有回答。

这一时间段里，国际航班和国内航班相继着陆，羽田空港上空等待着陆命令的飞机迅猛增加。尤其从傍晚到夜里，是飞机到达的高峰。它们在空中盘旋，随时等待着陆的命令。

作为飞行员来说，到了目的地上空，都希望能尽快着陆，哪怕早一分钟。所有在空中等待的飞机，都在争先恐后地向坐落在羽田空港的东京空中交通管制所呼叫。

"东京，东京，请回话！"

刚才，从香港返回的日航B727客机、两架国外航空公司客机、一架国内地方客机、两架小型单引擎飞机和中途插队的一架军用飞机，先后要求着陆。与路面交通相同，空路也是"混合交通"。

这些飞机的垂直间距大约三百米，前后间距视场合而定。总之，保持规定间距，保持各自在空中的线路，以几百公里的时速盘旋。空中交通管制所的调度员们，满脑袋装着头顶上空时刻在飞行的"移动结构"。

这时候，出现在雷达荧屏上的飞机影子越来越多。到达东京上空的飞机，先后间隔仅一分钟。

在这种错综复杂、随时存在危险变化的空中交通网络里，竟有一架国际航班的大型客机下落不明。

调度员一边斜视着飞机到达的时刻表，一边在脑子里拼命描绘空中的立体交叉网络，仔细搜寻那架杳无音信的大型客机。他的额头上大汗淋漓，汗水模糊了视线。耳机里，尽是刺耳的尖叫声音。

通常，调度员一次性可以记忆正在调度的飞机数量达八到十架。所记忆的飞机，绝不会混淆不清。一旦记忆中的飞机顺利着陆，必须马上忘记。

东京空中交通管制所共管辖八个空中区域，其中北关东地区的飞机起降量过于稠密。

伴随着空中交通工具的普及化，美国制造的飞机大量拥入太平洋航线，拉开了全球销售的战略序幕。由于各航空公司航班的大幅度增加，加之来自阿拉斯加州、美国本土、夏威夷和札幌方面的喷气式飞机,太平洋航线上,飞机如同天上飘浮的云雾,朝东京羽田空港涌来。那些飞往横田的军用飞机,也毫不客气地飞来凑热闹。

相反,东京的起飞飞机,与按照顺序着陆的到达飞机之间,必须设置安全间隔。起飞的飞机,必须尽可能地升到高空飞行。再者,这些喷气式客机在升降之际,与六千米以下低空飞行、来往于地方空港的螺旋桨飞机纵横交错,犹如天空中飞行的蜻蜓群。加之"百里基地"与"人间基地"的自卫队飞行员,经常驾机在空中训练,与来往的民用飞机交错在一起。因此,这里又是超过密度的空中交通区域。

起飞调度员,对于八个空中交通管制塔以及东京、横田两个大门口的空中交通管制站,给予逐步放行、到达准备降落区域的空中管制认可。也就是说,对于要求在东京羽田空港着陆的飞机,采取井然有序、逐一放入的调度方法。

另一方面,空中调度员按照起飞调度员决定的顺序,一边仔细注意飞机之间的安全间隔,一边引导起飞的飞机顺利升上高空,以使到达飞机进入最佳的盘旋高度,等待命令。为此,在通常的情况下,一个调度员要同时调度十架左右的飞机。

这种调度方法,是最原始的手动方式。采用无线电对讲机将飞机通报的位置和高度,记录在被称为调度卡的纸片上,做到一机一卡。调度空中交通的方式,与雷达方式不同,不能直接辨认飞机位置进行指挥。因此,调度员的错觉以及疲劳左右着空中交通的安全。喷气式飞机,一分钟飞行十多公里。而调度近十架飞机的调度员仅一人,况且手中握着的只不过是一张张纸片调度卡。因而,所有的调度员都清楚,"异常间隔"和"异常接近"将意味着什么。

羽田空港，平均每天起飞和到达的飞机约四百五十到五百架之多。在世界国际空港中，它的利用价值名列前茅，而场地却狭窄得惊人。

空港面积大约三百六十三万平方米。在ABC三条跑道中间，A跑道长度三千米，B跑道长度一千六百五十米，C跑道长度三千五百米。其中，B跑道长度过短，DC-8级别以上的大型喷气式客机不能使用。

国际航班大型客机可以使用的只有A、C两条平坦的跑道。可配备仪器着陆装置的，只有C跑道。并且，只有在飞机朝北着陆的时候方可使用。由于风向等气象因素而必须朝南着陆时，这条配备现代化装备的C跑道显示不出任何威力。

而地上着陆引导装置，A、C两条跑道上都有。然而，朝南着陆的时候，由于东京铁塔的高高耸立，则无法引导。

被称为"东京空中交通指挥中心"的空中交通管制所里，每班约三十个调度员。五小时工作制，分四班。在工作时间里，不仅不能吃饭，连厕所也不能上，被称为"机器人工作"。它不同于普通的脑力劳动，要求高度冷静和敏锐的判断力，还要求大脑神经始终处在亢奋状态。

被称为国际空港的羽田空港，其实早已进入"半身不遂"的状态。就现在来看，回避危险事态发生，全依仗调度员的满腔热情和鬼斧神工的技能。

此时此刻，在空港的空中交通管制所里，面对AJA4301客机突然失踪的异常状况，除了不停地呼叫外，还要对空港上空有可能形成危险的移动结构做出最坏的打算，以采取最有效的应对措施。

如果AJA4301客机通信系统发生故障，也许会突然闯入正在等待着陆的空中机群里。

"快让我着陆！"

"接下来，应该轮到我啦！"

早就等得不耐烦的飞行员们，不停地向调度员呼叫。

倘若将记录在调度卡上的文字和标记，重新在脑子里绘制一幅立体交通图，是需要高度的思想集中和一番苦心。

脑瓜子里，渐渐变得朦胧起来。最初还能清楚把握的空间移动结构，逐渐模糊，直至一片空白。

调度室里，空气凝固。

当得知AJA4301客机下落不明时，所有在空中等待的飞行员都紧张起来，瞪大眼睛注视着周围。由于视野开阔、视线良好，加之AJA4301客机已经转入目测飞行，管制所的空中雷达也就停止了对该机的跟踪。

如果中断联络的飞机就在附近，除肉眼辨认，别无他法。

距离AJA4301客机最近的日航B727客机，接到了改用A跑道着陆的命令。

由于A跑道没有仪器着陆装置，对于日航B727客机来说，多少有点困难。

在异常紧张的气氛中，日航B727客机安全进入A跑道并顺利着陆。然而C跑道上，依然没有先行着陆的AJA4301客机的影子。在日航B727客机着陆前，收到调度员对AJA4301客机呼叫内容的各飞行员，都清楚AJA4301客机没有回话。

调度室里充满了不安和紧张，调度员正在不停地呼叫着。

AJA4301客机在七时之前，曾与调度员有过一次简短的对话，约三四分钟的时间。此后，无论调度员怎么呼叫，再也没有回答。日航B727客机与AJA4301客机靠得最近，可该机飞行员也说没有看见。

通常，从最后预定着陆的时刻开始，如果过后的五分钟里没有收到回答，该机则被判定为坠毁或有可能坠毁而展开搜索。而在着陆预定时间的七时零四分前数分钟内，AJA4301客机就已经不知去向。

二月六日下午七时，根据东京航空气象台发布的消息，北纬三十五度三十三分，东经一百三十九度四十六分，气压一零零三点五，气温十一点二摄氏度，风向主北、偏东十二，降水量零，视程十，全云量一；东京湾上空，晴天、明月，没有酿成空中事故的气象条件。

4

大约在同一个时刻，全日空324国内航班，由大阪返回东京，在箱根上空，将兆赫调到东京空中交通管制所。就在这时候，该机接收到有关AJA4301客机下落不明的情况通报。

"AJA4301客机在经过东京外围的导航台后，便音讯全无。所有在东京上空以及周边飞行的飞机，与东京空中交通管制所联络时，请采用其他兆赫！"

该飞机的井上机长听完通知后愕然无语，与旁边的副驾驶面面相觑。因为AJA4301客机的川本机长，是井上机长的老前辈，安全飞行已达一万六千小时。去年年底，还因飞行十年无事故受到了隆重的表彰，称得上飞行员中的佼佼者。最近几年，曾多次被选为考查飞行员的监督员，还是新飞行员的指导教练。

井上机长在公司内部训练班学习时，川本机长是指导教练。也可以说，井上机长的飞行教练是川本机长。

据东京空中交通管制所通知说，川本机长在千叶上空与调度员联络后，便石沉大海，无影无踪。

井上机长认为，一定是通信系统发生了故障。在全日空的飞行员中，川本机长是位老资格的飞行员，也是技术方面最精通、最全面的飞行员。按理，不应该发生这一类事故。再者，空中没有一丝风，视野也非常开阔，可能引起事故的气候条件根本不存在。现在，井上机长驾驶的飞机也是目测飞行。

"川本先生不可能发生这类事故！"

尽管井上机长不相信川本机长会出事，但不知怎么的，一种不祥的感觉向他全身袭来。倘若通信系统发生故障，单凭喷气式飞机的速度，早就到达羽田空港上空，出现在众多飞机的中间。可现在，清澈的天空中连AJA4301客机的影子也没有见着。

"442航班好像误点了？！"

站在大厅内侧门口的大竹专务瞥了手表一眼，自言自语。指针，正指向晚上七时十五分。

对于大竹专务来说，他非常熟悉AJA4301客机，它是美国斯普鲁多公司制造的808型新锐客机。可眼下，飞机居然还没有出现在空港的跑道上。

电视荧屏上，什么信息也没有。

"怎么啦？现在的羽田空港简直太拥挤了！"

大竹专务转过脸对由纪子说道。在他看来，即便让安彦君代自己出差是一片好意，新娘也未必能接受。不管怎么说，让这对新婚夫妻分开这么久，多少有点过分。现在自己亲自到空港迎接部下胜利归来，也算是一种补偿吧。

可大竹专务万万没有想到，AJA4301客机的迟迟不归是一种不祥之兆！羽田空港平均每天的起飞到达量，已突破四百架次大关。二三十分钟的误点，是在情理之中。

过去，只要气候稍不正常，排队等待着陆的飞机就会数量猛增。有时候，甚至超过二十多架飞机，从羽田空港上空一直排到东京湾上空。连千叶县和茨城县的上空，也有一长溜的机群在盘旋等候。每逢这种场合，接机的人们往往被迫等上两个多小时。而今天晚上，晴空万里，明月高照，应该不会出现误点。

大竹专务对由纪子说话时，充满了安慰的口吻。正在这时，两人眼前出现了一架国际航班客机，正朝着跑道俯冲而来。

几乎是同一时刻，东洋电视台驻羽田空港的记者在空港航空保安办公室门前通过。该办公室里，剑拔弩张，空气十分紧张。

"好像出什么事了？！"

记者走路的神态，似乎在告诉大竹专务。这些具有良好职业嗅觉的人，好像察觉到了空港的紧张气氛。记者的出现，表明事件无疑非同小可。

包括机组人员在内一百三十八人的AJA4301客机行踪不明的首次报道，应该赶得上七点钟的新闻报道。可该机与地面中断联系并没有过去多少时间，何况飞机上的燃料也没有全部用完。如果现在报道，万一该机突然出现在空中或跑道上，可能牵涉新闻的失实和电视台的信誉。

就东洋电视台来说，没有将这一史无前例的号外新闻放在七点的新闻节目播送，而是立即向羽田空港增派记者。同时，该电视台总部与空港之间开放两条专用电话线路，以核实消息的准确性。一旦消息得到核实，那将打破日本民航空难乃至世界民航空难的纪录。

迄今为止世界上最大的空难，昭和三十五年十二月十六日发生在美国纽约的上空。环球航空公司飞机与联合航空公司飞机在空中相撞，两机死亡人数达一百三十四人。昭和三十七年六月，一架法国客机在巴黎空港坠毁,死亡人数达一百三十人。

如果AJA4301客机坠毁,将创空难新纪录。

东洋电视台正处在紧张、亢奋的状态。幸亏其他新闻媒介尚未察觉。随着时间的推移,事态朝着凶多吉少的方向倾斜,空难的趋势越来越明显。以预定着陆时间为准,现在已经远远超过。

调度员虽不停地向AJA4301客机呼叫,仍没有听到回答,而且飞机不知去向。如果只是通信系统发生故障,飞机也应出现在无数眼睛注视的空中。

这天下午七点的新闻报道,没有播报有关AJA4301客机失踪的情况。新闻结束后,放映纪录影片《公害的周边=腐蚀地球》。在放映《埋藏水上飞机的田子海湾》的时候,也就是晚上七时四十分的时候,荧屏下端第一次出现了AJA4301客机失踪的新闻报道字幕,而且是滚动播报。

快到晚上八时的时候,各电视台相继作了字幕报道。东洋电视台从八点开始撤下预定播放的演歌节目,并派出特别采访组,奔赴现场进行实况转播。

下落不明的斯普鲁多808型客机,作为世界上第一代大型民用客机,是美国斯普鲁多飞机制造公司开发的。虽比北大西洋航线上出现的彗星机迟了一步,但进入定期航运,斯普鲁多808型客机还是破天荒第一回。

根据最大的起飞重量、机身的长度以及引擎类型,该机种主要有-80系列、-81系列、-82系列、-83系列、-84系列等。此外,还有装备鼓风引擎的B系列和货机C系列。现在该公司主要制造的机种,是-82B系列和-83系列。这一次行踪不明的,就是其中的-82B系列的新锐机种。机身胖,货舱宽敞,旅客的座椅以及装载货物都非常舒服。再者,机身长度与引擎的选择范围广而多，适应航空公司的各种需要。因而，欧美的大型航空公司，几乎都是美国斯普鲁多飞机制造公司的客户。

由于各国航空公司纷纷订货，该热门喷气式飞机的飞行量雄居榜首。从而，斯普鲁多飞机出现在世界的各个航线上。

然而，声誉卓著的热门喷气式飞机，竟载着一百三十八条生命销声匿迹，连影子也没有见着。各电视台对报道这起事故的新闻价值极感兴趣。为编排特别节目，纷纷派出配备最新摄制器材的大型新闻采访组。

随着各电视台的字幕报道，电话询问的铃声此起彼伏，旅客家属和记者组成的大队人马纷至沓来。夜间的羽田空港，顿时人声鼎沸，一片喧哗。

5

"这架飞机怎么会延误这么长时间？"

大竹专务看了一下手表，把头一歪，脸上显现出困惑不解的神情。指针，已经指向晚上七时三十分。

平日里，羽田空港因气候等缘故，经常出现飞机着陆高峰。可今晚气候良好，没有飞机积压在空中的理由。而且，条条跑道畅通无阻。眼前不断着陆的飞机，似乎在空中没有待很长时间的迹象。虽夜间视线说不上十分清晰，可机身上都亮着绿灯，好像都得到了按顺序着陆的许可，接二连三地滑向跑道。

此刻在上空盘旋的飞机，数量并不多，却不见熟悉的斯普鲁多808型飞机。

——会不会？

忽然，可怕的想法在大竹专务脑海里一闪而过。他是晚上七时前二十分钟时邀请小室由纪子到大厅内侧门口的。当时，听说442国际航班已经按照预定时间正在向羽田空港靠近。

现在已经七时三十分，羽田上空却不见该客机的影子。如果延误着陆，应该在七时前二十分与现在之间的五十分钟内。可电视台也说不清楚，似乎也一无所知。这更增加了大竹专务的惶恐和不安。去大厅那儿，或许能听到些什么。两人在大厅内侧门口已站了近一个小时，四肢被吹得已经有点麻木，还是先返回大厅里再说吧。

大竹专务打算招呼由纪子。

这时候，有几个接机模样的人来到大厅内侧的门口。他们之间的一番对话，飞入了他俩的耳朵。

"什么？"

"这消息是真的吗？"

"是全日空的哪个航班？"

"可能是442航班吧。"

顿时，大竹专务惊呆了，颈脖僵直，瞠目结舌。站在一旁的由纪子两腿瑟瑟发抖，嘴里不停地发出"啊"的惊叫声，脸色变得苍白。在大厅内侧门口的其他一些接机客人，听到这一惊人消息，立即把他们围得水泄不通，争先恐后地向他们打听。

说是全日空，未必就是442航班。在相同的时间段里，有到达的国内航班。或许，绕南飞来的国际航班误点？

围上来的人，几乎都是用激动而又焦急的语气打听，可他们都在心里默默地祈祷，衷心希望出事的飞机不是自己亲属或朋友乘坐的那一架。

"我们知道的也不太详细。总之，好像是从阿拉斯加空港那里飞来的航班。"

此时大厅内侧的门口已是人头攒动,混乱不堪。

无意中道出的新闻,没想到自己突然被围在许多情绪激动、脸色骤变的人群中间。那个消息灵通人士一边设法躲开,一边手指着大厅中央。

"你们大家快到中央大厅去打听。"

于是,人群中蹿出一个人,朝大厅中央飞奔而去。其他人见状,立即紧随其后。人群里,出现了骚动。突然,传来孩子的哭声,好像是被奔跑的人群撞倒在地上。既没有人上前扶起道歉,也没有家长大声斥责。混乱和不安,震撼着到达大厅。

由纪子和大竹专务,也加入向大厅中央潮水般涌去的人群中。此时此刻,东洋电视台正在播报AJA4301客机去向不明的号外新闻。

在预定着陆的几分钟前,空港广播曾突然中断有关该机的情况报道。对此,接机的人们已经心急如焚,不知所措。眼下,收看到东洋电视台的字幕快讯。瞬间,大厅里人头涌动,叫骂声四起。

"什么下落不明,这到底是怎么回事?"

"七点钟之前,广播里不是说442按照预定时间到达吗?!"

"把情况说得详细一点!"

"叫总经理出来!叫总经理出来解释!"

众人你一言我一语,嘈杂声一浪高过一浪。一些在电视台和广播里得知这一消息而喜欢凑热闹的人,也纷纷朝大厅中央拥来。霎时,人山人海,通行阻塞。

"夫人,我到全日空公司驻这里的事务所去一下就来。"

大竹专务的空港此行,尽管是为了迎接小室安彦归来,可作为公司的重要干部,当听到自己公司的442航班飞机下落不明时,再也按捺不住了。必须迅速了解班情的真相,以制定对策。

"啊呀,专务来了!出大事了哟!"

一位全日空的年轻职员看到大竹专务,立即向他跑来。眼下还是冬季,可年轻人只穿一件衬衣,袖子卷得高高的,脸上不停地冒汗,眼眶里泪水在打滚。

"走,到事务所里去谈!"

年轻人欲跟他细说,可大竹专务使劲甩了一下手,示意快走。

周围,接机的人群里,人人表情焦虑。相互间挤来挤去,打探消息。如果在这种场合细细叙述,也许后果不堪设想。

此时的事务所里,可能比这里更拥挤不堪。他朝那里疾跑,似乎已经忘记了小室由纪子的存在。

比起她丈夫的安全,满座旅客的生命则显得更为重要。虽然小室安彦是公司职员,并且是自己十分宠爱和器重的部下,但在这种非常时刻,比起那么多的旅客生命,小室安彦的生命只不过是沧海一粟。

斯普鲁多808型客机上几乎满座的旅客,万一遭到不幸,即便赔偿也是个巨大的数额。

大竹专务作为企业的首脑之一,具备了特有的冷静和比电脑还要快几倍的心算。在这种巨额赔偿中间,没有包括小室安彦的那一份。

由纪子敏感地意识到,刚才还是和蔼可亲的上司,脸上的表情瞬间冷若冰霜,仿佛是一个陌生人。尽管自己也紧随其后,可一股莫名其妙的恐怖笼罩着全身。仿佛自己是一叶孤舟,正在昏暗、咆哮的大海里苦苦挣扎。

由纪子的恐慌,来自载有丈夫的那架客机突然失踪。不过,女性的本能,又使她以逆向思维来看待此事。

——他肯定会回来的!

汹涌的大海彼岸,似乎浮现出丈夫安彦那轮廓鲜明的笑脸。

"这消息肯定是误传!"

由纪子嘴里喃喃地说着,仿佛在向苍天祈祷。

6

当天晚上的七时四十分到八时前后,东京湾周边笼罩着一片紧张的气氛。

海上保安厅和海上自卫队的有关人员,从电视里得知这一快讯后,预感到出发的命令即将下达,便作好了一切准备。

以东洋电视台的字幕快讯为开端,各电视台纷纷向羽田派出强大的报道班子,编制特别节目。各大报纸的晚刊没有赶上该新闻的报道,遗憾之极。而各电视台则充分发挥其报道的及时性和全国网络的特点,向全国报道了这起罕见的特大空难事件。

下午八时,该事件在电视媒介的报道下,家喻户晓,人尽皆知。全国人民热切关注着,纷纷挂电话到空港询问。东京湾上空,是失事飞机中断联络的地方。其周边紧张的空气犹如翻滚的乌云,几乎令人喘不过气来。

八时刚过,明月高挂的天空,蒙上了一层薄薄的阴云。紧接着,滴滴答答地下起了小雨。

八时二十分,交通部航空局保安事务所在空港内设置了空难救援指挥部,并委托海上保安厅、海上自卫队和驻日美军司令部,赴东京湾展开全面救援活动。

正在整装待发的海上健儿和大小船只,一听到搜索命令,箭一般驶向大海。海上,一共有六十七艘搜索船。海上保安厅派出二十六艘,海上自卫队派出十二艘,美军三艘,水上警察、水上消防部队十八艘,民间出动渔船八艘,组成了浩浩荡荡、空前规模的搜索队。

不仅在海上,空中也出现了二十一架飞机和直升机参加搜索。海上保安厅派出四架,海上自卫队派出八架,全日空派出三架,报社和电视台派出六架,组成了空中救援队。

据AJA4301客机失踪前的最后联络时间和出现在雷达上的机影推测,遇难现场多半在东京湾——距离羽田浅海区域东侧十至十五公里的海面上。在推测的浅海区域,搜索船队如同被步步紧逼的"平氏家族军船",开足马力,在海面上往返,紧张地搜索着幸存者。

夜空的云雾在翻滚,稠密的雨点鞭打在水面和船上,搜索人员又冷又冻。

随着雨点的铺天盖地,海浪也开始汹涌澎湃。

AJA4301客机失踪三个小时了,聚集在全日空公司内的旅客家属和他们的亲朋好友纷纷露出了绝望的神情。即便飞机不坠毁,也早到了燃油弹尽粮绝的时候。

时间在一分一秒地过去,东京湾的搜索船队没有发回任何消息。这使得那些旅客的亲朋好友,把心中的失望化成对全日空公司的仇恨。

"把喷气式飞机的安全吹得天花乱坠,神乎其神,可事实呢,已经失踪了三个多小时,这到底是怎么回事?快解释给大家听!"

"哼!三个多小时,即便坐上新干线列车去大阪,也早就到了。如果坐飞机去中国台湾和香港,还要不了三个小时呢!时间过去这么久了,可还一个劲儿地说情况不明。这种回答,我们坚决不能答应!"

"要是飞机已经坠毁，就直截了当地说！别遮遮掩掩、羞羞答答的！想搪塞，没那么容易！到底为什么？是不是飞机早就断油了？"

旅客家属和他们的亲朋好友，一个个拽住全日空公司的职员，紧紧地围住。其中还有系领带模样的公司职员，态度生硬，举止粗暴，还毫不客气地指指点点、推推搡搡。

眼下的全日空公司，连一点机体的残骸和尸体都没有找到，也确实找不到适当的解释。

7

"这次出差，我俩要分别好长一段时间。"

安彦君将自己的身体轻轻从由纪子的身上移开，靠在床背上。

"一个月时间，你能坚持住吗？"

他把手伸到床头柜上取出一支烟，衔在嘴上，另一只手操起打火机将烟点燃。

床头柜下端，是微弱的照明灯。它在黑暗的室内，散发着朦胧的光线，将安彦君轮廓鲜明的脸庞显现出来。投影在墙上的脸部表情，粗看认真，细看似乎带有点虚伪。

"坚持不住的，应该是你呀！"

由纪子仰起脸出神地望着丈夫，眼睛里露出埋怨的目光。此刻，在她的体内，还残留着跳跃般的快感余韵。

通常，男人在做爱前欲望强烈，如饥似渴，急不可待，来势汹汹。与此相反，女人在做爱前表情羞涩，温情脉脉，没有男人那么亢奋、激情，只是做爱结束后，才会产生依依不舍的感觉，并希望能一味地依偎在男人怀里。这是生理特点不同而产生的两种情感世界。

由纪子陶醉、享受着做爱余热的同时，故意挑逗丈夫，期盼安彦君产生梦幻般的感觉，再度燃起奔放的欲火。

"你在说我？好，那你再靠过来一点！"

安彦君从嘴里喷出一大口烟雾，不好意思地笑了。

"有你这么可爱的太太，我怎么会寻花问柳呢？"

"那也不一定呀！男人嘛，即便与对方没有爱情，也会欲火熊熊的！"

"你说得也不完全对。从理论上讲，也许是那么回事。而我则不然，没有你就不行！只有看到你，才会使我激动不已，按捺不住。"

"你光说好听的！一旦离开我久了，就会陷入欧洲金发女郎的重重包围之中。到那时，你就尽情地享受吧！"

"喂喂，你今晚怎么搞的？尽找这些无聊的话说！"

安彦君极力表白自己，以宽慰太太。说心里话，他确实非常喜欢由纪子的天真可爱。

"唉！一个月时间太长了！可这是工作，也是身不由己呀！这漫长的三十天里，我只能守着家具和空空荡荡的房间独个儿生活，耐心等你回来！唉，一想到孤独和寂寞，就有点心慌意乱，不知怎么打发才好。"

"我不是早就跟你说了吗，如果感到寂寞，可以回娘家；如果感到孤独，可以让我母亲来陪你。"

"无论到哪里去，也不管谁来陪我，感觉上还是那么一回事。你不在我身边，这是不可改变的事实吧！我唯一盼望的是，你快些回来陪我！"

说话间，由纪子抑制不住内心的激情，紧紧搂住安彦君。适逢安彦君也吸完了烟，伸出一对有力的双手紧紧抱住由纪子。

薄薄的盖毯，又开始宛如抑扬顿挫、节奏鲜明的五线谱，委婉地跳跃起来。夫妻俩一丝不挂的身体，紧紧黏合在一起……高潮再度迭起。

国际航班飞机轰鸣的引擎声，穿过厚厚的隔音墙，悄悄来到枕边，轻轻抚摸着正在熟睡的年轻夫妇。

明天早晨，小室安彦将把自己的生命托付给停机坪上的某架国际航班，飞赴欧洲。

为第二天早早进入空港出发大厅，由纪子与丈夫一起住进空港宾馆，欢度离别前的良宵。虽说只是一个月的离别，却感到十分漫长和遥远。

如今，那次惜别，也许将无休止地延长。或许无论怎么等待，他不再回到自己的身边。从眼前的情况分析，丈夫今生不再返回的可能性已经越来越大。

听说飞机早已断油。可没有燃料的飞机，又怎能在天空翱翔？不是在某个地方紧急迫降，就是已经坠毁。

如果紧急迫降，应该电话报告现在的位置，以便救援。假设飞机坠毁，会有人生还吗？

——安彦君死了，能使她一生幸福的丈夫死了。

"我不相信！"

由纪子腿酥脚软，喃喃自语。

"错了！肯定搞错了！"

她呆若木鸡地站在大厅里，任凭人潮推来搡去。咦！大竹专务上哪里去了？

与安彦君度过的最后一夜，仿佛浮现在眼前。三个月的新婚生活，犹如电影在脑海里一幕幕展现。

三个月来的日日夜夜，小俩口仿佛双双坠入卿卿我我的爱河里。每每追忆起甜蜜的二人世界，才使她深深感到丈夫曾经确实在自己的情感世界里生活过。

可现实告诉她，无论过去多么美好，多么愉快，终将成为历史，一去不复返。自己日后的生活，将发生巨大变化。

这时候，电视里播放AJA4301飞机上的旅客姓名。突然，一个熟悉的名字，一个曾经爱过自己、疯狂拥抱抚摸过自己的丈夫，一个生龙活虎的男人——小室安彦四个大字，竟无情地出现在电视荧屏上。

——那不是我丈夫！

她断然否定。

当晚十一时三十分前后，参加搜索救援活动的横滨市K海运公司的"海友九号"客货两用船，在羽田东侧十二公里的东京湾海面上，打捞到酷似空难飞机上的座椅、毛巾和皮鞋等许多漂浮物。该船船长随即操起对讲机，向横滨第三管区的海上保安部报告。

当晚十一时五十分左右，海上自卫队的"雄鹰号"驱逐艇，在羽田灯台东南角向东约十五公里的东京湾海面上，打捞到一具叫真边的男性尸体和一份国际航班救生器具使用说明书，立即向防卫厅作了汇报。

当晚十一时五十五分刚过，海上自卫队的F2飞机发现，在木更津西侧十公里的东京湾海面上，漂浮着机身残骸。接到这一消息后，正在附近搜索的"八洲号"巡视船，立即驶向现场打捞。残骸碎片上，标有AJA英文字母。很显然，这一带海面是AJA4301客机遇难的现场。

当这一号外新闻传到全日空在空港的特别候机室时，由纪子只觉得眼前一黑，当场昏厥倒地，不省人事。

第二章　坠落的背景

1

AJA4301客机坠落在东京湾后的一个月里，海上自卫队的潜水队和打捞船夜以继日地工作，打捞起一百一十二具尸体以及除第四引擎外的全部机身残骸。又经过一段时间的奋力搜索，剩余的二十六具尸体和第四引擎最终还是没能找到。

搜索停滞不前。海上保安厅使用水中摄像机和水中声波探测仪，寻找遇难者遗体和第四引擎。由于坠毁现场是深水区域，必须派遣水上飞机潜海搜索。由于海底污泥混浊，这些费了九牛二虎之力弄来的"新式武器"，也不得不望洋兴叹。

东京湾，一连几天狂风暴雨。恶劣的气候，给搜索救援工作带来了巨大困难。经过昼夜连续的搜索，潜水员疲劳至极，相继病倒。被誉为"海上男子汉"的船员们，体力消耗达到了极限。参加打捞的船员，几乎都不同程度得了感冒和神经性胃炎。再这样下去，搜救队将大量减员，要不了多久，将全军覆没。

打捞刚开始的阶段，竹芝栈桥上挤满了遇难者的亲朋好友。随着遗体打捞工作接近尾声，竹芝栈桥上逗留的人渐渐减少。如今还坚持"光顾"的，是一些尚未打捞到的遇难者遗体的家属。

在这段时间里，由纪子天天"出勤"。任凭海风刺骨，任凭暴雨连连，她准时来到栈桥。她多么希望能亲自参加搜索，多么希望能用自己的双手从海水里捧起丈夫那熟悉的身体。

——已经在大海里度过一个月的丈夫，也许冻得直打哆嗦？尽管自己站在栈桥上也不能起到任何作用，可与丈夫之间的距离似乎近了，又仿佛感觉到丈夫的脉搏在激烈地跳动。

由纪子在栈桥上思念丈夫的日子里，与其他空难者的家属熟悉起来。可由纪子觉得自己是全日空遇难职员的家属，总感到在这个特殊的大家庭里羞愧满面，无地自容。

机组人员的遗体全部打捞完毕，唯全日空的遇难职员——自己的丈夫，至今仍下落不明。

作为全日空公司空难职员的家属，当然不能像别的家属那样，向公司提出这样或那样的过高要求。既是乘客遗孀又是公司职员遗孀，在这种公开场合，很难亮出自己的观点。每天上栈桥，她不是默默无言就是呆呆望着大海。

机身中段、尾翼、第三引擎、主翼的一部分、第一引擎、第二引擎、主翼的根部以及机首部分，相继被打捞上来。

由政府委派组织的"全日空飞机失事原因调查组"，在海上保安厅、东京地方检察厅和东京警视厅联合组成的搜索救援指挥部的协助下，开始对运送到羽田空港全日空仓库里的AJA4301残骸展开详细而又严格的调查和取证。

与此同时，美国斯普鲁多飞机制造公司的工程师团和美国民间航空委员会的航空安全监督调查官，同机飞来日本。他们作为调查组成员，一起参加事故原因的调查。

在形同露天操场的巨大仓库里，机首、主翼部分、机体中段、尾翼以及起落架等残骸碎片不计其数，连走廊通道也堆满了。

调查组将残骸碎片拼接起来，进行调查。

经过取证分析，调查组与搜索救援指挥部达成了共识，结论如下：

一、海底现场的机身状况

二月十日，在羽田灯标东侧十二点六公里、深度三十二米的海底，先后发现机首驾驶席、机身中段、主翼和尾翼。这些残骸碎片，从千叶向着羽田方向，呈逆向状态散落在海里。

上述残骸碎片，从二月十二日开始，共打捞两天。

二、打捞上来的机身状况

飞机断裂成六个大块：机首、尾翼、两个主翼和两大块机身中段。两大块机身残骸虽已成碎片，但还能勉强组合在一起。尾翼，完好无损。机首的下半部分，呈S形状。数以千计的红色、白色配线，宛如一大团理不出头绪的乱麻，垂挂在机身的外侧。

三、仪表状况

仪表群的主要仪表，是机长座席使用的仪表和机械员使用的仪表。

1. 机长座席使用的仪表盘状况

（1）唯显示第四引擎马力的数值，异常低。

（2）引擎的转换开关在仪器盘上侧，控制燃料、润滑油的补充管道。开关外侧端部装有信号灯。当某引擎发生火灾等非常情况的时候，标有该引擎编号的信号灯随即闪烁。唯第四引擎的转换开关，其端部有被拆卸和拉拽过的痕迹。

（3）唯第四引擎的启动杠杆朝下，处在启动与停止之间的位置。

（4）防冻仪表以及储压仪表显示的数值，与通常数值相同。

（5）着陆灯开关处于关闭状态（事故当天十九时零分三十秒，空中交通管制所调度员曾向该机发出点亮着陆灯的指令）。

2. 机械员使用的仪表盘状况

（1）第一引擎的温度仪表开关呈打开状态。

（2）氧气调节开关呈正常状态。

（3）机械员使用的室内高度仪表，显示每分钟上升六百米的数值。

（4）显示飞行方向的指南仪表，指针指向二百七十度（即朝西方向），显示飞机在朝羽田方向飞行。可由于坠落时的撞击，仪表指针有可能出现狂转的异常情况。因此，不能单从现状予以判断。

3. 驾驶席内侧的钟指向十九时五分十二秒，处在停止状态。可该机曾于十八时五十九分在千叶上空，向东京空中交通管制所发出请求着陆的信号。从千叶到坠落现场，根本不需要六分十二秒的飞行时间。因此，该机坠入大海时，可能有过一番挣扎。可见，时钟显示的时间，不代表飞机坠落的时间。

总而言之，仪表系统的玻璃四分五裂、支离破碎。由于撞击和海水的浸入，所有的仪表指针都有可能出现狂转的状况。所以说，仪表上目前显示的数值，难以成为分析事故原因的切入点。

四、客舱状况

从机身尾部到左翼之间的窗玻璃完好无损。可右翼到机身尾部之间,即26F座位与前排25F座位之间呈断裂状态;24F座位底部有裂痕。室内的表面装饰,有一部分被烧毁的痕迹。所有的座椅朝左前方和右前方倾斜。

五、机尾状况

尾部水平翼的升降舵,朝上。方向舵左倾三十度,表示向左旋转。主体的压坏和横截面的压缩,皆因受到左翼的猛烈撞击。机身残骸碎片的散乱状态朝东撒开,即整个机身或者水平或者尾部稍稍向下、左倾状坠毁在海里。

六、引擎状况

1. 第一引擎(左翼)的状况

主体被锥形螺栓牢牢固定在主翼上,螺栓没有断裂。引擎侧面的外壳有纵向裂痕。当该引擎与水面接触时,由于冲击力过猛,受冲击的引擎部位出现了纵向裂痕。引擎主体的外壳,有裂痕和裂缝。

再者,引擎下端的齿轮传动箱和燃料喷射管道装置呈扭曲状态。该状态是由于坠落时撞击而形成的。可内部压缩装置里的叶片和空气输入整流板基本上保持原样,证明没有发生过爆炸。

2. 第二引擎的状况

主体被锥形螺栓牢牢固定在主翼上,其损伤程度与第一引擎大致相同,没有发现爆炸的痕迹。

3. 第三引擎(右翼)的状况

主体被锥形螺栓牢牢固定在主翼上,完好无损。主体基本保持原形,燃料系统的机器部分原封不动地附在引擎上。

引擎前端的空气整流板没有破损。仅引擎后端的排气孔微微破损，也没有爆炸燃烧的痕迹。

4．第四引擎的状况

将引擎主体固定在主翼上的A、B、C三颗锥形螺栓已经断裂。由于这些螺栓断裂，导致引擎主体与主翼脱离，至今尚未找到。

A、B锥形螺栓皆固定在引擎主体前侧的上孔和下孔上，可上孔的橡胶垫片还遗留在那里。螺栓受力框架的上端，仅三处受到撞击的痕迹。其框架下端，有五处擦伤的痕迹。由此可见，第四引擎不是突然与主翼脱离的。

七、遇难者遗体的状况

遇难者：旅客一百二十九名，机组人员九名。旅客组成状况：团体旅客八十六名，个人旅客四十三名。机组人员状况：机长，副驾驶，机械员，报务员，乘务长以及四名女乘务员。

旅客遗体：除十二具被火轻微灼烧，其余几乎都是脑部骨折，但损伤程度并不严重，基本保持原形。打捞出水面时，皆脸呈醉酒后的红颜色，没有丝毫惊慌失措的神色，似乎都还活着。在打捞出水面的同时，由于水压变化，所有遗体皆向外喷射鼻血。大部分身着西装的遗体，因接触水面时受到猛烈撞击和海水浸泡，下身的内外裤都已经不复存在。

在调查取证时，就主翼上第四引擎的固定螺栓（第四引擎还没有打捞上来）的断裂处，进行了格外仔细的检查和特别周密的分析。从断裂处的外观判断，该断裂的固定螺栓没有发现老化而自动断开的痕迹。

就上述情况，调查组暂时作出如下推测：

第四引擎由于受到飞机坠入大海时的猛烈撞击而自动脱离。

可调查组成员中间，有人提出不同意见。他认为：固定第四引擎的部位以及断裂的固定螺栓有重大疑点。

这位调查组成员叫吉村健太郎，是国家航空部里年轻气盛、分析能力颇强的辅佐官。可在部里坐冷板凳的，也是他。这一回，他被"扔"到由大学教授和特大型企业工程师团等高级科学技术人员组成的调查组里，协助调查。国家航空部，主要负责该事故原因的调查。作为责任担当部门，无疑与飞机失事的航空公司有着密切的关系。故而，调查组的主体必须由高级科学技术人员组成。

调查组成员为寻找事故起因，纷纷抡起了深奥的"理论大棒"。从学术高度，分析和探讨飞机坠毁的原因。站在一大帮理论家、科学家身边，吉村健太郎似乎矮了一大截。可他无所畏惧，班门弄斧，大胆提出简单而又朴实的主张。

"方向舵、机身主要部分的损伤和机身残骸的散乱状态等各种情况表明，飞机的左翼首当其冲，先于其他部位坠入大海。就主翼上的四台引擎来说，率先坠入大海、率先受到撞击的，应该是左翼上的第一引擎和第二引擎。而调查组的暂时结论，偏说第四引擎是自动脱离，似乎是被风刮跑的。那理由是什么呢？"

他的这一疑问，与调查组的主导意见相左。

"引擎的脱离以及方向舵的扭曲，已经充分说明，急于下结论是过于仓促，至少是不适宜的。"

他又说：

急于下这样的模糊结论，是调查组的习惯做法。调查飞机的事故原因，往往凭主观推理、想象。由于权威们需要长时间论证，导致财力和精力的大量耗费，而最后结论往往再回到当初模棱两可的"假设推测"。

唯美国斯普鲁多飞机制造公司派来的工程师团，在调查初期便迫不及待地大肆吹嘘：飞机的设计和结构等各个方面非常完美，毫无缺陷。并且武断地主张：飞机失事，归结于飞行员的粗心大意。

就制造业来说，提出这样的主张也是情有可原的。可调查组里的大部分权威人士，竟然不明是非，吠影吠声。从而激怒了嗜好坚持真理，一意孤行的吉村。

2

从一九五九年到一九六〇年，喷气式飞机闪电般地在国际航空界亮相，犹如雨后春笋，遍布世界各国。

如果称其为"喷气式飞机第一次革命"，那当今喷气式飞机和超音速飞机的高速发展和大量导入，迎来了低廉的航空运输时代，则可称为"喷气式飞机第二次革命"。也几乎在国际航线跨入巨型超音速时代的同时，"空中客车"先于国内航线登场。"空中客车"，顾名思义，在空中飞行的大巴士，以廉价运费大幅度增加了旅客的输送量，极大地缩短了空间距离。

至此，全日空在实现飞抵纽约这一夙愿的同时，采取了相互让步的灵活原则，让大量的美国大型航空公司进入一直被全日空视为最大摇钱树的太平洋航线。从某种意义上说，为得到太平洋航线新规则的通行许可，也是不得已而为之。

太平洋区域的航空运输量，在过去的十年里猛增，日新月异。旅客载运量在原来的基础上增长五点六倍，货物载运量在原来的基础上增长十四倍。与此同时，世界航空运输量也在同步增长。旅客载运量增长二点七倍，货物载运量增长四倍。在国际航空干线上，太平洋区域的航空运输量占据首位，极大地刺激了各航空公司纷纷要求进入该航线的欲望。

尽管如此，日美之间每周往返的航班数量，就日美英三国的航空公司的总和只不过一百一十个航班班次。

欧美之间的国际航线，横跨大西洋。每周的航班班次达九百个以上。相对而言，在众多的国际航线中，太平洋航线的航班班次虽少，却十分珍贵。

在这条航线上，全日空占据绝对优势。旅客量和货物量的占有率，分别为这条航线总量的百分之三十七点六和百分之三十七。在航空公司中间，犹如鹤立鸡群，独占鳌头。就该航线上的销售额来说，占据全日空公司国际航运营业收入的百分之五十以上，被视为全日空的"生命线"。

在太平洋航线开通初始阶段，英国的所有航空公司争先恐后要求加入。一些先后被接纳的航空公司，早已预测到这一富有潜力的大市场。这些大型航空公司，以其雄厚的资本实力和众多的飞机数量，拉开了太平洋航班量剧烈增加的序幕。

航空运输革命的弄潮儿——巨型超音速飞机，应运而生，闪亮登场，从根本上摇撼了全日空在太平洋航线上以老大自居的根基。

再者，全日空的有力竞争对手——法国、荷兰、意大利以及西班牙等欧洲一流国际航空公司，也虎视眈眈地盯视着太平洋航线。

以东京为中心的太平洋空中领域,即将展开史无前例的"国际空战"。

对全日空来说,它们不愿意看到市场拱手相让的悲惨结局。在保持王者地位的同时,必须死死守住原有的优势地位和公司的这条"生命线"。

全日空的首脑们,将新航班的增加、新航线的开设以及新型飞机的引进等三个方面联系在一起,制定了有机的具体对策。

一九七〇年初发表的"新五年计划"里,详细叙述了三位一体的对策,充分显示了该公司欲永远立足于太平洋航线的信心和雄心。

紧接着到来的,是"超音速化"的航空时代。二十世纪七十年代,随着巨型飞机的大量增加,超音速客机开辟的"空中热门客机格局"必将到来。

由英法联合开发的库库鲁多飞机,是当今顶尖的超音速航空工具。该飞机时速约二千五百公里(音速达一千五百公里)。接着,他们又联合开发波音2707飞机,时速竟超过三千一百公里。这两种机型,无论哪一种都打破了原有的音速标准。

这种超音速飞机,如果加盟太平洋航线,东京—洛杉矶之间大约六个小时即可到达,比现在该航程所需的时间约减少一半。由此可见,日本—美国当天往返是可行的。如此推算,载乘旅客约千人以上、飞行时速约七千五百公里以上的极超音速飞机,极有可能在昭和六十年代前后问世。

面对即将到来的时代背景,各航空公司纷纷以建立"世界八小时飞行制"为目标,对新锐飞机的导入显示了异常热情。所谓"世界八小时飞行制",即飞往世界上任何一个主要城市,飞行时间皆不得超过八个小时。美国大型航空公司已经向飞机制造商订货，预订购入的超音速飞机达二十五架之多，以保持国际航空界的领先地位。预订的这些飞机，预备资金达十七亿美元之多，系国际航空界最大的投资。据说这些航空公司为永远保持激烈竞争中的领先地位，又追加资金，在原有的基础上，加大新锐飞机的订购数量。

为在航空国际商战中始终保持上游地位，全日空制订了五年计划，并决定引进七架巨型超音速客机、十架大型超音速客机、八架普通型超音速客机。

不用说，全日空这一数额巨大的订单，引起各飞机制造公司间的摩擦和争斗。

首先是美国的库鲁萨飞机制造公司和斯普鲁多飞机制造公司。其次是英国的马库西米利阿飞机制造公司。再者是法国塔索艾鲁库鲁飞机制造公司。

经过价格、性能以及政治力量等一番你死我活的角逐，剩下的，是最具竞争力的美国两家企业。一家是库鲁萨飞机制造公司，另一家是斯普鲁多飞机制造公司。

新型喷气式飞机，购入单价在一百亿日元以上。在世界航空界的一些顶尖企业集团里，全日空开出的订单数量名列前茅。作为飞机制造商来说，若能得到全日空的订单，那将为企业带来巨大的利润和发展的动力。为此，两家美国的制造商之间拉开了没有硝烟的商业战争序幕。经过一段时期的争斗，仍然难分伯仲，胜负难测。

库鲁萨飞机制造公司，瞄准高速且特大机型的目标，开发了A300系列超音速空中客机。该系列客机共有四种机型，可载客二百五十人至四百人。无论哪一种机型的时速，都超过二千五百公里，可以横跨太平洋。

目前在天空中飞行的，有TU114和昆库路夺多超音速飞机。其机身材料是采用宇宙飞船的钛合金。而目前尚处于试验阶段的（SST）超音速飞机，其机身材料是用于控制速度的硬铝合金。两者相比，前者属于正规机种。

在巨型飞机方面，已经开发出MC-50，比现在空中飞行的机种更加先进。MC-50巨型飞机，各种装备配备进一步自动化，被誉为第三代新锐客机，可以完全自动着陆。在选用材料和机身结构方面，以尽可能万无一失的构思为基准，安全性能极高。唯一的缺点是，机身形状比后述的S1111机型稍瘦，在提速和客舱舒适方面不如其他高性能飞机。

相对而言，斯普鲁多飞机制造公司提供的S1001超音速客机，一次可容纳五百多名旅客，时速达三千公里。该机时速和载客量，远远超过库鲁萨飞机制造公司制造的A-300客机，唯一的缺点是，交货时间比较迟。

在超音速飞机方面，交货时间比较迟的斯普鲁多飞机制造公司，已经制造出可以搭载六百九十九位旅客的超巨型飞机，型号是斯普鲁多S1111机型。该机型，与MC-50飞机并驾齐驱。而且，斯普鲁多飞机制造公司还在加以改进，朝着更现代化的方向改良。

为此，持有S1111机型的斯普鲁多飞机制造公司，在这场竞争中，雄心勃勃，劲头十足。虽该机在自身重量、载客量以及性能等方面酷似MC-50，但在内部设计构思方面，与MC-50飞机大相径庭。

引擎，采用独特的三重轴涡轮风叶式发动机，系"应古鲁哈多发动机制造公司"制造的JB411发动机。该发动机效率高，用户的反馈评价很高，声誉卓著。

为提高装备自动化和安全可靠程度，一律采用标准尺寸。特定部件，也可调换。调换时，不需拆卸其他部件。调换操作，非常方便、简单。

在可以调换的一千种部件里，百分之九十以上仅需一个小时就可调换完毕。引擎调换，只需三个小时。需要检修的部件，几乎都可以从外部进行，不必拆开。综上所述，该机型的安全可靠程度，比目前的飞机要高许多倍。

库鲁萨飞机制造公司，大幅度降低A-300和MC-50的出售价格。斯普鲁多飞机制造公司，也大幅度降低S1001和S1111的出售价格。两家公司竞相削价，全力以赴，希望与全日空成交。

库鲁萨飞机制造公司出售的，是超音速客机。而斯普鲁多飞机制造公司出售的，是巨型客机。就全日空迄今为止选择的机型来看，向两家企业订购的可能性各占一半。

为这两家制造商充当马前卒和急先锋的，系日本两大财团下属的特大型商社。在企业规模和销售额方面，皆名列前茅的千代田通商公司和中央商社。

库鲁萨飞机制造公司的代理商，是千代田通商公司。

斯普鲁多飞机制造公司的代理商，是中央商社。

两家商社，在全日空公司的关系网，发动了国际空中商战。

由于两家代理商的拼死竞争，易于升级、酿成政治问题。为此，全日空暂时中断了公开决标的作业。

国际空中商战的另一根导火线，系斯普鲁多808型飞机的事故。即便引进与808型飞机截然不同的机型，只要是斯普鲁多企业的产品，总让人心里有一种不踏实的感觉，尤其给选择机型的全日空首脑们蒙上了一层阴影。

比起性能和装备的现代化，飞机的安全性则是首要的选择条件。无论飞行速度如何快，又无论装备如何自动化，一旦发生坠毁事故则是致命的。何况斯普鲁多808型飞机，就是这次坠毁的飞机，该机型与巨型S1111飞机系同一系列。尽管在投标书上开出的条件，斯普鲁多飞机制造公司稍优于库鲁萨飞机制造公司，可808型飞机的坠毁，无疑给斯普鲁多飞机制造公司的产品大打了折扣。

从某种意义上说，坠毁的808型飞机与投标略占优势的热门飞机，系同一系列的"同胞手足"。就机型的选择来说，在全日空内部产生了微妙的变化。天平，开始朝库鲁萨飞机制造公司方面倾斜。

事实上，情况并没有朝着完全不利于斯普鲁多飞机制造公司的方面发展。如果事故原因的调查结果，系飞机结构以外的原因所致，斯普鲁多飞机制造公司就不必背黑锅，相反轻装上阵，稳操胜券。就斯普鲁多飞机制造公司来说，得想方设法把事故原因归咎于飞行员的麻痹大意或者是其他人为的因素。

与此相反，库鲁萨飞机制造公司却一味强调，808型飞机的坠毁，系结构不合理所致。两家飞机制造业在日本的代理商——千代田通商公司和中央商社，对事故原因的调查走向极为关注，也在情理之中。

808型国际航班热门喷气式客机，系几十亿日元购入。在该机坠落和一百三十八位空难者的阴影下，两大财团为了各自企业的巨大利益，相互间展开了虚虚实实的夺标大战。

第三章　第三事故原因

1

庞大的事故原因调查组，由五十六人组成。日本航空宇宙工学界权威人士、东京大学的系永夏雄教授，担任该调查组组长。组员如下：

A大学新堀宇吉郎教授；
千代田重工业公司总工程师杉井一郎为首的工程师团；
亚洲重工业公司副总裁大桥盛太郎为首的工程师团；
全日空副总裁野村市松为首的工程师团；
国家航空部航空管理局局长丰田恒男以及三名辅佐官；
日本航空评论家武井博行和木下公平；
美国民营航空委员会航空安全监督调查官克里夫鲁多；
美国斯普鲁多飞机制造公司副总裁兼总工程师培斯曼为首的
　工程师团。

构成飞机坠毁的三大原因：机械材料、气象和人。为此，调查组分门别类，逐一展开调查。如下：

1. 机械材料的故障

A. 机械材料；

B. 装备方面的漏洞；

C. 保养方面的漏洞。

2. 航运上的疏忽

A. 飞行操作上的失误，或飞行员生理上的突然变化；

B. 地面指挥上的疏忽，或飞行计划的疏忽；

C. 外在条件所产生的疏忽

C_1. 气象条件（气流紊乱等）；

C_2. 鸟虫；

C_3. 跑道欠缺；

C_4. 炸药之类的故意爆炸，或其他不可抗拒的条件。

在深入调查的过程中，组长系永教授主张（2A）飞行操作上的失误，即飞行员在操作上失误。这一主张，瞬间变成调查组的主流意见。

以往一些飞机发生事故，在寻找飞机失事原因的时候，一旦遇上难以分析、无法辨别责任的场合，往往归罪于飞行员操作上的失误。系永教授既是调查组最高负责人，又是日本航空宇宙工学界权威人士。其提出的主张，易于给调查组施加倾向性的影响。何况，在调查组里占据大多数的，是亚洲重工业公司和斯普鲁多飞机制造公司的工程师团。对于系永教授提出的这一主张，他们求之不得，当然举双手拥护。再说，航空部派出的官员们，除吉村外都表示赞成。

斯普鲁多飞机制造公司派出的工程师团，全力支持系永教授的主张，是出于维护制造厂家的信誉，也在情理之中。但亚洲重工业公司在这一立场上的微妙变化，与重大的利益驱动不无关系。也就是说，亚洲重工业公司与中央商社，同属以中央银行为主轴的中央财团成员。在该财团下属的企业集团中，亚洲重工业公司系重中之重的骨干企业。第二次世界大战后，被解冻的许多财团死灰复燃，通过以银行为中心的金融联合形式，悄悄联合起来。

尽管法律明文规定，禁止市场垄断。可这些大财团阴魂不散，钻"禁止市场垄断"的法律空子，通过资本的结合，迅速组合起来。而且，联合而成的企业集团规模，比起第二次世界大战前有过之而无不及。

正因如此，企业集团里的凝聚力空前坚实。再说，亚洲重工业公司在斯普鲁多飞机制造公司的技术援助下，已经开发制造出第一代国产飞机——AZ10型空中客车。

倘若把这次飞机失事的原因归罪于飞机结构不合理，将会给斯普鲁多飞机制造公司瞄准的大客户——全日空公司在订购飞机的决策上带来巨大的消极影响。为此，亚洲重工业公司工程师团积极站在同一财团成员的中央商社的立场上，支持系永教授的主张。由此可见，亚洲重工业的积极姿态，是出于自身的利益，也是出于财团的利益。

在系永教授主张"飞行员操作上失误"的同时，A大学新堀教授则主张"飞机制造结构不合理"。

新堀教授提议，按照失事飞机的重量和强度，制作缩小比例的飞机模型，再以任何角度和速度扔入游泳池，而后根据模型损坏的状态以及碎片散落状况分析，推测失事飞机在机身触水瞬间的飞行状态。

实验结果如下：

"由于主翼上的扰流器在飞行中动作异常，形成主翼后端以及左右侧两台引擎附近的空气流动紊乱，造成飞行速度处于失常状态。再由于进入引擎里的空气流量减少和不匀，造成涡轮风叶失去正常的时速力。再者，由于正常的混合气体无法形成，以致引擎停止工作，从而导致飞机坠落。"

扰流器，是安装在主翼上的金属板，具有填料盖和滑板两种类型。操作储压器或者操作钢丝绳，使其在主翼上竖起，以阻挡空气的流速，减慢飞行中的速度。在飞行中，一旦扰流器动作异常，往往造成新堀教授所说的结果。通常，唯机身着地后，由机身重量导致起落架主轮轴陷入的时候，扰流器才会在主翼上自动竖起。

赞成新堀教授这一主张的，有以千代田重工业公司总工程师杉井一郎为首的工程师团、以全日空公司副总裁野村市松为首的工程师团以及航空评论家武井博行等。

千代田重工业公司与千代田通商公司，不仅同属某个财团，而且眼下正在与库鲁萨飞机制造公司技术合作，开发（除引擎以外）国产部件组装的国内航班喷气式客机。

千代田重工业公司与库鲁萨飞机制造公司之间的关系，远远超过千代田通商公司与库鲁萨飞机制造公司之间的关系。再说，对于全日空公司究竟选择库鲁萨飞机还是选斯普鲁多飞机，对该公司正在开发的喷气式客机能否获得订单具有极其重要的影响。

两派意见一览表					
派别	关系企业	代理企业	美国飞机制造企业	主张人姓名	各派调查意见
斯普鲁多派	亚洲重工业公司	中央商社	斯普鲁多飞机制造公司	系永教授	飞行员操作失误
库鲁萨派	千代田重工业公司	千代田通商公司	库鲁萨飞机制造公司	新堀教授	扰流器飞行中动作异常

千代田重工业公司主动支持"新堀主张",是受本身利益的驱动。

全日空公司代表反对系永教授提出的"飞行员操作失误"主张,也合情合理。如果飞机坠毁的原因归咎于飞机制造结构上的不合理,全日空公司的责任则可减轻到最低限度。

第三种主张,即吉村健太郎提出的"第四引擎空中脱离"。他是航空部航空管理局派出的年轻辅佐官,系国家一般公务员。

"飞机失事当天晚上,没有引发坠毁事故的任何气象条件,就连飞机坠毁现场那一带的气候也非常稳定。操纵系统、电子系统以及地面设备等,都没有找到与事故原因关联的异常情况。从机身坠毁的状况以及打捞上来的残骸碎片来看,单纯的'飞行员操作失误'的主张结论,是绝对不能采纳的。尽管'扰流器在飞行中动作异常'的主张,给部分调查组成员带来浓厚的兴趣。可扰流器失常,果真能失去所有四台引擎的正常时速和正常马力吗?果真能引起四台引擎同时停止转动?假设这种观点成立,那触及水面时受冲击最弱的第四引擎,难道会自动脱落?我认为,只要彻底追查出第四引擎脱落的真正原因,飞机坠毁的原因便可水落石出，一目了然。"

吉村君竭尽全力坚持自己的主张，可与他持同样观点的支持者，仅航空评论家木下公平等几个少数人。

吉村的主张，不仅否定提出"飞行员操作失误"主张的系永派，也否定了提出"飞机制造结构不合理"主张的新堀派。系永派和新堀派对年轻人的主张只是淡淡一笑，视作耳边风而已。他们根本瞧不起这个乳臭未干的冒失鬼，连余光都不朝他瞟一眼。

支持者木下公平，也由于刚涉足航空评论界，年轻、资历浅，根本不可能在论资排辈、权威多多的调查组里掀起任何浪花。

2

自从旗帜鲜明地提出这一主张后，吉村君总觉得背后有一双眼睛尾随着。无论是在街上行走，还是在人头攒动的车站，无论是在电车上，还是休息天在自己的家里，那双眼睛始终寸步不离地注视着他。

那不是普通的眼神！吉村君好几次突然转过身，打算面对面地看个究竟。可那对特殊的视线，瞬间无影无踪。

他想象不出可疑的目光究竟来自谁。可它，却影子般地跟踪着自己。

不是幻觉，而是直觉！身边，确实有人在监视自己的行动。

"这家伙简直是一个职业密探！"

吉村君作出这样的判断。职业密探的眼睛里，充满了虎视眈眈的恶意。眼下，虽仅停留在监视上，还没有付诸任何行动，可视线的深处，已显露出随时置自己于死地的杀机。

由于无法弄清真相，吉村君深感惶恐。最令他毛骨悚然的，莫过于处在幻觉和直觉交织在一起的惶惶不可终日的境地。

"究竟是谁？快住手！"他曾几次三番转过脸欲怒斥那对眼睛，却又不清楚对手到底在哪里。终于，吉村君不堪忍受被人盯梢这难熬的日日夜夜。

当然，纵然没有这对罪恶的视线，精神上的负担也已变得越来越重。自从奉命参加全日空飞机事故原因调查组以来，犹如坠入万丈深渊，日子一天比一天难熬。

"再这样下去，自己总有一天会步入精神病院的大门。不行！得设法摆脱目前的困境。"

吉村君心急如焚，宛如热锅上的蚂蚁，可一时又苦无良策。

他上医院找医生，却遭来嘻嘻一笑。医生既不诊断，也不开药方，说他是"轻度神经衰弱"，只要稍稍休息几天即可。

有时候，周围根本没有那对眼睛，可精神上依然恍恍惚惚，仿佛觉得有无数对一模一样的眼睛在注视自己。

"但是，"吉村君心里盘算起"眼睛"的动机，"他跟踪我，能获得什么好处？我这个普通公务员，月薪低，家里又没有什么值钱的东西。起早摸黑、形影不离地尾随，值得吗？大学一毕业，就走上公务员岗位，全心全意地扑在工作上。多年来，从来没有做过昧良心的事情。这对不怀好意的目光，也许是……"

"孩子他爸，你最近好像有点不正常？"

吉村君想起昨天晚上与妻子正枝的那场争论。当然，正枝并不知道有人在跟踪她的丈夫。正枝说自己不正常，也许是长达两个星期没有拥抱她的缘故。夫妻间的那种"生活"，只要超过正常间隔，正枝就会觉得吉村君反常。

他与正枝的结合，也是介绍婚姻。遗憾的是，恋爱阶段很短。当时，虽并不是特别喜欢对方，却也找不出任何拒绝的理由。总之,男大当婚是人生必经之路。加之双方的父母亲没有什么反对意见,他也就顺水推舟地与正枝结婚了。

在他的心目中,事业第一,家庭第二。他毕业于航空工学专业,一心一意扑在航空工学的研究上。当初考大学时,就信誓旦旦,立志与航空工学相伴一生。

航空工业,不仅附加值高于其他工业,而且综合精密的程度也高于任何工业。航空工业发展的同时,还能拉动零部件、机材等相关产业的发展。不单单直接效果可观,间接效果也毫不逊色。

除生产军用导弹和军用飞机以外,在研究开发人造卫星和宇宙飞船等和平产业方面,必须以航空工业为载体。从某种意义上说,航空工业是时代发展的领路人。航空工业的迅猛发展,离不开锲而不舍的研究和技术上的不断磨合。

吉村君要把自己的一生献给航空事业。自己是一个男人,应该置身于竞争激烈的世界。生活在优胜劣汰、突飞猛进的时代里,男人则应倾其所能,不能有丝毫的麻痹大意。对一生充满自信的吉村,在自己选择的航空工学领域里,找到了自身的价值。

为确保日本经济大国技术领先的地位,飞机制造工业必须实现行政、开发、生产三位一体,才能得到长足发展。

吉村君曾婉言谢绝许多一流企业的高薪聘请,死心塌地供职于收入不高的航空部。他认为,自己不应置身于一个企业,而应从国家利益的高度出发,将自己掌握的学问和工作实践得到的真知,献给航空工业。

大凡把价值取向定位在工作岗位上的男人,通常把家庭视为休息港湾的旅馆!而妻子,则是这家旅馆的掌柜。既然是旅馆掌柜,只要身材、相貌基本过得去,无论哪个女人都可胜任。

这就是吉村君当初的择偶理念。与正枝的结合，正是这种理念的开花结果。可最近，他越发感到当时的择偶观点大错特错，甚至开始后悔。

没有爱情而结合的男女，把繁殖后代视为天职是理所当然的。自孩子出世后，正枝仿佛变了一个人似的，原本属于女人天性的温柔、体贴和细腻，被正枝扔得一干二净。

有时候，吉村君正在绞尽脑汁，思索和分析工作上遇到的难题。突然，站在一旁的正枝满嘴脏话，对孩子破口大骂。简直肆无忌惮！

每每听到这种叫嚷声，吉村君就觉得心如刀割。

为了抗议，他买来一架袖珍式收音机。遇上太太怒斥孩子时，便加大音量。音乐，除陶冶情操，还具有清除杂音的功能。直到今天，吉村君才发现，音乐竟然还具有如此功能。

尽管在正枝身上已很难找到女人的天性，但她对夫妻间的"生活"要求愈发强烈。也许她的这种需求，不是出于感情，而是生理上的缘故。相反，脑力劳动的男人，由于受工作环境等各种因素的影响，性欲逐年减退。有时候，吉村君正在竭尽全力思考工作，而正枝全然不顾对方的心情如何，随心所欲。尽管由女人主动发出"生活"邀请，在世俗观点看来，多少有点羞涩。可正枝认为，向自己丈夫提出这种甜蜜的需要，天经地义。作为丈夫，对于妻子的要求，应该义不容辞。

一旦吉村君推托，正枝马上牢骚满腹，嘀咕不停。

"你这是怎么啦？对女人没有感觉，是不是什么地方不正常？"

尽管生活在同一个屋檐下，可吉村君似乎觉得与妻子之间的隔阂变成了鸿沟，相互之间的距离是那么的遥远。可正枝丝毫没有察觉吉村君已经孕育了这种想法，仍然被蒙在鼓里。

吉村君时常叹息，埋怨自己当初择偶时年轻无知，没能找到一位理想的终身伴侣。

男人和女人，无论谁，都有梦想的异性偶像。如果情投意合的男女能成为眷属，那则是天下最幸福的一对。可现实生活里，并不相爱的男女往往会凑合在一起。从而，阴差阳错的结合，酿成许多悲剧。

——就我而言，这天底下，也应该有一个能让我朝思暮想的女性。她，当然不是正枝。她与我本不该成为夫妻，却糊里糊涂地结合在一起。如果正枝明智一点，也应该觉得不幸和痛苦。而那个让我日夜思念的女人，也许正在艰难的生活路途上忍辱负重地煎熬着。

眼下，大孩子快要上学念书，可吉村君却在想入非非。他经常一边在大街上走，一边在搜寻那个真正属于自己的"妻子"。

正当他处在感情危机的十字路口时，居然有陌生人在注视自己。不是梦中情人的目光，而是充满杀机的眼神。

"这家伙，到底是谁？"

吉村君冥思苦想。

3

三个月过去了。成为飞机事故焦点的第四引擎，终于打捞上来。第四引擎坠落的海底，距离发现机尾的地方偏东北三百米左右。引擎主体重量大约二吨，没有外壳。在前端安装部位上稍前一点的地方，有环绕一周扭曲的痕迹。后端排气孔的内侧，沿内侧一周卷曲。引擎中端，发现长度约二十厘米的裂缝。但是，第四引擎上没有任何爆炸或燃烧的痕迹。燃料系统的附属机器等固定在引擎上，完好无损。

当调查到将引擎固定在主翼上的锥形螺栓时，正如吉村君曾经推测的最大疑点出现了。虽其横截面上有类似金属疲劳、老化的现象，但也留有在飞行过程中渐渐脱落、贝壳螺旋状的磨损痕迹。这种痕迹，与主翼受力框架上锥形螺栓的断裂处完全吻合。

倘若金属老化，说明飞机上使用了劣质材料。从外观分析，至少是由于使用劣质锥形螺栓固定引擎，导致该引擎在飞行中与主体脱离。

由于找到了第四引擎，调查组里的气氛更加紧张了。第四引擎的出现，也许能使调查组找到飞机失事的真正原因！

经过讨论，调查组一致决定将引擎拆卸后进行检查。可在选择检查场地方面，千代田重工业公司工程师团与亚洲重工业公司工程师团各持己见，互不相让，都坚持将检查场地放在自己的下属工厂。检查结果如何，与这两家企业巨大利益的得与失，有着不可分割的联系。

吉村意识到，举足轻重的调查组里居然掺入企业间的利益竞争，必将给检查的结论正确与否带来负面影响。为此，他自告奋勇，提出由他亲自检查引擎。他的好心立刻遭到大多数成员的反对。

"千代田重工业公司与亚洲重工业公司，任何一家企业参加检查，都有可能偏袒自身利益而导致结论的不公正性。引擎的检查场地，应该放在不受这两边影响的中立工厂里进行。而且，检查人员也应该是不受两边影响的中间人。"

吉村君亮出自己的观点。

"照你这么说，在调查组里，只有你才属于中立的，而我们都是属于两家企业的某一方。出言不逊，原谅你一回。希望你好自为之，别再胡说八道！我们都是政府委派，是代表政府的。既然是调查组成员，我们不可能受利益驱动，也不可能袒护某一方。"

系永教授愤愤不平，大声指责吉村君。

新堀教授随声附和。可千代田重工业公司依然坚持自己的主张，强调与企业利益无关。

这时候，两家大企业的工程师团都强调自己的工厂检测设备是如何如何的优良，绝不会出现任何偏袒。

吉村君虽受到两面夹击，却仍然临危不惧，挺身而出。

"检查人员中，无论谁参加都行。但检查不能放在与两家企业有关的工厂里进行。"

吉村君的上司、航空部航空管理局丰田局长，等到吉村君独自一人的时候，找他谈话。

"吉村君，倘若你再这样固执己见，会给你个人带来损失的哟！"

"带给我什么样的损失？"

"具体怎么回事，我也说不上来！这两家大企业的背后，是国内数一数二的巨大财团。他们拥有的巨大财力，与政治权力紧密相联，犹如鱼和水的关系。你再执迷不悟，可要吃大亏的哟！"

"局长！这与政治、与企业，应该说是无关的！即便有关，但为了调查结果的公正性，他们这样做是绝对不能允许的！"

在吉村君进入国家机关工作至今，从没有过冒犯上司的记录。可今天，他像是吃过豹子胆，毫无顾忌地拉大嗓门。

"你呀，唉！叫我怎么说好呢。只能说，你太年轻了！"

丰田局长愤然失色，他仿佛看到站在自己跟前的，是一个长着榆木脑袋的呆子。他无奈地望了一眼吉村君，挥挥手再也不说什么了。

木下公平，当初是吉村君唯一的同盟军、铁杆支持者。自第四引擎被打捞上来的那一天开始，一反常态，与吉村君唱起了对台戏。他支持系永教授的主张，强调飞机坠毁与飞行员操作失误有关。

引擎的出现，是非更加清楚。按理，血气方刚的他更应坚持自己的观点。可木下公平临阵逃脱，竟然还倒戈。

"木下君，你为什么突然改变自己的立场？"

吉村君感到不解。

木下君露出困惑的表情，旋即以咄咄逼人的语气答道：

"我并非突然变化，只是综合了各种情况的判断结果，提出飞行员操作失误的观点是正确的。再说飞机已经坠毁，人死又不能复生，至于事故原因算不上什么大问题，何必大惊小怪，大动干戈！"

从那以后，木下君尽量避开吉村君的视线。

一个星期过后，木下君在大企业作坚强后盾的著名杂志《航空圈》上，发表了一篇署名的评论文章，题目是《关于全日空AJA4301客机坠毁的真正原因》。

木下君从"引擎自行脱离"谈到"飞行员操作失误"，举出许多理由展开论证，并且武断地做结论，把飞机坠毁的原因，归罪于飞行员操作失误。并恬不知耻地说，其他一切主张都属于假想或者推测。

木下君的这篇评论文章，论证充分，构思巧妙，层次清晰，循序渐进，使读者看了以后，都不知不觉地赞同他的观点。而对于这一事件的调查经过,最清楚的当数吉村君。他深知木下君阿谀奉承,迎合调查组主流的旨意。

《航空圈》是当今杂志界发行量最大的杂志。据说它从创办阶段就隶属中央财团,是专门为中央财团收集经济信息和宣传财团下属企业的窗口,是一本徒有虚名的杂志。

直到现在,单纯而又耿直的吉村君才隐隐约约察觉到,调查组内部,流有权钱交易的污泥浊水。

"难道这样的调查团,是由政府组织委派的吗?"

"是啊,正因为是政府组织委派的,所以说,它与政治权力有关。"

"——他们拥有的巨大财力,与政治权力紧密相联,犹如鱼和水的关系。"

丰田局长的这席话,现在想起来,确让人感到不寒而栗。吉村开始醒悟了。

"前些天,总感觉有尾巴跟着我,莫非是千代田重工业公司或者是亚洲重工业公司花重金雇来的职业杀手?"

这两家大企业的背后,分别有千代田通商公司与中央商社,还分别有与他们关系密切的美国库鲁萨飞机制造公司和美国斯普鲁多飞机制造公司的黑影。

由于牵涉争夺新型喷气式客机的巨额订单,其幕后的钱权交易和肮脏的企业阴谋也就不同寻常了。

在他们看来,对付一两个乳臭未干的评论家,根本无须大动干戈。评论这两个字,乍一听似乎非常了不得。可发表评论文章的舞台一旦遭到关闭,评论家宛如落毛的凤凰,比鸡都不如,根本无人问津。

一方面以金钱诱惑,另一方面让各杂志社退稿。双管齐下,势单力薄的木下君，还能有什么反抗。俗话说，唯有识时务者才是俊杰。

木下君如果不识时务，既不屈服于收买，也不屈服于恫吓，那结果将怎样呢？

吉村君回忆曾经看过的几本经济杂志，都说到千代田重工业公司和中央财团如何不择手段吞并弱小企业。

一旦某些正在发展的企业被他们瞄准，他们便采用技术合作、资金援助和经营指导之类的可口鱼饵，千方百计接近他们所看好的企业。以致这些企业不知不觉地滑入他们的掌心，加入他们的企业集团。如果拒绝，他们便以雄厚的资金实力施压。或者以融资的形式切入，或者以削价销售同类商品，或者将该企业从销售网络内赶出去，或者提高原材料的售价和增加支付贷款的条件，从而，迫使拒绝者山穷水尽、走投无路。于是，不费吹灰之力就将小企业吞并了。

在这种弱肉强食的资本主义经济结构里，要生存、要永远处于不败之地，企业就必须像滚雪球一般越做越大。

企业的巨大化，通过资本的长期积累和高度集中而完成。所谓积累，是为了把获得的利润，投入到扩大再生产；所谓集中，则是通过强大的资本吞并弱小的资本。

在资本主义社会里，企业越大越有利。新技术和设备，易于被大量引入；优秀的人才，易于被最大限度地集中；强有力的销售网络，易于形成。并且，具有承担风险的强大力量和信用好等优点。不用说，这些优点有利于在竞争中永远胜出。

如今，企业规模的不断扩大，不单单是一种优点，而是企业生存的必然条件。企业规模壮大、集约，从而成为企业集团。

企业集团瞄准的，是经济领域的不断渗透和垄断。为此，企业集团里必须拥有多层次以及生产各种产品的企业。在所有经济领域里，通过不断地输出自己的资本，形成肥水不外流的经济圈。

今天，企业如果单枪匹马，宛如孤独的狼，是无法生存的。在金融、生产以及销售各方面，凡是不以集团企业的团队行动形式存在，最终都无法逃脱被其他"狼群化"集团企业吞并的厄运。

弱小而单打一的企业，都将被淘汰。唯得以生存的，是巨大企业集团。现代企业竞争，是巨大资本之间的抢逼围。为防止被竞争对手吞并或打败，必须经常在企业集团内部加强成员之间的团结程度，增强联合力度。

在日本代理商和美国飞机制造企业看来，全日空的飞机失事，关系到他们共同的切身利益。

理所当然，他们在调查组里加紧拉帮结派，不断巩固，全力保护自己企业的利益。

木下公平在巨大的威慑面前，终于同流合污；否则，他将面临更险恶的魔爪。那意味着什么呢？也许是……

想到这里，吉村不由得倒抽了一口冷气。

现在坚持追查引擎脱落原因的，只剩下自己。可自己还在孤军奋战，顽固地站在调查组主流意见的对立面。

调查组意见的背后，正进行着巨大企业的金钱交易。提出主张的人，想必正在展开游说。可无论游说者是谁，在维护企业利益方面是一致的。这是无可争辩的事实。

只要能使意见一致，无论采取什么样的手段，企业都会全力支持。

站在资本主义这一巨大妖怪面前，螳臂当车的，正是自己这个小小的公务员。他们雇佣的职业杀手，目前仅停留在单纯监视、尚未采取最后行动的阶段。这是因为自己的单薄力量，还不足以对他们产生任何威胁。否则，他们会毫不留情，快刀斩乱麻。在他们看来，一两个公务员的性命算不了什么，没有必要放在心上。

在资本主义社会里，唯残酷无情才能生存。大凡那些所谓出类拔萃的人，都曾经为排除异己、扫除障碍，使用过各种卑鄙手段。

想到这里，吉村君才真正意识到：自己所从事的工作充满了危险和荆棘。他不由得为自己今后的命运，提心吊胆起来。

4

第四引擎检查场地的争夺战，以千代田重工业公司的胜利而告终。吉村君虽不清楚来龙去脉，但隐隐约约感觉到好像有政治权力介入。可还有一种说法，系永博士担心失事飞机的制造厂家涉足检查而影响结论的公正性，不得已改在千代田重工业公司下属的工厂里进行。

对此，亚洲重工业公司方面当然有意见。可调查组网开一面，大发善心，允许亚洲重工业公司派一名代表参加"第四引擎检查专业委员会"。

所谓第四引擎检查委员会，是为了严密检查第四引擎而专门设立的。委员会由八人组成，都来自调查组的成员。

系永教授，新堀教授，千代田重工业公司的杉井一郎等两人，亚洲重工业公司的大桥盛太郎，斯普鲁多飞机制造公司的培斯曼，航空部航空管理局的丰田恒男和全日空公司的野村市松。

不用说，吉村君被排除在外。他虽然愤愤不平，可许多大人物也被排除在外。再说代表航空部参加委员会的，是自己的顶头上司丰田局长。即便牢骚怨言，也只能打落牙齿咽肚里。

六月十二日，拆卸检查第四引擎的工作，在八个委员的"会诊"下，在千代田重工业公司下属的川崎工厂里正式进行。

检查完毕，八委员联名提交了检查报告。如下：

> 涡轮内部的叶片相互齿合，引擎里吸有大量机身碎片。
>
> 从以上情况来看，引擎一直到飞机坠毁才停止工作。因此，锥形螺栓老化不能认可。断裂的横截面表明，是由于撞击形成的拉力，将锥形螺栓撕开的。
>
> 该引擎一直被固定在主翼上，直到飞机坠入大海机身破损时，才自动脱离。事故原因，与引擎脱离无关，系飞行操作失误以及结构略欠妥所致。

从委员会的报告里，完全否定了第四引擎在空中提前脱离的主张。就事故的真正原因，含糊不清，模棱两可。报告里还说，由于引擎里吸入大量的机身碎片，故推测第四引擎一直工作到飞机坠入大海为止。

该报告内容微妙，对于千代田重工业公司与亚洲重工业公司这两大企业来说，没有任何负面影响。

吉村君在委员会向调查组做专题报告的会议上，提出了质疑。

"引擎里有碎片，未必能证明该引擎一直工作到坠海为止。很有可能在飞行时的脱落过程中撞击机身，从而吸入撞击后的机身碎片。"

吉村君坚持引擎空中脱离的主张，对检查报告提出质疑也是当然的。但第四引擎检查专业委员会，尤其是千代田重工业公司方面，从一开始就带有浓厚的感情色彩。

"你好像怀疑我们的检查报告。而你的根据恰恰是一种推测。我要郑重说明的是,委员会的结论是全体委员经过多次实验得出的。有关引擎主体所有部分,系永教授、新堀教授以及各委员都共同参加了精密的检查和综合性的研究。你没有参加实验,仅凭你那可笑的推理是不可取的。可你肆意批评我们的检查报告,只能说明你是感情用事。"

千代田重工业公司总工程师杉井一郎说这番话时,情绪显得非常激动。他那说话的语气,分明在侮辱年轻的国家公务员。

可证明引擎里有机身碎片,仅仅是委员会的说法。即便碎片被吸入引擎是事实,而引出由于撞击海面而脱落的结论,其本身就是一种推测。

与吉村君所提出的"在飞行时的脱落过程中撞击机身,吸入撞击后的机身碎片"的这一推测,其参考价值没有什么两样。再说,委员会的检查报告,与迄今为止收集的各种证据恰恰相反。

"你说实验、实验,可希望参加实验的我,却不能参加。请大家记住,这是夺走一百三十八条生命的巨大空难事故,事关重大。我再次建议,千万不要感情用事!

"我再说一说第四引擎的固定状态。引擎主体的前端是两个螺栓;引擎后端是一个螺栓。也就是说,第四引擎被三个锥形螺栓固定在主翼上。

"前端的两个螺栓,固定在上下两个孔上。根据当时的调查结果,上孔剩有橡胶垫圈,而下孔则什么也没有剩下。

"从力学关系来说,在飞行过程中,上孔被按住,下孔被拽住。如果飞机在飞行的同时撞击海面,冲力应该是由机身的下边向上边经过,而引擎处在被往下拽的状态。就持有螺栓上下两个点的力学关系来说,恰与正常飞行时相反,呈上拽和下按的状态。由此说明，上孔的橡胶垫圈应该脱落，而下孔的橡胶垫圈则应该留下。可事实正如大家知道的那样，失事飞机的第四引擎，却是上孔留有垫圈，而下孔则丝毫没有留下。从机身的破坏和散乱的情况来看，机身则是微微左倾触及水面的。这一事实，大家都清楚。这一判断，也是调查组全体成员达成的共识。

"根据委员会的结论，再按照力学关系的定义衡量，唯第四引擎和右翼最外侧端部应该翻转过来。也就是说，失事飞机是在空中翻转后坠落海里的。这种结论，未免太荒唐太不合逻辑。

"因此，就委员会这样的结论，无法使我否定自己的观点。根据这样的结论，第四引擎在飞行过程中根本没有受到任何影响。例如螺栓掉下造成引擎脱离原固定部位，再撞击机身，导致飞机整体的坠落等。"

吉村君停顿片刻，做了下列补充：

"一、唯第四引擎仪表指针显示的马力数值，低得令人惊讶。虽引擎置于水中，水流有可能导致指针转动。可如果认定这种可能，其他三台引擎的仪表指针，理应也有转动的可能。

"二、所有引擎的转换开关，唯第四引擎转换开关的上端部脱卸。当第四引擎出现异常变化，致使转换开关上警报灯闪烁的时候，飞行员匆忙将开关转换成关闭状态。如果用力过猛，易于造成开关损坏。因此，开关上设有保护装置。也就是说，一旦用力过猛，唯开关上端部脱卸。由此可见，第四引擎当时确实发生过异常变化。

"三、唯第四引擎的启动杠杆被拽到下端，处在启动和停止的中间点位置。这足以证明，有人企图中止供给第四引擎所需要的燃料。

"四、第四引擎前端安装部分的整体扭曲，恰恰说明该状态不是由于机身触水时的冲击和水压造成的。

"五、第一引擎侧面的外壳表面上,有纵向裂痕。可第四引擎的相同位置上,却没有。这种纵向裂痕,说明飞机撞击海面时,引擎遭受了来自海面的巨大压力。如果来自海面的压力过大而导致第四引擎离开机身,其外壳表面的裂痕,应该比第一引擎还要严重。

"六、第四引擎的喷嘴内侧整体凹陷。由此可见,撞击来自底部。

"七、机身上的引擎支撑架,其螺栓受力的地方留有三处击打印痕以及五处摩擦印痕。充分说明,该印痕不是引擎触水时因激烈撞击所形成的。

"八、客舱内表面装饰的烧焦痕迹以及旅客尸体的烧伤痕迹,证明飞机触海前机身已经着火。

"九、第四引擎被发现的位置,距离尾部所发现的场所偏东北约三百米海底,距离其他机身碎片发现的地方则更远。也就是说,第四引擎坠落的确切位置,在距离羽田还要远的千叶方向。

"由于触及海面时的撞击,形成机身四分五裂,致使约两吨重的引擎脱离并且弹到三百米远的海底。假设有这种可能存在,那么,朝羽田方向飞行中的飞机,其右翼上的第四引擎,根据正常惯性应该朝着羽田方向弹去而沉入海底。无论飞机在空中如何盘旋或者时速失常,其惯性是不可改变的。可第四引擎弹到与羽田相反方向的海底。站在物理角度的观点上,无论怎么分析都是不可能的。"

吉村君滔滔不绝,有条不紊地列举了一个个可疑的地方,有力地反驳了委员会提出的结论报告。起初还得意扬扬的杉井一郎,听着听着,脸部表情发生了变化,脸色白里透青,显得十分狼狈。

不仅仅杉井一郎，还有该委员会的其他七名委员，一个个脸色苍白，耷拉着脑袋。一个乳臭未干的公务员，就凭那么点理论知识，竟然在大庭广众的场合，面对着航空界的老前辈大放厥词，锋芒毕露，咄咄逼人。在这些委员看来，无疑是一种屈辱和愤慨。

其实，委员们个个面无人色，是因理屈词穷，只能保持沉默。当然，他们绝不会赞成吉村君的见解。尽管委员们嘴上不予明确表态，可心里已经认可。年轻人的反驳句句在理，确实有相当的哲理性和逻辑性。

对于年轻人的这番"演说"，调查组不得不把"引擎空中脱离"的主张摆在议事日程上。

尽管这样，吉村君丝毫没有大获全胜的感觉。相反却觉得全身冰凉，一种莫名的恐怖感笼罩着全身。

第四章　推理的准确率

1

吉村君知道,那对可疑的眼睛一直监视着自己,并且已渐渐露出残忍的凶光。

凶光也许来自千代田重工业公司和亚洲重工业公司?

一天早晨,当他走出家门上班。突然,莫名的直觉似乎在向自己发出警告。

今天,不是去调查组事务所,而是去航空部航空管理局上班。最近几天来,尤令他关注的是,围绕事故原因而明显对立的两家企业,忽然步调一致联手检查第四引擎。委员会的检查报告,有关事故原因模棱两可;关于责任追究,轻描淡写,不涉及任何一家企业。

"制造失事飞机的美国斯普鲁多公司,无论如何要把失事原因归罪于飞行员操作上的失误。可竞争对手,美国的库鲁萨公司则明确表态,无论是扰流器异常变化引起的飞机失事,还是第四引擎在飞行中脱离造成的飞机失事,都无关紧要。

"如果把失事原因归罪于机身结构不合理,无疑有利于库鲁萨公司。对于全日空公司在新机型上的选择,将起到决定性的作用。

"尽管自己是航空部的一名普通公务员,毕竟是调查组的成员。自己的主张,对于千代田重工业公司来说,理应是最有力的声援。奇怪的是,在检查第四引擎的时候,他们竟然相互携手。更不可思议的是,他们把目标对准我,企图置我于死地。这,究竟是怎么回事?这些人为什么会如此害怕对第四引擎的检查?

"——如果让我参加检查第四引擎,事故原因肯定会水落石出。事故责任肯定与他们中间的某家企业有关。记得我反驳检查报告的时候,杉井一郎脸上的表情,既没有愤怒也没有屈辱,好像有什么难言……

"也许……?"

他愕然无语,仰起脸望着蓝天。这……吉村君不敢再往下思索。

"他们背后,肯定还有……"

他的脑海里闪现出一连串可怕的疑问,可他又连忙摇摇头予以否定。

"那……好像不太可能!"他不断否定自己。

电车即将进站。他挤在蜂拥而至的人群中,被前推后搡地朝着站台走去。

电车随闪电般的呼啸声驶入站台。新一天的工作,将随着电车的离站而开始。环视周围,几乎都是工薪阶层的上班族,脸上还留着昨天的倦意,疲惫不堪的眼神里,没有什么特别的期盼。

新的一天才刚开始,而个个脸上都无精打采,似乎不是去公司上班,而是在下班的回家途中。也许到傍晚时分,他们将步履蹒跚,神情颓然,仿佛在向大自然倾诉,伴随着疲倦和辛劳,总算又熬过一个漫长的白天。

随着企业的不断集约和日益扩大,工作效率的要求迅速加码,所有标准无秩序地直线上升。在这种几乎失去正常时间标准的工作中,已很难找到人生的价值。吉村君每次在站台高峰期,望着一群群脸上暗淡无光的上班族,便自然而然地把他们比作机器人。

"与他们相比,我所从事的工作,至少能找到自己的人生价值。"

吉村君想到这里,心态上稍稍平衡了许多,不再漫无边际地胡思乱想。电车渐渐驶到跟前。

说时迟那时快,有人在他背后突然发力猛推。他做梦也没有想到,背后竟站着如此心怀叵测的家伙。站台与停靠的电车之间,没有安全隔离带。一旦经受不住来自后面的撞击,就会滚落到站台下的电车轨道上。

随着一声尖利刺耳的刹车声,电车停住了。车头与自己掉落在电车轨道的位置,仅咫尺间距。幸亏自己站在站台右侧的最前端,掉落在铁轨的位置,凑巧在电车停靠区域的界外。

就在这当儿,刹车的尖叫声、乘客的喊叫声以及赶来凑热闹的脚步声汇成一股热浪,潮水般地向出事地点涌来。

"出什么事了?"

"有人掉下去了!"

"喂,不要紧吧?"

人们争先恐后地询问目光呆滞的吉村君。吉村君茫然地站在那里,耳朵嗡嗡直响,脑海里一片空白。

杀手,无疑躲在熙熙攘攘的人群里。也许对杀人未遂正懊恼莫及呢!

有人要暗害他!杀手是男的。回忆刚才背后的猛推,与人群中的误推完全是两码事！杀手，就是那条尾巴！现在，终于凶相毕露下毒手了。

理由，吉村君一清二楚。早晨出门时已有预感，脑海里曾闪过不寒而栗的刀光。眼下已经变成现实。他们从幕后跳到台前，变跟踪为下毒手。其目的，是为了让自己对飞机失事的正确判断永远消失。

太可怕了！他极力使自己冷静下来，并暗暗告诫自己：不能低头，也绝不能认输。

"我一定要与他们斗下去！"

他朝迅速赶来表示慰问的站台工作人员歇斯底里地嚷道。

2

事故调查组以及委员会的检查报告，给全日空公司在机型的选择上带来极其复杂的影响。

在所有的航空公司看来，机型的选择与公司的生死存亡密切相关，必须慎之又慎。尤其是全日空公司，在以往的岁月里，由于机型选择的失败，曾饮下不少苦酒。

当全日空公司让DC-7C客机在太平洋航线展现雄姿，在资本实力方面终于赶上美国航空公司的时候，美国航空公司突然采用更先进的波音707喷气式客机，以致全日空公司捉襟见肘，无地自容。

当时，全日空公司也预测到国际航线上，客机即将升级换代，喷气式客机即将面世。在公司创立初期，就向英国的戴哈比拉多飞机制造公司购买了彗星机。可该机事故不断，劳民伤财，不得不将其撤出航运。为此，全日空公司蒙受巨大损失，不得已中止续购合同，改为购入螺旋桨机型最好的DC-7C客机。与此同时，全日空公司又向达古拉斯飞机制造公司预订喷气式客机。

由于达古拉斯飞机制造公司交货日期一拖再拖，喷气式飞机迟迟不能上岗。国际航线已经进入喷气式客机时代，美英航空公司购入的喷气式客机相继出现在蓝天上。而全日空公司还是固守着落后的螺旋桨机型，眼睁睁地看着国际航线上翻天覆地的变化。如果全日空公司一开始就选择DC-8或波音707，就能站在第一次喷气式飞机革命的浪尖上。

如今，面临第二次喷气式飞机革命，前车之覆后车之鉴！机型选择必须慎上加慎。它关系到全日空公司在世界航空界的地位和生存。

就全日空公司来说，为在机型选择上不再重蹈覆辙，成立了庞大的全日空公司机型选择委员会，面向世界招标。对所有投标的机型，进行详细而又周密的研究。为防止出现人为的随意性和公司内部派别的倾向性意见，所有数据一律采用计算机比较分析。这些数据，还包括航线分析及其经济性和合算性等。

机型选择委员会的委员长，由全日空公司总裁土屋大助亲自挂帅。组员有常务董事以上的企业高层干部，加上总工程师、飞行员、装备员和地面服务人员的代表，再从其他专业公司聘请一些权威人士。也就是说，该委员会聚集了各种各样的人才。

可出乎意料的是，这个由各方人士组成的委员会，竟不知不觉地分成两个主要派别。一派主张购买美国斯普鲁多飞机制造公司的飞机，被称为斯普鲁多派；另一派则坚持购买美国库鲁萨飞机制造公司的飞机，被称为库鲁萨派。

斯普鲁多派，以全日空公司专务大竹义明为首，拥有二十三个委员；库鲁萨派，以全日空公司副总裁野村市松为中心，拥有十九个委员；其他十二名成员，则以全日空公司总裁土屋大助为首，属中立派。

在派系人数方面，以专务大竹为核心的斯普鲁多派稍稍占优。在数据方面，斯普鲁多派也准备得比较充分。因而，中立派也开始逐渐向斯普鲁多派倾斜。就在这节骨眼上，出现斯普鲁多808型飞机坠毁事件。

以这起事故为契机，库鲁萨派向斯普鲁多派展开猛烈反击。好不容易朝斯普鲁多派倾斜的中立派，迅速扭转方向朝库鲁萨派倾斜。可以这么说，引擎检查委员会的检查报告，起到了某种推波助澜的作用。

如果事故原因是结构不合理，斯普鲁多派将遭到订单落空的惨败。就在吉村君被人从站台推入电车铁轨的几天后，全日空公司的专务大竹义明向吉村君发出邀请。

大竹专务希望与吉村君共进晚餐，增加彼此之间的了解。起初，吉村君接到邀请犹豫了好一阵子。因为工作关系，相互间曾见过几次面。见面时，也只是打打招呼、匆匆而过，还没有无拘无束地在一起聊过天。这中间，也有身份不同的缘故。大竹专务，毕竟是日本具有代表性的全日空大公司的首脑人物。而自己，则是国家航空部的一名小小官员。在职务上、权力上，自己根本不具备向企业提供某种利益或某种方便的实力。

即便如此，作为公务员的吉村君，主观上要求自己尽量避开与有关企业之间的个人交往。作为政府官员，做到这一条是最起码的。而吉村君，也常听到有人把国家航空部比作全日空公司在霞关（国家机关聚集地）的办事处。事实上，自己也多次目睹顶头上司丰田局长及其心腹们，经常与亚洲重工业公司的高层干部们出入高级酒店。对于一身正气的吉村君来说，看在眼里，恨在心中。

倘若自己也跟着效仿，将会永远抬不起头来。这就是吉村君为什么对大竹专务的邀请，迟迟不能明确答复的主要原因。可经过一番思想斗争后，他又觉得即便不回避也可以。在工作中体现人生价值，其实与晋升之间没有直接关系。在晋升面前，往往出现许多你根本难以意料和无法接受的结果。对于何时晋升，吉村君向来不抱任何希望，自认没有官运。眼看同事们一个个晋升，而自己还是原地踏步。

吉村君自决定接受大竹专务的邀请后，便不再思考大竹专务宴请自己的理由。

大竹专务指定的饭店，是东京都内某大商厦里的开放式西餐厅。档次虽不低，但也够不上豪华和高档。他认为大竹专务考虑得非常周密，没有把会晤地点安排在被称为秘密饭店的"料亭"和超豪华型的高级大酒店。

"第一次宴请，选择在这样的场所招待你，实在是对不起呵！"

大竹专务说这番话时，脸上充满了歉意。而服务生递上的菜肴，却是一流的。

"不知这些菜肴是否合你口味？"

大竹专务十分谦逊客气，不停地向吉村君献殷勤。吉村君也已经好久没有这样开怀大吃了，显得兴高采烈，喜不自禁。随着时间的不断推移，两人之间的隔阂仿佛不翼而飞。大竹专务不像大企业首脑那样，装模作样，骄横跋扈，目中无人，而是和蔼可亲，谦虚谨慎，十分热情。

一打听，才知道大竹专务年轻时曾担任过国际航班的客舱乘务长，有长时间为旅客服务的经历。

可大多数人，是什么时候说什么话。随着地位不断上升，许多人将往事置于脑后，抛到九霄云外。正因为人的可塑性强，即便习惯于发号施令，也会由于场合不同和对象变化而适时调整接待技巧和态度。

吉村君生来就具有很强的戒备心理。可眼下，能够在短短的晚餐时间里与对方说话无拘无束，也许是对方擅长将乘务长服务经验和人性本能巧妙相结合的缘故。

当最后一道水果由服务生端来的时候，大竹专务又主动与他拉话，似乎将刚才用餐时的谈话内容向纵深发展。

"吉村君，听航空部里的官员们说，由委员会提交调查组的检查报告，受到了你义正词严的驳斥。是这样吗？能不能说给我听听！"

对方眼睛深处，闪过一道剑一般寒冷的目光。这，没能逃过吉村君的视线。

"总算言归正传了！"

吉村君暗自在想。

不过，大竹专务的这一提问，也是自己预料之中的。

对方的真实意图，已经是和尚头上的虱子——明摆着的。因飞机坠毁而遭到责任追究的全日空公司首脑，不可能毫无目的地与一个普通公务员在饭店里闲聊。

"事实上，我对委员会的检查报告，也持有许多疑问。可以这么说吧，报告上有许多地方让人感到疑惑不解。"

大竹专务一边吃水果，一边补充刚才的开场白。

吉村君深知，在全日空公司内部，围绕着机型选择，笼罩着一种非常复杂的气氛。有主张选择斯普鲁多机型的，有主张选择库鲁萨机型的。总之，调查组的动向是全日空公司最为关心的。

尤其被视为掌握事故原因钥匙的委员会的动向，更是两大派最为关心的。

吉村君虽不清楚全日空公司内部错综复杂的人事关系，但能想象得到，机型选择给该企业的势力划分带来很大影响。对于吉村君来说，全日空公司无论选择哪家公司的机型都与他无关。而查明事故的真正原因，才是自己神圣的职责。至于有可能给他个人带来危害什么的，他全然没有放在心上。

至于委员会提请调查组讨论的检查报告，无论斯普鲁多公司还是库鲁萨公司，按理不会产生任何影响。

吉村君一意孤行，主张第四引擎是在空中脱落，属于制造结构不合理范畴。这一主张，对斯普鲁多派是极其不利的。

可全日空公司呢，坚决反对"飞行员操作失误"这种说法。当前，全日空公司正在与遇难家属交涉赔偿金数额。一旦允许"飞行员操作失误"的结论出台，不仅给与遇难者家属之间的赔偿交涉带来不利影响，而且极大程度地损害全日空公司在社会上的形象。航空公司，向来以"安全第一"作为企业信条。

如果调查组结论不是飞行员操作失误，在机型选择上，斯普鲁多派将面临解体的危机。作为该派核心人物的大竹义明，处境将更加艰难。

作为全日空首脑之一的大竹专务，无论如何不希望出现飞行员操作失误的结论。但就自己目前支持的斯普鲁多公司来说，一旦飞机结构不合理的结论出笼，结局也不妙。局势微妙复杂，他感到左右为难。

吉村君一直认为，自己的观点可以对任何人说。何况游说是主张人最喜欢的办法之一。只要有人愿意听，自己无论何时何地都可以阐述。眼下，调查组里的两大主导派别，居然联合在一起。不用说，吉村君更希望主动阐明自己的观点。既然大竹专务如此赞同和热心于自己的观点，不必考虑他的用心。再说，这种宣传自己观点的机会，实在是太难得了！

顿时，吉村君像开了闸门的水库，滔滔不绝，毫无顾忌地演说。大竹专务从头到尾听得十分仔细。在吉村君看来，能如此关心自己观点的人，至今一个也没有出现。

"原来如此。"

大竹专务一边听吉村君的叙述，一边深深地点了点头。他伸出手端起桌上的咖啡，可咖啡已经没有热气。服务员见状，立即换上热咖啡。大竹专务没有喝，仍专心致志听吉村演讲。

"正如我刚才所说的那样，几乎所有的证据和情况都否定了委员会有关第四引擎触及海面撞击而脱离的结论。尽管客观事实是这样，可他们依仗自己是权威，无视我的解释。"

吉村君第一次得到热心的听众，大有相见恨晚的感觉，越说越兴奋，越说越激动。

"从简而易懂的概率角度分析，一台引擎上发生一种异常变化，其概率占百分之五十。也就是说，发生与否的可能性各占百分之五十。斯普鲁多808型飞机上，有四台引擎。因此，唯第四引擎发生异常变化，其偶然性是百分之五十的四次方，也就是说，十六分之一。可唯独第四引擎，事实上出现了许多异常变化。第一，仪表盘上显示的数值；第二，引擎转换开关的上端部脱卸；第三，启动杠杆的位置，处在启动和停止的中间点位置；第四，螺栓受力架上的伤痕。所有伤痕的朝向都是向左旋转；加之右翼端部第四引擎的脱落等，异常变化竟有五点之多。即便无视其他的许多证据，而五个异常变化居然都发生在概率十六分之一的第四引擎上。既然如此，其概率应该是十六分之一的五次方。其结果，得出来的概率完全不合逻辑。难道像这样的情况，也能说成偶然？我可以完全有把握地说，第四引擎肯定在飞行中发生了异常变化，而后，其与机身脱离而导致飞机坠毁。这才是失事的真正原因。"

大竹专务聚精会神地听着，没有插话。他那两颗深褐色的眼眸，若有所思地望着天花板，似乎在细细琢磨着吉村君的那番振振有词的演说。

吉村君原打算深入展开，再说一些心里的疑问。考虑到有可能招来不必要的麻烦，便欲言又止。

作为国家公务员，吉村君说话不应该过于主观和轻率。何况，对方是机型选择方面处于微妙立场的全日空首脑人物。倘若自己轻率发表意见，有可能加深企业内部之间的矛盾。再说，想说的内容，的确非同小可，绝不可粗心大意，妄加猜测。

大竹专务的手指，在桌上频频地画着数字模样的符号。吉村君内心究竟在思索什么？从大竹专务脸上的表情分析，似乎清楚又似乎不清楚。

吉村君注意着大竹专务的手势。原来，他在写 $16 \times 16 \times 16 \times 16 \times 16$。

第五章 被消失的未婚夫

1

机身打捞上来的同时，遇难者遗体也逐步找到。随着发现的尸体数量不断增加，栈桥上站着的遇难者家属的数量在日益减少。尚未找到的遗体，已经屈指可数。随着要打捞的尸体越来越少，全日空公司一方开始冷淡起来，潜水员也显得疲倦不堪。有的潜水员，甚至根本不考虑遇难者家属的悲伤心情，净说一些让人怒不可遏的话。

"恐怕已经受海浪的冲击而漂到太平洋，被鲨鱼吃了！"

潜水员们此刻的心情，也是可以理解的。自飞机坠毁后，已过去几个月。其间，搜索船几乎天天出海，与冰凉的海水夜以继日地打交道。尤其潜水员，他们终日潜入深邃的海底，寻找尸体，更是精疲力竭。

他们贴身穿羊毛衫，外边围毛毯，而后再套潜水服。即便这样，全身还是瑟瑟发抖，尤其伸在军用手套里的手指，冻得犹如红红的胡萝卜。

他们中间，有患感冒的，有患神经痛的，还有患潜水病的。因打捞时间紧且任务重，无奈每天靠注射营养液和药液来支撑体力。稍休息后，再潜入海底。如此辛苦的工作，日薪充其量仅三千日元。像这样的日薪，坐在空调设备齐全的现代化办公室里的上班族，都能轻易得到。

潜水员投入搜索的最初阶段，由于周围的气氛十分凝重，大家干得热火朝天。随着时间无休止地拉长，由于得不到很好的休息，致使人的疲劳难以解除，紧张情绪也渐渐淡化了。对于每天要支付一两千万日元巨额搜索费的全日空公司来说，也开始感到难以承受沉重的负担。尽管每天打捞上来的尸体日益减少，可搜索费依然照旧。又由于扩大搜索范围，费用反而还在增加，收效却甚微。

站在栈桥上那些尚未找到遇难者遗体的家属，一听说停止遗体打捞的传言，便纷纷议论开来。

"我们的亲人还没有找到，打捞绝不能就这样结束！必须找到最后一具遗体！"

有几个扬言要大闹一番的遇难者家属，当亲属遗体被打捞上来后，便再也不在栈桥上出现了。

唯有还没见到遗体的遇难者家属，组成"打捞到最后一具遗体联合会"。联合会宗旨：即便自己亲属的遗体找到，也必须留下坚持到最后。

这项经过表决一致同意的宗旨，其实并没有什么约束力。他们也清楚，联合会是因为不愿忍受孤独等待和煎熬而自发成立的。

"如果安彦君是最后一具遗体，那怎么办？"

由纪子仿佛已经预料到悲伤的结果。

眼下，还有遇难旅客的遗体没有被打捞上来。因此，全日空公司不得不继续打捞。如果最后一具遗体是该公司职员，公司也许会立即停止打捞!

公司的其他职员,包括乘务员的遗体都已打捞上来。

——亲爱的丈夫,我衷心祈祷,你可不要成为最后一具被打捞的遗体!

一个月前,由纪子曾抱着侥幸的心理向大海祈祷,向上帝祈祷,别让小室安彦成为最后一具被打捞的遗体。

2

随着遗体打捞工作接近尾声,遇难者家属与全日空公司进入赔偿交涉阶段。

全日空公司有关飞机的赔偿保险,与国内十几家保险公司签订了总金额大约三十亿日元的保险合同。再者,这些保险公司的大部分,又都向世界各国大型保险公司投保。因此,每一家保险公司承担的赔偿数额并不大。三十亿日元的保险金额,很快到了全日空公司的银行账户上。

失事飞机的购入费用,为二十八亿五千万日元。由于保险金额含有飞机的购置费保险,承担事故的赔偿金额也就变成零头。

再者,全日空公司在投保飞机的同时,根据航运合同上的规定,人身保险金的总额仅一千万日元,分配对象是一百四十个旅客。因此,如果把赔偿金额控制在这个数额内,公司就不会产生直接损失。

全日空公司在航运合同里规定,对于因事故死亡的旅客,其赔偿额度是有限的。AJA4301客机的航运合同规定,赔偿总额是二千七百万日元。其中,还包括法律上的诉讼费用。

按照这项规定,赔偿金额的最高限度,理所当然限定在这个范围里。不知道这项航运合同规定的旅客，即使不同意也不行。只要坐上AJA4301客机，就被视为承认航运合同上的所有规定。

被视为航运合同的文书，印刷在飞机票背面，密密麻麻，像无数只蚂蚁在爬行，根本看不清楚。即便旅客没有一字一字地念，也被视为已经读过和确认。

AJA4301客机，由于在美国国内空港停靠过，根据国际航空组织签订的瓦鲁索条约，属于最高的赔偿金额。

即便那样，遇难者家属中间，许多人还是愤愤不平。

"我们不要钱，把亲人还给我们！"

由纪子不清楚丈夫安彦是否应该包括在旅客的含义里，不清楚丈夫的死，全日空公司是否按照航运合同上的赔偿条款给予赔偿。

从由纪子的内心来说，需要的是丈夫回来，不需要赔偿。可眼下，丈夫的死已确定无疑。必须考虑怎么面对今后的生活。

结婚的时候，幸亏从娘家带来昂贵的陪嫁，生活上还不至于立即出现困难。但这不是长久之计，时间一长，无疑生活拮据。再说婚后，父亲由于犯有不动产欺诈罪而破产。

作为夫妻的共有财产，丈夫也使用了她从娘家带来的相当钱款。现已破产的娘家，再也没有依靠的指望了。对她今后的生活来说，最好有赔偿金。

我无论如何需要赔偿！今后，我将面对漫长的孤独生活。得到赔偿，也是为了与死去的丈夫一起生活下去。

由纪子暗暗下了决心。作为遇难者家属，她每天来到寒风刺骨的栈桥上。渐渐地，她仿佛脱胎换骨，像换了个人似的。也许是经受了磨难的缘故，她从一个新婚女子，迅速变成一个坚强的女人。然而，全日空公司把由纪子视为遇难职员的家属，不与遇难旅客的家属一视同仁。

终于有一天,一个叫江差君的中年职员走到她跟前。赔偿方法是按照公司内部的规章制度处置。江差君是全日空公司AJA4301客机善后小组的成员,专门负责与遇难者家属交涉赔偿。

"小室安彦的情况,根据航运合同上规定的有关条款,他是承认航运合同上各项规定的。也就是说,按照第三条C款规定,他是免费旅客。"

"那又怎么啦?"

望着说话转弯抹角的对手,由纪子有点着急起来。

"也就是说,他没有按照有关规定付钱购买机票。"

"那是当然的喽!他是为公司出差的呀!"

由纪子不由得惊叫起来。因公出差,乘坐自己公司的飞机属天经地义。难道出差职员还必须自费购买机票?天底下,哪有这种公司?

"出差,也属于免费搭乘的一种!"

江差君说话时,脸上毫无表情。难道与遇难者家属交涉的善后小组人员,应该是这样冷冰冰、麻木不仁的吗?或许为了减少赔偿支出,故意耍弄的演技?

"照你这么说,免费搭乘的赔偿,应该是怎么一回事?"

"不适用航运合同上的任何规定。简言之,你不能按照一般旅客的遇难者家属对待。"

"那么,是与乘务员遇难者家属一样对待吗?"

"所谓旅客,不含乘务员。小室先生是公司职员,但又是旅客。又由于他是免费搭乘,其家属不能获得与一般旅客相同的赔偿金。"

"希望你直截了当地说,究竟应该享受什么种类的赔偿金?"

"他的性质,属于因公殉职。也就是说,是劳动者伤害赔偿,再加上公司规定的赔偿。"

江差君拐弯抹角。他所说的赔偿金额总数,连航运合同上规定的赔偿金额的数分之一也不到,而且比乘务员赔偿的金额还要低。

安彦君的遇难赔偿,既够不上航运合同上规定的赔偿条件,又不能与乘务员一视同仁。由纪子气得暴跳如雷,大发雷霆。她仔细分析和研究了航运合同上的全部条款,得知免费搭乘未必排除在外。

"可以排除在外,也可以不排除在外,视情况而定。"

公司的武断决定,是违背航运合同规定的。

"把我丈夫的赔偿问题排除在航运合同的规定外,是谁决定的?"

由纪子马上明白了。决定降低赔偿丈夫遇难金额的人,竟是自己与安彦君的婚姻介绍人——全日空公司的专务大竹义明。

听说连日来营业额的急剧下降,加之赔偿金和搜索打捞支付的费用,公司在支出上不堪重负。为了减少支出,大竹专务通知善后小组把安彦君的赔偿金列入劳动者伤害科目支出。

"我丈夫的生命,难道应该划在劳动者伤害一栏吗?"

当时,由纪子胸中不由得升腾起对大竹义明的满腔愤怒。丈夫是代表大竹义明赴欧洲出差,是代替大竹义明去死的。一想到这里,由纪子忍不住牙齿咬得咯咯直响。她甚至想到,有朝一日亲手杀了他。

时间过得很快,七月已经来临。尚未找到的遗体,陆陆续续打捞上来。七月二十五日早晨,打捞上来遇难旅客的遗体中,果然不出由纪子当时的预料,最后还是没有发现全日空公司遇难职员小室安彦。

当天下午,全日空公司通知打捞救援公司,停止搜索打捞作业。

发出这项命令的,是全日空公司首脑之一的大竹义明专务。

那天,天空中布满了夏日的积雨云。由纪子抬头仰望无情的苍天,如梦初醒。她亲爱的丈夫,永远离开自己身边,静静地走了。

第六章　二重密室的死者

1

"从今往后，美和能获得幸福了！"

大竹专务终于如释重负，长长地松了一口气。同时，他也感到全身筋疲力尽，希望立即上床好好地睡上一觉。坐在宾馆房间里的大沙上，仿佛烂醉如泥一般，浑身软绵绵的。

自AJA4301客机坠落在东京湾羽田浅海区域后的六个月里，对于大竹专务来说，是一段苦不堪言、寝食不安的日子。作为全日空公司首脑人物，需要面对严峻的社会舆论和长期的搜索打捞工作。不仅如此，还要参与遇难者家属之间的赔偿金交涉工作。

约两个月前，失事飞机的残骸基本打捞完毕。政府组织的事故原因调查组，正式开始工作。由于事故单位是全日空公司，必须回答调查组的所有提问。大竹义明专务多次出现在调查组的会议室里，回答调查组的各种质询。加上公司里还有一大堆公务，忙得他简直无法脱身。让他无奈的是，家里也在忙。女儿要出嫁了，他无暇顾及。把女儿的结婚日定在今天，是希望趁自己还在全日空公司专务这把交椅上，风光一回。

AJA4301客机失事，是世界航空史上最大的一次空难事故。

作为全日空公司首脑之一，无疑逃脱不了责任的追究。就航空公司首脑的这几把交椅，谁也无法保证永远属于自己的。

现在还没有离开这把交椅，也许还有事故善后和剩下的一些小事。

全日空公司专务的女儿，其身价远远超过社会上的一般姑娘。如果已经辞去现任职务，也许自己会取消今天的这门亲事。

尽管对方知道大竹专务今后的前景不妙，可还是急于举行婚礼。除某种政治上的因素以外，男方要求与美和结婚的态度非常执着。居然说什么，这一辈子不能与美和结成夫妇，宁可去死。

男女结婚，从某种意义讲也是一种交易，即双方必须门当户对。

从这个意义上说，作为全日空公司的大竹专务的女儿，与全日空公司大股东、某一流银行副总裁的公子成亲，也勉强算得上门当户对。

男方美中不足的，是个头较矮。但毕业于一流大学，被视为高层干部培养对象。据说不久的将来，便可坐上一流银行高层干部的交椅。新郎前途无量，比起美丽的新娘并不逊色。

"哎呀呀！真没有想到女儿竟长得这么漂亮，简直像仙女下凡！"

大竹专务回忆起今天婚礼仪式上女儿的风采，喃喃自语。

他和妻子没有生孩子，便收养了美和。不久，妻子子宫患了不治之症，去世了。

打那以后，大竹专务又当爸爸又当妈妈，好不容易把美和拉扯大。从美和幼年到做新娘的今天，那往日的情景一幕幕展现在大竹专务眼前。

伤心哭泣的美和，满脸笑容的美和，耍孩子气的美和，沉默寡言的美和……在她慢慢长大成人过程中,她的各种表情令大竹专务难以忘怀。

漂亮的美和,系自己一手栽培的。从今天晚上开始,她将依附于另一个男人。为了美和将来的幸福,女大当嫁天经地义。即便这样,在大竹专务看来,仿佛从他身上剜去一块血淋淋的肉。

尽管女儿总有一天要出嫁,离开自己,可大竹专务像天下所有的父亲一样,仿佛自己亲手制作的精品遭到抢劫。从今往后留下的,是孤独和寂寞。

美和走了,她离开父亲的保护伞,投入另一个男人怀抱。在那里,从此不可能再有衰老父亲插足的余地。

美和今晚将乘坐飞机与新郎去夏威夷度蜜月。空港宾馆里的结婚仪式和酒宴一旦结束,他们就将踏上新婚旅行的路途。

大竹专务看了一眼手表,起飞时间已经临近。

酒宴结束时,离新婚夫妇出发还有一些时间。大竹专务便来到宾馆的长包的房间里,稍稍休息一会儿。

连日来的工作疲劳和紧张,使得他在酒宴宣告结束时差点站不起来。

"新郎新娘马上就要出发了!"

经由鹿儿岛飞往夏威夷的飞机,即将起飞。大竹专务听到广播后,慢慢吞吞地从沙发上站起来。

2

全日空74航班飞往夏威夷火奴鲁鲁的登机时间到了。播音员使用日语和英语,在广播里反复播送着:请登机旅客立即到海关、出入境管理站、安全检查站以及健康检查站接受检查。

大厅里的一部分旅客开始从座位上站起，络绎不绝地朝铺着红地毯的海关入口走去。

"祝你们一路顺风！"

"祝新郎新娘互敬互爱，白头到老！"

大家簇拥着新郎新娘来到海关入口附近，争先恐后地向他俩祝福。新郎脸上笑容可掬，神采飞扬。从今天起，自己的身边有漂亮太太陪伴了。站在一旁的新娘，也许身穿结婚盛装的缘故，表情有点紧张，脸色有点苍白。

"咦！新娘父亲呢？他上哪儿去了？"

不知是谁提醒道。

"哟，好奇怪呵！"

"一定还在宾馆的休息室里！看上去，他好像很累！"

"快打电话给他！"

一个全日空公司职员模样的年轻人，迅速朝电话亭跑去。

新郎新娘就要登机了，却不见大竹专务的影子。年轻职员一边按电话号码，一边看手表，时针就要指向九点。他记得酒宴结束后，大竹专务说过有点累，打算到宾馆房间里稍稍休息一会儿。房间号码，年轻人记得很清楚，在三楼。由于登机时间紧迫，最好的办法只有打电话。

电话通了。电话那一头，传来大竹专务的声音。

"哦，是吉井君吗？我正想打电话呢！我是想送送他俩，可全身疲惫，怎么也打不起精神来，连步子也迈不开。真对不起！没有亲自去送，未免太失礼了。就请你代表我去送行，祝他们一路顺风，平安归来！"

大竹专务的声音，无精打采，有气无力。这与他平时给人的感觉，形成强烈的反差。在吉井君的印象中，大竹专务是精力旺盛且趾高气扬的人。听到这种语调，他心里感到难过，专务身体确实被工作拖垮了。

自从4301客机失事以来，大竹专务经常熬夜工作。也许长期的疲劳积累，再加上女儿的结婚准备，身体终于支撑不住了。

也许他以疲劳为借口，躲开别人的视线，把自己与女儿离别后依依不舍的伤感深深地埋在心底里。

"真没有想到，专务也那么多愁善感！"

吉井君一边想象大竹专务此刻的寂寞表情，一边朝送行的人群跑去。当听说父亲不能来送行时，新娘脸上露出稍稍惊讶的神色，瞬间又露出落寞的表情，与新郎手挽着手离开欢送的人群，朝登机口走去。送行的人群里，有两个年轻人追了上去，朝最后一道入口跑去。

3

吉井君送走新郎新娘时，已过了晚上十点。为汇报情况，吉井君径直朝宾馆三楼的314房间走去。

如果仅仅是汇报送行的情况，无疑是忙中添乱，将更加激起父亲失去女儿的伤感。但吉井君是为了汇报和请示工作，今天晚上必须当面见到大竹专务。

可吉井君无论怎么敲门，房间里就是没有回音。大竹专务累得连送女儿的力气也没有，也许现在已经睡着了。

继续敲门，势必惊醒上司而不得不起来为自己开门。他实在是太累了！可有一些重要工作必须向上司请示，否则无法进行下去。

敲门没有反应，吉井君只得去服务台，请女服务员给314房间打电话。可只有电话铃声,却没有人接电话。

吉井君说有急事,一再要求女服务员用钥匙打开房门。平时,宾馆服务员除非住宿本人要求,是不准随便开门的。吉井君出示身份证,表情十分认真。女服务员才勉强取出备用钥匙,与吉井君一起朝房间走去。

在去大竹专务房间之前,女服务员给大堂总服务台挂了内线电话。经核实,没有收到客人交来的钥匙,证明客人可能在房间里休息。

"也许睡着了?"

女服务员歪着脑袋站在314房间门口,端详了一会儿。在将钥匙插入锁孔之前,又敲了一次门,还是没有反应。她将钥匙插入锁孔转了一圈,锁开了。可房门只能朝里推开十厘米左右,因为房门内侧挂上了安全搭扣。

空港宾馆的所有房门只要一关上,锁上的保险栓自动挂上。这种自动保险锁,站在外侧是无法打开房门的,而站在内侧转动锁把时保险自动打开。而许多住宿客人都感到忐忑不安,担心保险栓是否已真正挂上。

为此,所有房间的门内侧一律装上安全搭扣。这种安全搭扣必须站在房门内侧才能挂上。314房门内侧的安全搭扣也挂上了。因此,门缝的最大限度只有十厘米。即便侧身,也无法进入房间。虽然手腕能伸入门缝,却无法打开安全搭扣。

从房门的间隙,可以窥视室内,但视野有限。如果没有这种安全搭扣,也就不存在防范的意义了。

房间里的灯亮着,也许大竹专务太累了,来不及熄灯就上床睡着了?由于角度的关系,无法瞥见卧室床上的情况。

"专务!大竹专务!"

吉井君从门缝向房间里大声喊叫，没有回音。吉井君拉大嗓门，不料惊动隔壁房间的客人。他们纷纷打开房门，探出脑袋询问究竟。

然而，还是没有回音。

"奇怪呀！"

吉井君想，即便睡得再沉，这么大的喊声总该听见吧？隔壁房间的房客也被我吵醒了，大竹专务应该能听见。

"这安全搭扣，怎样才能打开？"

吉井君突然不安起来。专务会不会急病发作，处在行动不能自如以及不能说话的糟糕状态？他赶紧问女服务员。

女服务员货郎鼓似的连连摇头。安全搭扣不是锁，没有钥匙。

"不行。这种安全搭扣，只有房间里的人才能打开。"

"我总觉得情况不妙！这安全搭扣，如果弄坏要紧吗？"

"这个，我不能做主……"

女服务员感到困惑。可房间里静悄悄的，她也慌张起来。

"我不给你添麻烦。损坏了，我赔偿。如果再犹豫，也许更麻烦。"

吉井君也不知道自己说的，究竟意味着什么。他不顾一切，用身体压在房门上使劲。他还以为宾馆房间的门结构，与自己住的新村房间差不多。说是防范用的安全搭扣，也仅仅是达到使房客感到安全的心理效果，绝不会是非常牢固的东西。

他使出全身力气用身体朝房门撞去。随着"嘭"的一声，螺丝断了，安全搭扣脱落了。

刚才还是神秘的室内，顷刻间出现在他俩眼前。大竹专务没有躺在床上，而是斜靠在床边的沙发上。

"专务！"

吉井君刚想开口说，您怎么睡在沙发上？话到嘴边猛地咽了下去。

大竹专务已经脱去西装外套，穿着衬衫的左胸上沾满了殷红的鲜血。意想不到的惨景，刹那间飞入两人的眼帘。由于房间里灯火通明，白色的衬衫和殷红的鲜血格外分明。

"哇！"

女服务员惊叫一声，吓得紧紧抱住吉井君。吉井君直愣愣地望着，半晌没有说话。到底是男人，他没有叫喊，也没有慌张。当务之急，应该争分夺秒，尽快向警方报案。

接到宾馆报警电话后，当地警署署长立即带领十几名刑事侦查警官、技术警官和法医警官赶到现场。经过现场勘察，判断为他杀。署长立即向东京警视厅重案刑事侦查一科报告。

当地警署之所以认定他杀，是有充分根据的。从外表看，大竹专务死在沙发上，可室内地上墙上到处是血。有的地方，血还在流淌。胸部的伤口，连同衬衫也有被刺的口子。

如果自杀，不可能刀刺入胸膛后在室内到处乱走。如果疼痛引起乱走，与死者稳稳坐在沙发里的姿势完全两码事。再说自杀者，无论使用如何锐利的刃物，自杀时不可能从衬衫外面向胸膛直刺。纵然身穿薄薄的汗衫，自杀前或者卷起或者脱掉，露出肌肤后再用刃物直接刺入。可死者虽然脱去外装，但刃物是从身着衬衫的外边朝胸膛刺入。根据自杀者的心理，是不可能这样做的。

从尸体的状况来看，死后没有多长时间。据仔细观察和技术鉴定，确认该案系他杀。凶手，是探望大竹专务的人。也就是说，大竹专务右手上反握着的那把锐利匕首，其外侧与伤口吻合。而刀口的朝向，与左胸部的刺入口相反。

刺入口，在左胸乳头的顶端。匕首，从乳头顶端刺向胸膛内侧，刺入口长度约三点六厘米，宽度约零点二厘米。匕首从侧面刺入，偏身体中央的伤口端部是匕首的侧面，而侧面的胸部是匕首的背部。根据沾在身上的血迹和伤口的一致，证明是死者握着的那把匕首造成的。要形成这样的伤口，必须像握着匕首内侧那样刺入。

企图自杀的人，在自杀后重新调整握匕首的姿势，一般来说是不可能的，也完全没有必要那样做。

发现大竹专务尸体的吉井弘和宾馆女服务员大石常子，是先使用备用钥匙打开门锁，然后撞坏房门内侧的安全搭扣进入现场的。

门锁是自动保险式。凶手一旦外出，门就会自动关闭，保险栓则自动锁上。凶手如果从门外侧挂上安全搭扣，是绝对不可能的。

假设他杀，凶手得手后又是如何从房间里逃走的呢？现场如同一个封闭的密室。解不开这个谜，死者尚不能称为被害人。拘泥于这个谜，调查取证工作只能搁浅。姑且，只有把谜搁置一边，对现场展开彻底搜索。所谓密室，在现实生活中不可能存在。只不过是漏看了其中的某个疑点，给人一刹那密室的感觉。刑事侦查警官们就这一点来说，对该案的侦破工作持非常乐观的态度。

现场在空港宾馆三楼的314房间。二十五六平方米的空间，被称为两用套房，有单人床，有大沙发。这家宾馆的大部分房客，喜欢借住像这样既能睡觉又能靠在大沙发上休息的房间。

推门进去，右手便是卫生间。房间与浴室之间，有一道隔墙。房间里放有一张标准的单人床，与沙发成直角。大竹义明就是躺在这张沙发上死去的。

左胸部伤口处流出的鲜血,一直淌到腰部,有相当一部分鲜血已经渗透到沙发布的纤维组织里面。

从伤口的外表观察,虽看不清楚,可伤口刺得非常深,似乎已经穿透左肺。从死者脸上看不出有痛苦沉闷的表情。死者已经脱去上装,解下领带,身着衬衫,然而衬衫和裤子上并没有什么皱纹,也没有反抗的迹象。

茶几上堆放着上装和领带。室内的用具和电器之类的东西,没有死者与凶手搏斗的迹象。不用说,凶手行刺后,是可以将凌乱的现场复原的。技术警官对室内及周边,进行了仔细搜索。可是,能证明凶手到过现场的痕迹,什么也没有发现。技术警官又从匕首、门的把手、电话机以及凶手有可能接触的场所,寻找指纹和脚印。可发现的许多指纹和脚印,与死者重复在一起,根本无法复制取证。

办案警官在现场取证的同时,对有关人员展开了调查。尤其是对第一发现被害人尸体的吉井君和女服务员大石小姐,进行详细的询问。

办案警官从吉井君的证词中得知:晚上九点前后,大竹专务还活着。

"你这话,是真的?"

办案警官不由得拉大嗓门。如果证词确实,法医警官推定的死亡时刻,则可缩小推断时间的误差。

"我怎么能说谎呢!"

吉井君脸露愠色。

刑事警官们满脸狐疑和急切破案的心情,对第一发现人的询问,往往像在审问犯罪嫌疑人似的。这令吉井君满肚子不高兴。

"由于专务女儿与女婿的登机时间快要到了,我连忙给正在这房间里休息的专务挂了电话。当时,正值差两分九点的时候。他确实在房间里,还与我通了话。"

"专务说了些什么?"

"说他已累得精疲力竭,让我代他送行,还要我向他们捎口信,祝他们一路顺风,平安归来。"

"当时,你没有感觉到有什么奇怪的地方吗?"

"没有。从他的语气里,我只是感觉到他疲劳之极。最近一段时间,他常常熬夜工作。今天酒宴结束的时候,他对我说头昏脑涨,想回宾馆房间休息一会儿。"

"女儿新婚旅行,做父亲的却推说疲劳不去送行。你难道不觉得奇怪吗?"

"我没有那么想。那种场合,父亲不送行,也是常有的事。专务不去送行,我想他也许是心里不好受。他为了女儿至今还是独身,现在女儿出嫁了,我无法猜测他到底是什么样的心理状况。"

吉井君这番话,让负责询问的刑事侦查警官觉得他还很年轻、幼稚。

负责询问女服务员大石常子的,是另一名刑事侦查警官。她的证词,与吉井说的内容基本一致。吉井君是死者的秘书,而女服务员与死者毫无关系。全日空公司是空港宾馆的主要股东之一。大竹专务也经常在这里用餐、住宿和休息。女服务员大石常子刚进宾馆工作不久,与大竹专务还没有见过面。

正因如此,她的证词可靠,值得信赖。按照她的证词,现场可以不必继续搜索和调查。

根据死者握的匕首方向与伤口不吻合这一事实以及其他室内

状况，凶手是客观存在的。可现场却丝毫找不到凶手逃脱的线索。这是标准的密室，酷似第一现场；也就是说，是一个自杀现场。

面对两人的证词，尤其是女服务员的证词，刑事警官们不得不把侦破密室列为主攻目标。

刑事警官们又重新对314房间的门、窗、天花板以及地板之类的地方，进行详细的检查。窗不能开关，系固定窗。天花板角落，只有一个连老鼠也无法通过的空调用换气孔。墙壁，采用完全隔音材料。铺有长毛毯的地板上，连一条小虫通过的间隙也没有。密不透风的建筑设计，似乎在对房客们夸耀，我们空港宾馆绝对保护房客的隐私。

除死者上装口袋里有房门钥匙外，刑事警官们又核实了宾馆方面保管的另外几把备用钥匙。可这起案件的本身，由于房门内侧挂有安全搭扣，备用钥匙的保管情况显得并不重要。即便罪犯使用备用钥匙打开门锁，也只能将门推开到安全搭扣允许的十厘米范围。

再说，除女服务员手里有这把备用钥匙以外，其他几把备用钥匙都处在正常的保管状态。

"从外侧将门推开到十厘米间距，然后将细铁棍与铁丝之类的东西伸到门背后，将安全搭扣挂上。不知道有没有这个可能？"

有一位刑事侦查警官提出这样的想法。于是，迅速展开实验。结果证明，无论使用什么器具，都不可能卸下门背后的安全搭扣。

照这么说，凶手是挂上安全搭扣后逃走的。

"这，怎么可能呢？"

面对眼前发生的密室凶杀案，警官们一时无法找到切入点。

"那……凶手是怎么进入房间的呢？"

有一位警官似乎想起什么，提出疑问。由于安全搭扣的存在，把大家注意力吸引到凶手是如何进入如何逃走的。所有的备用钥匙都得到核实，首先排除凶手使用钥匙进入房间的可能。其次房间里的墙、窗、天花板和地板是全封闭，没有钻入的可能。

"被害人是在听到凶手的敲门声以后，才上前开门的。"

另一名警官脱口答道。

刚才提问的警官，好像并不满意这种回答，但一时又找不到可以反驳的有力证据，没有再说什么。

吉井君在空港大厅里与大竹专务九点通电话以后，究竟是否有人进出过314房间。警官们把焦点集中到九点以后，向宾馆的有关人员和隔壁的房客展开询问。可住在宾馆里的房客，都与大竹专务毫无关系。询问结果，还是空忙一场。唯一有价值的是，警方从当晚值班的保安员江森君那里，得到重要的证词。

那天晚上，江森君偶然被派往三楼服务台值班。宾馆客房楼里，实行全天候二十四小时服务。女服务员们被分成三班（早班，五点至十三点；中班，十三点至二十一点；夜班，二十一点至五点）。那天中班当班的女服务员突然因病请假，傍晚六点离开宾馆回家。从六点到晚上九点这段时间，保安员江森君被临时安排到三楼的楼层服务台。

空港宾馆里的楼层服务员，除值班外还要负责房间清扫和整理。遇女服务员病假和事假等，保安员常常被临时安排到楼层服务台值班。保安员江森君经常参加这样的值班。

与下午六点因病假下班的女服务员交接班后，一直到九点钟大石常子接班，江森君一直在三楼服务台值班。

"这段时间里,我一直注视着客房外边的走廊。314房间根本没有人进出。"

江森君斩钉截铁地说。

"那段时间里,你没有去过厕所吗?"

密室之谜,暂且搁在一边,但江森君上厕所的那段间隙里,从时间上分析,凶手进出房间是有可能的。询问的警官思索后问道。

"从六点到九点与大石小姐交接班的那段时间里,我没有上过厕所,一直在岗位上。"

江森君一口咬定,从他脸上的表情,看不出有什么破绽。照这么说,大石常子上班的时间段里,才是凶手出入房间的时候。

大石小姐自晚上九点与江森君交接班后,一直到十点二十分前后看到吉井君在敲314房间的门。由于房间里没有回音,吉井君向她提出要求,希望使用备用钥匙开门。这一段时间里,除看到吉井君敲门外,没有看到第二个人敲门。

"与江森君交接班的时候,你离开过服务台吗?"

"我是在服务台与江森交接班的。在服务台我们闲谈十分钟左右就分手了。如果有人在服务台面前通过,绝对逃不过我们的视线。"

警官好不容易想到的这一问题,又刹那间被反驳了。

"上三楼客房,除电梯外,有几处楼梯?"

警官继续询问。也许还有不知道的消防楼梯?

"服务台一侧,有电梯和楼梯;走廊另一头,有消防楼梯。坐在服务台,整个走廊一览无余。要躲过我们的眼睛进出房间,是不太可能的。"

常子回答得非常干脆。

询问结束后，警官到三楼服务台实地考察，证实大石小姐的回答是正确的。三楼中间是走廊，走廊两边是客房。一边排列五套客房，两边一共是十套房间。

三楼服务台在走廊的端部，与电梯相邻。服务台前面，是走楼梯进入三楼的平台。平台的左右侧，都是楼梯。从楼梯到客房，或者乘电梯到客房，必须经过楼层服务台。

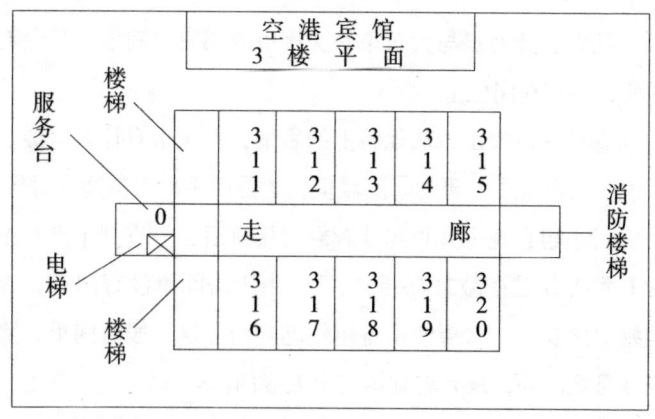

服务台面对走廊的尽头；走廊尽头，与消防楼梯相连。

坐在服务台，走廊及其两边十套客房的门可尽收眼底。企图避开服务员和保安员视线进入客房，是根本不可能的。即便服务员眼睛没有直视走廊，可眼睛有余光，只要不是背朝走廊，稍有人影晃动，也不可能逃脱他们特有的职业眼睛。

调查到这里，警官们越发感到困惑。也就是说，除314房间本身是全封闭密室以外，其外围走廊也是完全暴露在楼层服务员视线下的全封闭密室。

试想，即使凶手玩弄什么超常的圈套，也不可能不经过走廊。要想经过走廊，势必进入服务员或保安员的视线。从外表看，314房间形同一个被全封闭的房间。可从死者的伤口看，完全是他杀。面对毫无破绽的现场，搜索和调查不得不就此搁浅。已是半夜两点，刑事侦查警官们的脸上，个个露出疲倦的神色。

次日下午，尸体解剖结果出来了。

一、伤口系右手握的匕首刺入。

二、损伤，死者生前有过生理反应。

三、伤口从左部胸膛的乳头顶端，朝身体的中间方向，呈水平状横向切入。伤口表面长度三点六厘米，宽度大约零点二厘米。从肋骨之间向纵深切入，其纵深长度十点八厘米。胸膜以及左肺上叶，被匕首穿透。

四、死因：左肺损伤以及左胸膛内出血。

五、死亡时间：八月十一日晚上八时至十时之间。

六、结论：根据刺伤深度、部位、方向以及其他状况判断，系他杀。

不过，有一点不能忽视，大竹专务在晚上九时左右还活着。这一事实，是吉井君通过电话确认无疑的。因此，死亡时间应定在晚上九点以后的一个小时里。

这段时间里，凶手在保安员或者女服务员注视下的走廊里，既没有显露身影，又没有发出任何声响，犹如烟雾般飞入314房间。行凶后，又从挂有安全搭扣的房门间隙以及暴露在服务员视线下的走廊，烟雾般地消失。

八月十二日，羽田空港警署成立"空港'8·11'凶杀案侦破专案组"。

4

八月十二日下午，专案组第一次会议在空港大厦主馆一楼的空港警署会议室里举行。

出席会议的，有东京警视厅重案刑事侦查一科主管本案侦破工作的那须警长以及山路君、草场君、河西君和横渡君等刑事侦查警官，有空港警署的土井署长以及十君、渡边君等刑事侦查警官，还有东京警视厅技术鉴定科派来的技术警官。会议由空港警署土井署长主持。

首先土井署长讲话，其次由那须警长介绍几天来的侦查情况。

"——通过现场搜查取证以及尸体解剖结果，充分证明这是一起他杀案。尽管确定为他杀，可现场又存在许多令人费解的谜。为解开这些谜，我提议该案的侦破工作从头开始。"

说到这里，那须警长停顿了一下。他那凹陷的眼窝里，射出锐利的目光扫视了整个会场，表情十分严肃。那须警长，由于年轻时切除了几根影响胸部的肋骨，以致右肩向下倾斜。他不喜欢到医院找医生看病。尽管当时，每天咯血，症状不轻，却坚持民间疗法，每天煎服蚯蚓和蟋蟀。后来，家人和朋友强行用担架把他送到医院医疗。可他拒绝入院，坚持在家中养病。

他从外勤巡查警官转战到刑事侦查警官，尔后升任警长。从此，一直停留在警长的职位上。可他不在乎当什么官，只要每天能在侦破凶案、抓捕罪犯的岗位上就行。

"根据法医解剖，死亡推断时间是昨天晚上八点至十点。可被害人秘书吉井君在九点前后与被害人通过电话，一再强调他当时还活着。因此，死亡的时间只能推到九点以后的一个小时里。

根据吉井君和大石常子小姐的证词推断，314房间是密室现场。经过现场调查取证，吉井君他俩撞门进入而损坏的安全搭扣，确实系当时撞坏，非以前损坏。

"说到死亡推断的时间段里，三楼服务台曾先后由保安员江森君和女服务员大石常子小姐值班。根据他俩的证词，314房间不仅没有人进出，就连靠近门口的人也没有。

"试想，罪犯在行凶前必须先经过走廊，再打开314房间的门。可这两道严密的防线，凶手又是怎样突破的呢？

"无论凶手多么狡猾，或者作案手段多么奇特，可作案后必须有一个溜之大吉的空间。大家说是吗？本案是现实生活中发生的案件，不是推理小说里编写的案件。这里边肯定有搜索时遗漏的部分。就这个问题，我想请大家认真思索和回忆一下！"

那须警长说完，又扫视了大家一眼，示意大家踊跃发言。虽然他的外表看上去并不怎么威武，且身材瘦削单薄，可他的名字令许多犯罪嫌疑人闻风丧胆。在东京侦探界里，颇有名气。

"自杀的疑点，是否已经不存在了？"

山路警官提问。在那须警长的刑事侦查警组里，他的资格仅次于那须警长。虽也长得瘦小，但精力充沛、斗志旺盛。小而端正的脸庞，尽管年岁已经不小，可依旧是一副娃娃脸。鼻子下端经常冒汗，像警犬一样始终湿漉漉的。据说这种部位出汗，证明身体健康。

山路警官刚才提出的自杀，已经根据尸体外表的观察和法医的解剖结论被完全否定。如果自杀，死者不太可能把自杀现场安排在那里。就是有，也很少见。如果自杀，警方就没有必要成立什么侦破专案组了。

本案虽有他杀的怀疑，可如果不能解开凶手怎样避开服务员和保安员视线进出314房间之谜,专案组就不得不同时朝着自杀和他杀的方向展开调查。

"大竹专务是全日空公司主管这次飞机事故善后工作的最高层负责人,与遇难者家属之间的冲突非常激烈,这应该说是自杀的动机。"

山路警官耸了一下湿漉漉的鼻尖说。

"我总觉得有些奇怪。"

插话的是横渡警官。他的姓氏很特别,脸也长得像猴子,大家便给他起了一个美丽的雅号,叫"进口猴子"。他是警视厅里话最多的一个。

"什么奇怪?"

山路警官脸上显出惊讶的表情,仿佛鼻尖被狠狠地碰撞了一下。

"当然奇怪!飞机失事的责任,不应由大竹专务一人来承担吧?照你那么说,全日空总裁以及其他首脑层人物都得剖腹自杀。"

"或许还有其他原因?也有可能神经过敏,担心被追究事故责任。"

山路警官仍坚持自己的意见。

"那么,匕首的握法与伤口形状不一致,这又如何解释?还有从衬衫外表刺入胸膛的自杀方法,也不可思议。"

横渡警官毫不示弱。顿时,会议气氛变得热烈起来。

"自杀后再调整握匕首姿势的做法,虽说奇怪,可不能误解为有什么疑点。从衬衫外表刺入自己胸膛的自杀方法,不能因为与一般自杀方法不同就一概否定。本案是自杀者紧握匕首而死,足以证明是自杀。"

山路警官无论如何不愿意放弃"大竹专务系自杀的"这一主张。

"你的主张究竟符不符合现实,姑且不去评论。可我总觉得,你的自杀主张里有很多不能自圆其说的地方。例如,握匕首的手势,死后趁身体还没有僵硬前调整握匕首的姿势,是根本不可能的!"

山路警官与横渡警官之间,展开了无休止的争论。

"从门外侧挂上安全搭扣的方法,难道就没有吗?如果使用特制的铁丝、磁铁石之类的东西,是完全可以办得到的。"

渡边警官则以现场外部为前提,向会议提出疑问。渡边警官的外表,长得英俊潇洒,身材魁伟。

山路警官的主张,有一定道理。但无疑还有一个尚未浮出水面的有力证据。作为专案组的整体意见,以他杀案论处。这也是绝大多数刑事侦查警官的意见。再说根据解剖的结论,死者伤口的深度和角度都足以证明他杀。经过权威的科学论证,也肯定了他杀。

渡边警官提出的疑问,是站在他杀这一立场上。

"我还记得,侦探推理电视剧里有过类似的情节。从门缝插入钢笔之类的东西,卸下房门内侧的安全搭扣。"

粗看就知道是工薪阶层的十君警官,也站在渡边警官一边。

"我们虽做过多次实验,使用了各种道具从门缝插入,可结果没能将安全搭扣卸下,莫非还有我们未知的替代品?可我还是觉得不太可能。为挂上安全搭扣,必须把门打开。从那么狭小的门缝里,手臂和钢笔是无论如何够不着的。"

那须警长解释道。

"如果像铁丝那么细的东西,怎么样?"

渡边警官接着说。

"宾馆客房的门与我们家的房门不同，密封性好，门上不可能有铁丝穿越过去的间隙。"

被那须警长这么一说，渡边警官不再吭声。

"走廊上，有什么没有搜索过的地方吗？"

这一回，轮到草场警官发表意见。他的长相酷似法国喜剧演员。他擅长通过无拘无束的闲聊，让犯罪嫌疑人不知不觉地供认犯罪事实。

"从晚上六时到九时的时间段，是保安员江森君值班。从晚上九时到十时二十分前后吉井君出现的时间段，是服务员大石常子小姐值班。听说这两个时间段里，两人的视线没有离开过走廊。"

担任询问江森君和大石常子小姐的河西警官说。翻开他的刑事侦查史，可谓成绩卓著，功劳显赫。

"但这两名不清楚案件已经发生的服务员和保安员，难道在那时间段里一直瞪大眼睛注视着走廊吗？"

山路警官的说话语气，充满了怀疑的口吻。他不愿意扔掉自杀的提法，但必须以自杀作为前提，对所有情况持怀疑态度。

"他们没有必要说谎。在那个时间段里，即便离开服务台，也不能说成失职。宾馆方面也没有那么严格的要求。"

河西警官的发言，直接涉及宾馆的两名工作人员。他非常自信，曾就两人的工作表现向宾馆方面打听过。宾馆方面对他俩的评价很高，说他俩人完全可以信赖。

根据吉井君的证词，死亡时间可推至九点以后。凶手的作案确切时间，是九点到十点之间的一个小时。虽然最重要的证人，是当时在服务台值班的大石常子。可九点与保安员江森君交接班后，还与他闲聊了十分钟左右。在闲聊的十分钟里，两人没有离开服务台。

又是一阵沉默。会议结论，对现场不可能解答的情况再进行一次搜索，加以确认。此时，没有一个人希望发言。就是想发言，也举不出让人心服口服的引证材料。

"除对被害人周围展开搜索外，没有其他可以搜索的地方。只要找到一丝线索，许多令人费解的谜就能解开。自杀的可能性也必须彻底调查清楚。山路君与渡边君组成自杀调查小组，寻找自杀证据。其他人以他杀为调查前提，分头调查取证。一、了解被害人的社会关系；二、了解被害人的家庭；三、了解被害人在女人方面的关系。"

那须警长发出继续侦查的命令。会议虽没有收到预期的效果，可为大家提供了相互交流各自获得的信息和看法的机会，从而对本案展开了综合的讨论和详细的分析。

会议结束了，许多警官在离开会议室的时候，犹如船在大雾弥漫的海上航行，失去了前进的方向。白白耗费了许多时间，却没有丝毫进展。此时此刻，凶手一定在黑暗中发出得意的狞笑，讥讽在迷途中徘徊的警官们。复杂的凶杀案，预示着警官们将艰难地走过漫长的侦破道路。

第七章 妖怪的嫌疑犯

1

"大竹专务不是自杀?"

山路警官和渡边警官从调查组成员——航空部公务员吉村君那里,打听到极其富有价值的情况。

"大竹专务对于飞机失事,抱有怀疑态度。对于委员会有关第四引擎检查后提出的报告,持不同意见。他要求与我见面,听取我的观点。在事故原因还没有弄清楚之前,他不可能自杀。他的死,肯定是他杀!"

吉村君的观点,旗帜鲜明。从他充满自信的口吻里,似乎知道凶手是谁。渡边警官接着问道:

"大竹专务被杀,你事先想到过吗?"

"没有,可是……"

猛然间,吉村君吞吞吐吐起来,与刚才说话时的口吻判若两人,好像有什么顾虑。

两名警官敏感地意识到,吉村君一定遇到过什么。

"请大胆说!哪怕芝麻绿豆的事情,也没关系。"

渡边警官一个劲儿地追问。遇到这种场合,如果性急,证人就有可能缩手缩脚，一声不吭。可年轻的渡边警官，生来就是一个急性子。

"其实……"

吉村君支支吾吾。可最终，他还是下了决心。

"因为我也有过这样的经历。"

"怎么？同样的经历？你的意思是说……"

正在一旁记录的山路警官，用眼睛瞪着他。

"我也差点遭人暗算！大约一个月前的一个早晨，我去上班，在地铁站台上等车。就在电车呼啸驶入车站的时候，有人在我背后猛推了一下，我被推落在站台下边的电车轨道上。幸亏我的命大，掉落在停车区域的前边，才没有被电车压死。"

吉村君说到这里，也许想起当时那可怕一幕，脸部肌肉不由得抽搐起来。

"你是不是与别人有过怨仇呢？"

"根本没有那回事。打那以后，我时常提心吊胆的。我仔细回忆过，也实在想象不出究竟是谁想暗害我。"

吉村君环视一下周围，仿佛那个暗害他的杀手就在附近。公务员在常人眼里，高人一等，目空一切。可吉村君的目光里，却全然没有骄横，而是充满了惧怕。这种诚惶诚恐的模样，无疑是真情的流露。

"会不会因为人群的相互拥挤，不小心将你推下去的？"

上班族担心迟到，往往争先恐后地朝站台拥去。潮水般的人流，在各地铁站台司空见惯，屡见不鲜。

"绝对不是那回事！这与相互推搡和拥挤的力量完全不同，是决意要杀害我。虽然凶手害我未遂，但当时的情景，我至今记得清清楚楚。"

从外表看上去，性格内向的吉村君，态度非常认真。

"请问，你那被害未遂与大竹被害，有什么必然关系吗？"

正在记录的山路警官，突然向吉村君发问，以致吉村君吓了一跳。

"那，那……"

吉村君说话，再度磨磨蹭蹭起来。两名警官的视线，不约而同地一起射向他，似乎在大喝：快说！

"如果你们再深入调查下去，一切自然会明白的。按我现在所处的位置，不能随意地说三道四。其他，我也确实提供不出什么证据。你们说的那个情况嘛，可能有疑点。"

语无伦次的吉村君，说完立即站起身来，满不在乎地望着二位警官朝他射去的威严目光。

此后，两名警官好说歹说，吉村君就是一言不发。他之所以这样做，不是为了明哲保身，而是担心自己的轻率发言有可能带来意想不到的麻烦。

两位警官在找吉村君谈话之前，曾向有关部门打听过他的人品、工作表现以及其他情况。通过今天与他的交谈，吉村君还是可以信赖的。

警官的职业特点，就是对事物的敏感性比常人要强得多。与人接触时，只要对方在谈话中稍出现前后内容不一致，就会引起他们的怀疑。尤其是善于捕捉说话破绽的山路警官，已经察觉到眼前的吉村君为明哲保身隐瞒了一些重要情况。

倘若这推测是真的，那又是什么原因使他保持沉默的呢？吉村君断定大竹专务之死是他杀，其理由是他也遭到过暗算，只不过是暗杀未遂。就凭这一点，他与被害人之间肯定有什么特定关系。再者，他说话时的表情，似乎有什么难言之处。

专案组全体警官得知这一情况后,才开始感到大竹专务被害的背后笼罩着一团巨大的黑雾。

2

在从霞关的国家航空部回来的路上,渡边警官说:

"吉村君说了,如果深入调查下去就会一清二楚的。他还说,有些事是不能随便说三道四的。"

距离航空部不远的地方,就是东京警视厅。正逢午间休息,他们打算顺便到那里休息一会儿。从周围的国家机关大楼里三三两两出来的男女公务员,为呼吸新鲜空气,朝日比谷方向走去。男的穿长袖衬衫,女的穿短袖衬衫。正午时分,火辣辣的太阳高挂在天空。两个警官没有穿外套,衬衫的袖子早已卷到肘部。

"嗯。"

山路警官点点头。鼻子下面又是汗涔涔的。这大概是热的缘故吧。

"作为全日空公司的首脑之一,在追查飞机失事原因最关键的时刻自杀,确实难以令人置信!八月十一日,距离大竹专务怀疑飞机失事原因与吉村君会面,没有几天。"

山路警官连连点头。他没有插话,担心打断渡边警官的思路。

渡边警官一边走,一边自言自语。突然,他睁大眼睛:

"据说大竹专务是不满委员会提出的检查报告,而要求与吉村君见面的。大概吉村君是能够给予大竹满意回答的唯一人物,至少吉村君也不同意那份检查报告,而且其手里还有可能掌握着什么补充说明的内容。因此,大竹专务要求与吉村君见面。"

"……"

"可他们见面后没过几天,大竹专务就死了。因此,吉村君断定大竹专务的死是他杀。其理由是,自己有被害未遂的经历。A被害,而B被害未遂。以此为由,B断言A死是他杀。既然如此,刺杀A与B的凶手应该是同一个人。或者说,两名凶手之间至少应该有什么联系。杀害A与B,动机应该是相同的。也就是说,A与B有共同点。

"大竹专务与吉村君之间,到底有什么样的共同点?大竹专务对引擎的检查报告不满意,而吉村君则握有补充其不满意的材料。共同点,大概就是这!

"……山路君!"

刚才还在自说自话的渡边警官,突然把头扭向山路警官。

"'8·11'凶杀案,看来与全日空4301客机失事有关!"
"我也是这样想。"

山路警官随声附和。

"大竹专务怀疑飞机的失事原因,对有关人物无疑构成巨大的威胁。所以,他被杀了。"

"未必是一个人所为。"

"你这话怎么讲?"

"我有感觉,不是涉及一个人,可能牵涉一些更重要的人物,甚至涉及企业阴谋。不深入调查,无法弄清楚。"

"吉村君不会有危险吧?"

"也许有!他叙述自己被害未遂,其目的也许是要求给予保护。"

"真有那么严重，他一定知道凶手是谁。"

"有可能。但他已经阐明自己的观点，不随便说三道四。凶手说不定是一个绝不能说的大人物！只是说，深入调查下去就会明白的。所以说，肯定是彼此熟悉，但矛盾的冲突非常厉害。"

"是围绕飞机失事的原因吧？"

"是的。"

"好。在这段时间里，我们最好把目光盯着吉村君的周围。"

两人不知不觉已来到东京警视厅门口，可还在一个劲儿地热衷于讨论。幸亏一路过来，身边没有来往的行人，不必担心内容泄漏。

3

在全日空公司内部展开调查的横渡警官和十君警官，已明白在围绕新机型的选择上，派系之间的斗争非常激烈，气氛十分紧张，形势十分复杂。

以死去的大竹专务为核心的斯普鲁多派，与以野村市松副总裁为核心的库鲁萨派之间的斗争，已经激烈到白热化的地步。

这种对立所引出的凶杀案，无疑是一种先下手为强的举措。由于新型机种的价格超出一百亿日元，不得不引起重视。不单单是新型机种的引进，其选择结果将对两派今后在公司内部的地位产生微妙的影响。

据说大竹专务是一个为达到目的可以不择手段的经营者。在飞机客舱担任乘务长时，与当时公司的第一常务董事八阪百之助的女儿——八阪节子结婚。作为女婿的大竹，坚定地站在丈人八阪百之助这一边。加上生性好强、点子多，在晋升的道路上一连打败了许多有力的竞争对手，青云直上，直到坐上全日空公司专务的交椅。其冷静的判断力和果断的决策力，让他成为全日空公司不可多得的人才。正因如此，他招来了许多敌对势力。

野村市松副总裁，就是其最大的对立党。在公司内部的势力中，他与大竹专务呈势均力敌的状态。两人互不相让，都希望担任下一届总裁。

新机型选择的背景，牵涉公司内部复杂的派别斗争。当然，警官倾最大注意力注视野村市松副总裁的周边。可遗憾的是，案发当天，野村市松副总裁在福冈，没有作案时间。

可收获还是不小。最近一段时间，野村市松副总裁与千代田通商公司的杉原省造专务接触频繁。

千代田通商公司，是以大竹专务为核心的斯普鲁多派的竞争对手，是库鲁萨飞机制造公司在日本的代理商，与千代田重工业公司同属某财团成员。

"也许本案与大企业有关？"

"是呵，已经出现相关的'杂音'！"

横渡警官与十君警官失望地你看看我，我看看你。所谓杂音，就是警官在侦查途中，有政治权力的介入。就一般常识，恐怕是难以想象的。一旦搜查到某大企业，而大企业通常以雄厚的资金实力与政界有密切联系，案子的侦破必定会遭到政府的干涉和阻挠。接踵而来的麻烦，简直多如牛毛。这种麻烦不可小看，它往往使侦查工作中途搁浅。即便没有搁浅，费九牛二虎之力的侦查结果，往往拿一个小人物作为替罪羊，而大人物们则高高在上，坐在警官们涉及不到的空间，发出阵阵狞笑。

"但愿没有那种'杂音'！"

两个警官在心里默默祈祷。

以山路警官调查小组的收获为线索，专案组全体警官分头行动，调查全日空飞机失事调查组内部的情况。根据吉村君所说，深入调查下去，就可一清二楚。围绕飞机失事原因，调查组内部也分成两大派。一派主张飞机失事系飞行员操作失误所致，另一派则主张飞机失事系制造结构不合理所致。

吉村君提出的第四引擎在空中脱离的主张，被两大派紧紧夹在中间。

草场警官和河西警官，则从其他角度调查遇难者家属，想以此找到突破口。这多少是一种奇想。由于全日空公司飞机失事，导致众多遇难者亲人悲愤。其中，不乏个别家属与处理善后最高负责人积下怨仇。

作为丧葬费和抚恤金，全日空公司暂时支付给每一个遇难者家属四十万日元。有关赔偿金，公司则动员企业的每个高层干部，与遇难者家属以一对一的方式展开交涉。以航空合同的有关条款为赔偿基准，遇难者家属牢骚满腹，愤愤不平。

"不要钱！把人还给我！"

年轻的少妇一边哭泣一边说。

"把我们亲人的墓地建造在东京湾上！"

遇难者的家属们措辞激烈，以各种形式向全日空公司表示心中的憎恨。一些失去丈夫的中年妇女，对于全日空公司公布的赔偿金数额暴跳如雷。一些失去总经理的私营中小企业，不仅遇难者家属，连同所有职员也一同前来与全日空公司交涉赔偿金额。上述这些情况，相比之下还算比较平静。那些只打捞到遗体头发、牙齿的遇难者家属，更是按捺不住悲伤的心情，大叫大嚷，扬言要杀全日空公司的总裁。

但不管他们的悲愤情绪有多高涨、有多激烈，都不是针对特定某一个人的。

即使大声嚷着要杀总裁的人，未必会动真格，而只是对全日空公司的企业整体，发出愤怒的吼叫声。何况大竹不是公司总裁，尽管也作为承担飞机失事责任的最高负责人之一，但毕竟不是他一个人。

4

会议再度召开，集中各调查小组所获得的信息。

第一个发言的，是草场警官。

"从某种意义上说，每个遇难者家属，多少都存在这样的动机。在调查过程中，有一个与大竹专务积怨很深的遇难者家属给我们留下了很深的印象。她叫小室由纪子，是个大美人。"

草场警官在汇报时，添加了一句无关紧要的话，引来了同事的哄堂大笑。

"我说的一点不假，确实是一个大美人！"

草场警官又重复一遍，逗得笑声此起彼伏。紧张的会议气氛，顷刻间变得轻松起来。尽管大家还在哈哈大笑，可草场警官本人的脸上依然一本正经。这就是他除专业以外的又一特长。

"小室由纪子还是一个新娘，新婚没有多久。她丈夫是全日空公司的职员，这次也在遇难者名单中。听说她丈夫是因大竹专务生病，代他赴欧洲出差的。从某种意义上说，他这次遇难是代替大竹。可大竹专务丝毫不领情，恩将仇报，以其丈夫是公司职员为由，大幅度降低了赔偿金的数额。有关法律上如何解释，我等一会儿再说。大竹专务之所以这样做，其目的是为了减少公司支出。据说支付给由纪子的赔偿金少得可怜,由纪子怎么也想不通。若不是代替大竹专务出差,丈夫怎么会遇难呢!现在全日空公司给她的,不是赔偿金,而是在什么费用里支出。因此,她对大竹专务的所作所为怀恨在心。"

"那么,叫作小室由纪子的大美人,生活上肯定很困难吧?"

那须警长问道。

"她的父亲,在神奈川县海岸地带经营宾馆和饭店。为扩大企业,在购买土地上犯有欺诈罪。去年年底,终因债台高筑被迫破产。虽然其生活上还不至于吃上顿愁下顿的,但失去娘家的依靠已是事实。当然,赔偿金数额不可能是无限的。可做女人的,都希望越多越好。"

"如果说小室由纪子贪得无厌,也说明不了什么问题。"

"其丈夫是因大竹专务而死,她当然对大竹专务有成见。再说其丈夫遗体至今还没有打捞上来,可大竹专务却下达了停止打捞的命令。"

"即便那样,我认为她抱怨大竹专务也是毫无意义的。打捞工作持续这么长时间,支出费用大量增加。下达停止打捞命令,也是出于无奈。"

"几个怨恨点合在一起,量变到质变,难道不会萌生杀意吗?"

"嗯!这多少有点牵强附会。这样吧,小室由纪子也列为犯罪嫌疑人中的一个。"

那须警长认为,草场警官调查小组有收获。

总之,新婚的年轻女子对大竹专务的所作所为不满,以致怀有冲动性的杀人动机是完全有可能的。

5

　　了解事故调查组内部情况的警官们，也颇有收获。那须警长点到他们汇报时，渡边警官早已等得不耐烦了。

　　与山路警官一起的渡边警官，脸上表情犹如长良川的鹈鸟，似乎嘴上叼满了战利品，仿佛在向参会者炫耀。那须警长早就察觉到了。

　　"吉村君断定大竹专务的死是他杀。其理由是他也曾遭到过暗害。当然，结果是被害未遂。这一内容，大家都已经知道。吉村君与大竹专务社会地位不同，但他们之间的共同点是什么呢？带着这个问题，我们进行了调查。根据从飞机失事原因调查组了解来的情况，即主张第四引擎在空中脱离的吉村君，如今已经陷入两派的夹击之中。我觉得，这是非常奇怪的现象。

　　"根据事故原因的分类，调查组成员的结构也错综复杂。"

　　渡边警官说到这里，停顿了一下，走到会议室黑板前面画了一张组织表。

　　"如表所示，调查组的主流派别，分系永派和新堀派这两大派别。根据各自的支持者划分，支持系永教授主张的，是以中央财团为代理窗口的斯普鲁多派；支持新堀教授主张的，是以千代田财团为代理窗口的库鲁萨派。在调查夺去一百多人生命的飞机失事原因的调查组里，竟掺入企业群。这简直令人气愤之极！这些暂且不说。提出飞机结构不合理的千代田财团，他们排挤一直持飞机结构不合理主张的吉村君。而对出售斯普鲁多飞机的中央财团，则千方百计推翻由系永等人主张的'飞行员操作失误'的观点。而欲代理出售库鲁萨飞机的千代田财团,却与主张斯普鲁多飞机结构不合理的吉村君唱的不是同一个调子。这不得不让人感到奇怪。他们的观点与吉村君相同,按理应该与他联手共同攻击'飞行员操作失误'的主张。现实恰恰相反,对于吉村君的观点,千代田财团与中央财团却组成统一战线,共同夹击吉村君。这一奇怪现象,大家听了以后,难道不感到反常吗?"

渡边警官把吉村君心里的疑团当作问题报告给大家,引起了与会者的充分注意。他扫视大家一眼,高兴地继续往下说:

"系永和新堀这两个教授是否被企业收买了,现在还不能断定。可眼下两个教授的意见,分别受到调查组的两大势力'中央'和'千代田'两大企业集团的有力支持。当然,支持他们与巨大的企业优势有关。

"与此相反,支持吉村君观点的,最初有航空评论家木下公平。不料他在半路上倒向系永派主张的那一边,其中必有文章,值得我们进一步去调查剖析。

"吉村君所持观点,在调查组里是孤军无援。谁知也就在这个时候,有人对他却颇感兴趣,这人就是全日空公司的专务大竹义明。他对吉村君到底表示多大兴趣,是不是达到完全支持吉村主张的程度,就这一点,吉村君吞吞吐吐,没有说下去。但是……

"大竹专务却在与吉村君见面后没几天便死了,而且属他杀。吉村君也断言是他杀,其理由很清楚,因为他自己曾经被害未遂。就这一点来看,他俩之间应该有某种共同点。那共同点是什么?我觉得这张表就是很好的答案。请大家认真看一遍!"

全日空飞机事故原因			
	飞机外人为原因	机身结构不合理	
调查意见	飞行员操作失误	飞机结构有缺陷	飞行中引擎空中脱落
主张者	系永教授	新堀教授	吉村健太朗
支持者	大桥盛太朗 亚洲重工业 中央商社	杉井一郎 千代田重工业 千代田通商	X
	培斯曼 斯普鲁多飞机制造公司		
	丰田恒男 国家航空部	野村市松 全日空	
	木下公平 评论家	武井博行 评论家	
出售机型	斯普鲁多机型	库鲁萨机型	

渡边警官若有所思，而后高兴地指着黑板说：

"假设吉村君主张的支持者为'X'，与这个'X'最接近的就是大竹专务。如果进一步假设大竹专务为'X'，那么，吉村君与大竹专务之间的共同点，便是关于引擎在空中脱离的主张。由于这个共同点，导致大竹专务被害，吉村君被害未遂。对此，吉村君暗示是同一个凶手，或者两个凶手之间有相互联系。也就是说，引擎在空中脱离的主张，触犯了凶手的根本利益。

"如果吉村君的观点得到认可，不用说，最头痛的是代理出售斯普鲁多飞机的中央财团。可千代田财团方面的动向，也有令人费解的地方。假设大竹专务为'X'，该推理也有行不通的地方。因为，大竹专务属于斯普鲁多派。对于斯普鲁多派首脑的他来说，不可能站在吉村君的主张这一边。

"尽管如此,大竹专务对于吉村君的观点仍表示极大兴趣。他与吉村君见面后不久被害,会不会有其他什么原因?虽现在尚不能断定,可大竹专务的死因,是他对吉村君的主张产生兴趣所致。还有,吉村君被害未遂的事实,更说明这一点。

"可作为斯普鲁多派首脑的大竹专务,为什么会对吉村君的观点如此有兴趣呢?经过长时间考虑,我是这样想的。这也许是一个可怕的推理,但我试验过这个推理,结果完全合乎逻辑。所有的谜,瞬间迎刃而解。吉村君从站在自己立场的角度上,不愿与我们深入交谈,是完全可以理解的。因为事关重大。"

渡边警官在汇报的过程中,宛如大演说家。他越说越兴奋,脸红到脖子,嗓音也不断加大,仿佛侦查有了重大突破。

土井署长语气平和地说道:

"别卖关子,快说给大家听听!"

他与表情异常严肃的那须警长形成鲜明的对照。他厚道,举止稳重,讲究方法。一旦脱去警服,谁也不会说他是一个警官,更不会相信他还是一个空港警署的署长。

他对警视厅重案刑事侦查一科派来的同行非常尊重,不允许自己那些有侦探推理能力的部下在上级派来的同行面前有半点骄傲情绪。

土井署长适时准确的插话,多少制止了渡边警官过于兴奋的情绪。

"那……就是说,全日空4301客机,系企业阴谋的牺牲品。"

"你,你说什么?"

全体与会的警官突然为之一震,差点从坐着的椅子上站起来。这是一种完全不合逻辑的推理。无论企业如何不择手段,可为了公司利益,不可能故意坠毁满载乘客的飞机。再说这起空难,是世界航空史上规模最大的事故。岂止日本全国,就连国际社会也为之震撼。

为此,政府组成庞大的事故调查组,并责成警视厅和海上保安厅展开联合调查。

"你这种推理,是谬论!"

土井署长责备渡边警官信口雌黄。

"您说我的推理是胡编乱诌?"

渡边警官毫不在乎上司的批评。

"政府组织的调查组里竟掺入企业倾向,不!是企业在左右调查组!"

"大概不能说是左右调查组吧?仅仅是两个企业集团支持两个教授的各自观点。"

土井署长显得异常稳重、老练。

"但事实是,这两个企业集团的意见却成了调查组的主流。"

"所谓企业阴谋,请具体说一说。"

一直在聚精会神倾听的那须警长,眼睛半睁半闭的。

"我,"渡边警官见有人支持自己,劲头又足了起来,"库鲁萨派就失事飞机的第四引擎,玩弄了花招。"

"什么?"

不知是谁,发出了喉咙里像被什么东西噎住的声音。

"所以,本来就主张统一战线的库鲁萨派的千代田财团,与中央财团联手攻击对第四引擎抱有怀疑态度的吉村君。那是因为第四引擎的检查工作一旦有吉村君参加,事故原因就会水落石出,局面也就不可收拾。不用说,对于支持飞行员操作失误主张的中央财团希望支持飞机结构不合理主张的人越少越好。就中央财团来说，恐怕没有一个人怀疑，飞机失事是千代田财团方面的阴谋所致。如果有人怀疑，那当然是绝对有力的攻击材料。可问题是，怀疑的人不是中央财团方面，而是斯普鲁多派的大竹专务，他对第四引擎抱有疑问。因此，尽管他是斯普鲁多派，但他对吉村君的主张表示出来浓厚的兴趣，应该说是自相矛盾的。

"如果全日空飞机失事是库鲁萨派千代田财团的企业阴谋，那么该财团不仅不能在机型选择的混战中取胜，而且财团本身将彻底崩溃，大竹专务在全日空公司内部的地位将更加牢固。我虽不清楚全日空公司内部的派系斗争，可仅凭此举，也许能使大竹专务的对立派顷刻瓦解，以奠定胜局。

"清楚这一事实真相的库鲁萨派，无疑十分狼狈。无论如何他们必须在大竹专务抓住事实真相前，置其于死地，以杀人灭口。难道不是这样吗？"

与会者被渡边警官的发言深深吸引住了。在大家看来，尽管这依然是不合逻辑的推理，可已经没有人再认为这是谬论。

"如果抓住真相，一切将暴露在光天化日之下。不仅凶手暴露，说得严重一点，将与千代田企业财团和库鲁萨飞机制造公司的灭亡紧紧联系在一起。然而，靠这些大型企业集团的工作而生存的人数，恐怕相当于一个地方城市的人口总数。加上连锁企业的从业人数和他们的家属人数，也许达到一个大城市人口的总数。为了这么多人的生存，杀死像大竹专务和吉村君这样一两个人又能算得了什么。

"吉村君也察觉到危险，并为之忧心忡忡，胆战心惊。由于没有掌握确凿证据，仅仅是可怕的推理，故而他只能向我们暗示。"

"照你这么说，吉村君还处在危险之中？"

草场警官稍稍欠了一下腰。虽然他的迅速侦查行动得到大家很高的评价，但多少也让人为他捏一把冷汗。

"没关系。我们已经请求当地警署予以协助，加强警戒，保证他的人身安全。从目前状况来看，他们似乎还没有立即除掉吉村君的迹象。"

"你那是什么意思？"

那须警长的目光，炯炯有神地盯着渡边警官。

"我们详细调查了吉村君被推下站台的情况，据说他当时摔倒在铁轨上，凑巧是在停车区域的前面，没有因此丧命。根据判断，那好像是一种警告。意思是说，如果再坚持己见，他的生命就无法保证了。大概是这样的含意。"

"那么，大竹专务为什么被杀了呢？"

处事慎重的河西警官问道。

"比起吉村君，大竹专务要危险得多。作为全日空公司的实力派人物，他握有一定的权力。相比较而言，吉村君尽管是航空局局长的辅佐官，但那是花架子，有职无权。在调查组里，吉村君孤立无援。在回家的路上离开调查组，他始终处在监视的目光下。"

此时此刻，渡边警官的说话语气已经平静下来。他越说越自信，确信自己的推理完全正确。

"渡边警官的推理是合乎逻辑的。"

与横渡警官一起了解调查组检查引擎委员会的十君警官，向渡边警官投去非常有力的赞许眼光。

"我们主要了解检查引擎委员会的情况。通过了解，使我们感到委员会里面的企业色彩十分浓厚。虽然表面上是系永和新堀两位教授在上蹿下跳，可实质上他们是中央财团与千代田财团两大企业集团的代言人。

"两派自从打出都不赞成吉村君主张的旗帜以来,显得空前团结。我强制性地借阅了该委员会的检查报告会议记录。经过反复阅读,发现吉村君对第四引擎的三个固定螺栓十分怀疑。

"不用说,我没有这方面的专业知识,不清楚其中的奥秘。可失事飞机的装备上,如果另行安装次品的固定螺栓,危险将随时存在。吉村君从立场上没有言明,但从他的观点和我们看过的会议记录,螺栓另行安装、松弛或者调换的疑点很大。"

"十君警官,那可不是容易做到的事呀!"

土井署长说话的声音,显得十分紧张。

"确实不容易做到,但可能性是完全存在的。"

会场上,又是一阵沉默。企业阴谋犯罪的黑影,沉重地压在每个与会者的心头上。大竹专务的被杀,吉村君的被害未遂,调查组内部笼罩着的黑雾以及其他许多证据和迹象,都围绕着大型企业的利益。

十君警官将会议记录分发给大家。就在大家阅读的过程中,疑团越来越大,越来越浓。

"在准备起飞之前,调换那几个简单的螺栓没有什么不可能的!"

河西警官终于打破了沉默。在全日空4301客机坠毁后,他阅读过某报上刊登的《热门喷气式飞机的背后》连载小说。小说里写到,在飞机准备起飞前,六个机械工程师与两个电气工程师组成的检查小组,一夜就能检查近百个部位。从引擎部位开始,到机翼、降落架、机身外壳、机头、机身内部、操纵室仪表以及防风玻璃等。从机首的最前侧,到尾翼的最后侧,整备工作是按照详细的整备规则进行的。操作规程,必须按照规定;操作方法,必须按照规定动作。不允许有任何创造性和随意性。

"在这种犹如齿轮那么精细的准备过程中，像那种偷梁换柱的做法能实施吗？"

河西警官的疑问，是理所当然的。

"系永教授说，飞机这一类交通工具的安全指数很高，出乎普通人的意料。就斯普鲁多飞机制造公司来说，尤其是808型飞机，在飞行一百小时的过程中，其故障率仅两个小时。据说在东京飞往札幌的一百个航班里，只有两个航班发生过小小的故障。不用说，虽有故障，但飞机不至于立即坠落。

"即便地面上的整备状况为百分之一百安全，可飞机一旦飞上蓝天，其安全状况便会下降。因此，在飞行过程中，螺栓发生问题不是没有可能，但不至于酿成毁灭性的灾难。"

最初将疑问含在嘴里的十君警官，接着河西警官的话，面朝大家说。

"故障发生率，确实是百分之二。可正如河西警官刚才说的那样，故障并非意味着飞机会立即坠落。而且，根据我所调查的情况来看，飞机的安全程度非常高。即便某个装置发生故障，立即有第二、第三备用装置接上去使用，非常安全。并且，机身结构也是两层。部分性的故障以及损伤等，不可能导致飞机立即坠毁。我不能不认为，这次事故是偷梁换柱故意破坏所致。"

十君警官断然反驳。起初只是赞成渡边警官的看法，现在却不知不觉地把渡边警官的观点据为己有。

"根据保养规则进行的整备工作，难道有可能漏过成为重大事故的隐患？"

草场警官发言。他支持河西警官的观点。

"因为是人干的嘛！"

一直沉默不语的那须警长,自言自语地说。从他脸上的表情分析,多半是支持十君警官和渡边警官所提到的关于企业阴谋的观点。

听那须警长这么一说,渡边警官似乎更得意了。

"说是不折不扣地按照规则,事实上,实际操作时,并非百分之一百地全面检查。即便在始发空港,或者长时间停留在过路空港的时候,也是如此。例如失事飞机从伦敦飞往东京,中途在过路空港停留。在那里的休息时间,是一个小时。根据操作规程,即便想全面检查,在时间上也是不允许的。我想当时所检查的,大约仅限于引擎、主要仪表以及手摸得到的部分。如果在那个时候将引擎螺栓旋松等等,我觉得是非常有可能的。"

渡边警官一边使用年轻时记住的专门用语,一边坚持自己的观点。

"但是,4301客机上一共有四台引擎,其中一台引擎的固定螺栓被旋松,难道会引起飞机坠毁吗?听说现在的喷气式飞机装备非常精良,即便只剩下一台引擎,也能飞行。再说旋松螺栓,即便换上劣质螺栓,飞行过程中也不可能断裂。"

河西警官的语气非常婉转。警署里,有如此思路清晰的年轻警官,真是太难得了!他不希望挫伤年轻人的积极性,深信像这样的年轻警官将来一定前途无量。年轻警官大胆提出的"企业阴谋"虽不合逻辑,却吸引了专案组绝大部分警官的注意力。应该切入的侦查点基本准确,且分析有条有理。作为河西警官本人,十分希望从与之相应的角度深入探讨,以使侦查的主要切入点更趋完善、成熟。

为此,尽管大部分人赞同渡边警官的观点,河西警官却依然站在反方的立场。

"那大概不是引擎停止工作。在飞行过程中,即便四台中的一两台引擎停止工作,飞机照样能继续飞行,这是众所周知的。而4301客机,不是单纯的引擎停止工作,而是引擎本身在空中脱离、掉落。正因如此,情况就发生了根本变化。通过核实,机身上留有受第四引擎撞击而造成的伤痕。确切地说,脱落的引擎撞在机身上而留下的痕迹。像这样的情况发生,就是所谓的异常变化。如果在飞行过程中发生异常变化,即便一台引擎发生故障,也有可能给飞机带来毁灭性的打击。"

河西警官一声不吭了。渡边警官乘胜追击。

"凶手的本意,未必希望4301飞机一定要在东京湾坠毁,而是无论坠毁在什么地方都行。如果在伦敦空港蓄意破坏,无疑是在从伦敦到东京之间的任何一个地方坠毁。如果在阿拉斯加空港所为,无疑是在从阿拉斯加到东京之间的任何一个地方坠毁。果然,飞机在东京着陆前的一刹那坠毁了。作为凶手,也许希望在水域稍深的地方坠毁。可结果,却出乎凶手的预料。

"如果是在伦敦空港起飞前或者在途中停靠空港休息时蓄意破坏,一旦起飞后就会瞬间坠毁,起飞前的整备系最大疑点。故此,也许凶手不得已在远离空港的空中进行!或许凶手认为,只要坠毁不管哪里都行,即便没有坠毁也能接受。"

争论的焦点,已经拓展到刑事侦查外的专业知识领域。为此,土井署长和那须警长决定,在征求专家意见之前,不要急于下结论。可渡边警官阐明的企业阴谋之说,加之已经收集到的情报,已经成为专案组最有力的假设。会议上所提出的技术疑问,应立即向调查组以外的中立专家咨询。最终,渡边警官的推理显示了很强的说服力。

根据当天会议讨论,假设了杀害大竹专务的凶手:

一、库鲁萨派的企业集团；

二、小室由纪子。

"把小室由纪子列为犯罪嫌疑人，似乎不太妥当，但也不是没有一点可能。第一犯罪嫌疑人究竟是谁目前尚不清楚，还需要与吉村君耐心接触。故而，必须强化对吉村君的监控。与此同时，调查小室由纪子是否有作案的时间。"

那须警长在长时间的会议结束前，做了上述总结。

6

一方面，空港"8·11"专案组通过国际刑事侦查警察机构，要求对伦敦菲斯鲁空港以及4301客机在途中停靠空港的所有保养人员进行一一调查。很快，阿拉斯加空港的警方发来电文，称全日空委托的保养班乌托尼依主任，已于两个月前辞职，并且到日本去了。

乌托尼依主任，是个精通技术的飞机保养机械师。自从儿子在一次交通事故中丧生后，悲伤之极，整天浸泡在酗酒和赌博里，还偷偷从事走私活动，受到过警方的跟踪。

六个月前，其与妻子离婚。从此，生活上越来越放荡。为此，全日空公司准备解雇他。

赌博狂的飞机保养员，最易被金钱收买。

如果乌托尼依被企业阴谋家收买，其来日目的，便是与指使人会面。或者说，预付金已经挥霍一空，要求结付尾款。

不管怎么说，他的日本之行肯定是与指使人会面。可就指使人来说，乌托尼依的存在是极其危险的。

"乌托尼依有危险！"

出乎意料的情报，使专案组又变得兴奋起来，但同时又为乌托尼依正处在危险的沼泽地里感到焦急。如果他已经从地球上消失，不仅杀害大竹专务的凶手线索消失了，就连唯一突破企业犯罪黑幕的线索也将消失。

羽田空港的出入境管理所里，警方正在查阅两个月来的入境记录。乌托尼依确实到了日本，旅行目的是观光，有效签证时间是三个月。入境那一天是六月十五日，与离开当地空港的时间一致。

警方立即在东京都的所有宾馆里展开调查。到日本的外国人，首选东京的宾馆。其次，是箱根、日光、京都以及奈良等地方的宾馆。

"无论旅程多么紧张，来日本的外国人都会在东京停留。何况，他来日名义是观光，肯定来东京。事实上，他的东京之行，是结付尾款，无疑选择千代田财团或中央财团的总部所在地都在东京都。"

一切正如专案组估计的那样，坐落在日比谷的大东京宾馆，有美国人乌托尼依一个月前的住宿记录。留在登记簿上的姓名、护照编号以及笔迹，与入境卡上的一致。外国人借宿时，登记的同时必须出示该国护照。因此，使用伪造的假名是很困难的。乌托尼依住宿时，规规矩矩地使用了自己的真实姓名。

可在预定住宿到限的前几天，他手提行李外出。从此，就再也没有返回大东京宾馆。大约是最后三天的住宿费没有支付。由于房间里留有相当一部分行李，宾馆方面没有把旅客是否有能力付款放在心上。

美国旅客外出后杳无音讯，宾馆方面感到奇怪，于是先将其行李放在总服务台保管，同时向当地警署报案。

他究竟上哪里去了，无人知晓。

警官对留在宾馆里的行李做了调查，只有衣服和套装西服。有价值的线索，丝毫没有发现。

预订大东京宾馆，是其本人在羽田空港直接用电话联系的。住宾馆期间，他经常外出。据服务员说，印象深刻的来访客人，似乎没有。

住宿期间，他是否给指使人打过电话？或指使人是否打来电话？

于是，空港"8·11"专案组根据某警官提出的这一意见，迅速调查电话记录。可大东京宾馆的房间电话，不通过总机便可打到市内市外任何一个地方。留在总服务台的数据，只有电话费的计算状况。因此，找不到对方的电话号码。外线进来时，虽经过总机，但没有任何记录。

再说，拥有两千多套客房的大型宾馆里，电话线路不计其数，也不可能留下任何记录。

从乌托尼依房间打出的电话记录，当然没有。

好不容易得来的乌托尼依线索，就这样断了。

第八章 乌托尼依的死

1

九月三十日下午二时半,厚木市绿丘小学六年级学生鱼住正男,受同班同学深野守的邀请,上附近的高松山里拾板栗。

曾经,鱼住君在某个星期天里独自一人到过高松山上拾板栗。不知是季节太早,还是地点选择不对,他连一颗板栗也没有拾到。于是,他把这事告诉给深野君,听说深野君知道"秘密场所"。这天放学后,两人结伴出发上山拾板栗。

鱼住君和深野君,都住在绿丘新村住宅里。从厚木町到高松山上,必须乘二十分钟左右的公共汽车。他俩居住的新村,规模虽不大,但人口不少。绿丘新村坐落在尼寺原平地的一角。站在新村里,可以眺望丹泽方向。

新村里,稀奇古怪造型的楼房很少,与当地建筑物比较吻合。

鱼住君的家和深野君的家,都在新村西南角上同一幢楼房里的四楼。楼房前面,是厚木田园俱乐部的高尔夫球场,宛如自己家的院子。

高松山与高尔夫球场近在咫尺,像一座小山丘。山顶上有一棵造型漂亮、高大巍峨的松树。

丹泽山脉的锐峰大山，犹如根深叶茂的大树，挺拔屹立，直插云霄。两个学生站在窗口，每每眺望这座大山形状时，忍不住连连赞美。

高松山山脉，途中经过高尔夫球场侧面，一直延伸到地面。途中，有带状般凹陷的山谷。

少年们搬到新村住宅居住，与五六年前新村住宅小区建成的时间同步。当时，新村没有现在这么大。野地尽头有一座尼姑庵，那里是最荒凉的地方。

虽已经记不清楚，可当时确实叫"尼姑庵新村"，不叫绿丘新村。如今的山丘上，到处绿树成荫，鸟语花香。当时周围一望无际的野地和游玩的场所，先后被大型厂房和大规模的混凝土住宅所瓜分。现在新村的周边，已经不能满足孩子们游玩。孩子们开始向高松山远征，开发玩耍的场所。

他俩提着篮子离开新村的时候，碰上新村派出所的田边巡查警官。他正骑着小型摩托车，在新村里巡逻。

"上哪里去？"

田边巡查警官见两个少年提着篮子，便询问。

"上高松山拾栗子。"

"去那儿可要小心哟！那一带猎人多，万一遭到猎枪误射可就麻烦了哟！"

他说完，骑着摩托车走了。

两个少年走得很快，仅用了三十分钟左右的时间，就到达高松山了。

"是这里哟！"

深野君在前面给鱼住君带路，朝山顶背后走去。大山越来越近，仿佛就在眼前。他俩转过脸眺望着刚才走过的路，呵，美极了！此起彼伏的狗尾巴草波浪，郁郁葱葱；新村里白色的建筑群正沐浴着初秋的阳光，折射出眼花缭乱的银色光芒。从这里到南边，是蜿蜒崎岖、漫长的徒步登山路。每逢星期日，徒步登山路上大人小孩人山人海，热闹极了！

深野君离开徒步登山路，沿着陡峭的山坡，一溜烟地向下走去。昨天刚下过雨，山坡上滑溜溜、湿漉漉的。

"喂，快下来哟！这儿有许多板栗。"

已经下到半山腰的深野君大声招呼鱼住君。

鱼住君下山，没有深野君那么灵活。他一边小心翼翼地沿着杂树林的斜坡下山，一边后悔不该来这里拾板栗。这一带，虽有车道，但与山冈上的徒步登山路有相当的距离，故而很少有人来这里。

正像深野君说的那样，没有人光顾，所以说这儿是"秘密场所"。鱼住君心想，再不快点下去，恐怕板栗都要被深野君拾完了。他一边想，一边加快脚步。一不留神，步伐跟着乱了起来。猛然间，左脚眼看就要被树根绊倒，右脚吱溜一声滑在被一堆湿草遮掩的山坡斜面。

"糟了！"

鱼住君刚意识到危险，可为时已晚。整个身体朝山坡下滚去，一连滚了好几米远。

"哎哟！"

腰部受伤的鱼住君，赶快伸出右手朝疼痛的部位揉了起来，脸上露出一副哭丧的表情。他打算爬起来，便开始四肢用劲。就在这当儿，他忽然感觉到左手掌似乎摁在又软又黏又滑的泥土里。蓦地，他又猛然感觉到背上仿佛被人浇了一大盆冰水，一直凉到脚跟。

"这是什么?"

他定睛一看,不好!左手下以及左手周围,是一大堆白白胖胖的蛆在蠕动。糟糕!有几十条蛆正沿着手腕朝手臂上爬来。蛆群上面,还有密密麻麻的苍蝇在嗡嗡叫唤,飞来窜去的。鱼住君由于腰部疼痛,没有顾得上仔细观察到底是什么东西。突然,一股难闻刺鼻的臭味朝着他的鼻孔扑来。

"啊哟,好臭!"

当鱼住君看清楚那大团白蛆下面的东西时,吓得连腰也直不起来,全身直打哆嗦,两条腿抽筋般地疼痛起来。

"正男,我一个人拾不完,快下来帮帮我哟!"

深野君一边愉快地拾着板栗,一边拉大嗓门招呼。鱼住君心急火燎,想喊深野君上来救他,可喉咙里怎么也发不出声音。

2

厚木市爱名地区的高松山林里发现一具无名男尸。接到报警后,神奈川县警察局通信指令科大和指令股,立即通知刑事侦查科驱车赶往现场。与此同时,大和指令股又通知了当地警署。

下午四时左右,神奈川县警察局刑事侦查科和当地警署的警车先后赶到现场。太阳已经西斜,正朝着锐峰大山的肩膀靠近。秋天的黄昏很短,一旦太阳下山,天色将很快暗淡、模糊。不迅速勘察现场,时间就来不及了。

尸体现场,在海拔一百四十六点五米的高松山杂树林里。由于明治天皇曾经到过这座山,故而高松山又叫御幸山。

这一片山地还没有公开出售,可已有一家以大型城市银行为中心的企业集团,打算在这里建信息中心,正在与业主交涉购买事宜。

再说高松山西边的上古泽地块,某银行正打算注入长期资本,建造三百三十万平方米的新市区,其中近一百万平方米的土地已经被该银行买下。

由于汽车到不了现场,警官们只得从山脚沿着陡峭的山坡,气喘吁吁地朝现场疾跑。第一发现人是附近新村的一名小学生,因受到惊吓正在山脚的一个民房里休息。

"真可怕!"

在工厂、新村以及饭店多的地方,经常可以看到各种惨不忍睹的尸体。当地的警署也早已习以为常。可像这样凄惨的尸体状况,还是头一回见到。

掩埋尸体的泥土经过雨水的冲洗,致使尸体的头骨和上半身裸露在外。由于持续多日的高温,尸体已经完全腐烂。

尸体脑袋的大半部分,被蛆虫和苍蝇吃得已经失去原形。连眼窝、耳内、鼻孔和口腔内,都爬满了数不清的蛆。它们争先恐后,拼命蚕食所剩无几的腐肉。

尸体腐烂的恶臭,熏得大家直想呕吐。污秽与动物性蛋白质的腐烂夹杂在一起。几个很少看到这种场面的警官,恶心得连尸体都不敢看一眼。

"喂,尸体好像是外国人!"

一名当地警署的警官嚷道。不用说,大家都已经察觉到了。裸露部分的脸上爬满了蛆,脸部的肉也被虫吃得难以辨别。可头顶上脱落的棕色头发,明显不是颜色染的。由于下半身还埋在土里,还不能完全断定。就裸露的上半身来说,即便是日本人,也肯定是一个高个子。

是自杀还是他杀,眼下还难以定论。可现场周围,气氛异常紧张。这一带出现外国人,首先应该来自附近的美军基地。曾经,该警署接到东京警视厅要求协查的委托。如果与全日空飞机失事的线索有关,该尸体多半是协查通知上的美国人乌托尼依。

尸体上没有任何物品,西装反面的姓名标牌和身份证之类可以证明身份的证件都没有。但尸体的特征和身材,与空港"8·11"专案组正在寻找的乌托尼依,类似的地方很多。

当地警署立即将这一情况向县警察局和东京警视厅报告。县警察局刑事侦查一科、东京警视厅刑事侦查一科以及技术鉴定科等,派出大队警官于晚上六点前赶到现场。

尽管遇上傍晚的交通高峰,加之现场在高高的半山腰上,可警官们还是排除万难,迅速赶到现场。此时此刻,山里一片静悄悄,光线昏暗,空气沉闷。

警官们打开所有的车前大灯,照亮尸体。经过仔细检查和反复核实,尸体确系乌托尼依。后脑遭钝器猛击,呈纵向骨折。遭猛击后,似乎又被勒住脖子,连喉骨也被掐断了。

检查和取证结束后,警方决定暂时将尸体保存起来。用担架将尸体送到山脚旁边的警车上,运回东京警视厅。

谁来担任搬运工?大家着实犹豫了好一阵子。尽管尸体上已经喷射除臭剂和杀虫剂,可扑鼻的恶臭熏得大家连吸气都要跑得远远的。

这时候,人群里走出勇敢的外勤巡查警官自告奋勇。他便是绿丘新村派出所的田边警官。

尸体的下半身由于还埋在土里,身材原形总算基本保住了。只是显露在外的上半身已经体无完肤,连骨架也似乎浸泡在腐烂的肉浆里。田边警官走到腐烂最严重的头部,但必须有人托腰和抬脚。受田边警官的鼓舞,人群中又走出两个警官。

三人慢慢地抱起尸体。渐渐地，被杀虫剂杀死的蛆虫纷纷掉落在地上，肉浆般的胸部涌出脓模样的液体。

杂乱无章的内脏仿佛用红黄绿等彩泥绘制的彩色抽象画。在抬起尸体的同时，胸腔内的脏腑纷纷滑出，肋骨暴露得更加明显。

黑暗里，讨厌的灯光照射着凄惨的尸体。远远望去，仿佛尸体飘浮在空中。有人忍不住地大声呕吐起来。

初秋的夜晚，微风习习。天空清澈，无限寥廓。大地华灯初放，闪烁出祥和、安宁的光芒。

3

"9·30"凶杀案侦破专案组，设在现场所在地的厚木警署。经初步推断，该凶杀案与空港"8·11"凶杀案有千丝万缕的内在联系。厚木警署立即与空港警署的"8·11"凶杀案侦破专案组取得联系，展开联合调查。

被害人来自美国。厚木"9·30"凶杀案侦破专案组在与美国大使馆联系的同时，根据被害者在入境卡上填写的住址进行调查。

在首次侦破会议上，专案组决定了目前的侦查方针。如下：

一、调查被害人住宿在大东京宾馆后所去过的地方；

二、对现场周围展开调查；

三、委托阿拉斯加空港的警方，对乌托尼依周边展开深入调查；

四、查找凶手的线索。

被害人是美国人。由于在他身上以及现场周围,没有发现凶手留下的任何脚印、指纹以及物品,使调查一开始就陷入难堪的境地。解剖尸体,推定了死亡的大概时间,即在发现尸体的一两个月前。推断的死亡时间距今太长,给调查取证带来了巨大的难度。

一切正如预料的那样,调查迟迟没有进展。凶杀案的调查,一般需两个星期。如两个星期里没有发现任何线索,专案组侦查工作往往搁浅。

与日本人在本国被害的情形不同,被害外国人不是以日本为永久生活地。故而,持有杀害外国人动机的凶手理应罕见。动机可能有两个。一、在其本国生活所接触的人中间,有持这种动机的人听说被害人去日本,便尾随至日本实施;二、进入日本国土后,有人萌生杀害他的动机。

被害人进入日本境内,是六月十五日。即便将死亡时间再向前推,他在日本的生活时间,充其量不超过两个半月。在这么短的时间内被人杀害,说明被害人在美国时就已经有人对他萌生杀意。

厚木"9·30"凶杀案侦破专案组总指挥,由县警察局刑事侦查一科的堀越警长担任。

"从尸体和现场情况来看,不是流窜作案。凶手多半为当地人,或者是熟悉当地的人。被害人与全日空飞机失事有重大关系。根据羽田空港'8·11'凶杀案侦破专案组提供的情况,被害人是在4301客机引擎上做过手脚的重要犯罪嫌疑人,其背后企业阴谋的可能性很大。为此,我打算与阿拉斯加空港警方联系,要求对被害人周围展开调查。"

警长向专案组全体警官扫视了一眼,征求大家意见。

专案组的办案警官,分别来自县警察局和当地警署。

"阿拉斯加空港警方不是已经调查过了吗?"

一位当地警署派出的大西警官说。

"不错,是调查过了。可由于越海委托,调查不可能很彻底。而羽田空港'8·11'凶杀案侦破专案组委托的当时,乌托尼依的尸体还没有出现。如果知道被调查人已经被害,阿拉斯加空港警方肯定会专门抽调警力,全力以赴展开调查。"

东京空港杀人案情况确实如此。空港"8·11"凶杀案侦破专案组委托的时候,乌托尼依还没有出现。只是估计伦敦空港或者途中停靠空港的飞机保养员,有可能与全日空飞机失事有关,而请求当地警方协查过。

无独有偶,阿拉斯加空港警方发来的电文,满载令人振奋的消息。一个叫乌托尼依的全日空公司在当地空港的保养班主任,于飞机失事后退休到日本去了。于是,疑点集中到这个美国人的身上。

据说乌托尼依自儿子死于交通事故后,整天迷恋于赌博和酗酒,生活无度。因而,空港"8·11"凶杀案侦破专案组加深了对他的怀疑。

"他儿子的交通事故,也有必要再进行详细调查。"

提建议的,是当地警署的刑事侦查警官永川君。

"假设是企业阴谋杀人,那么,被害人在美国的时候,与该企业之间的通信理应相当频繁。"

县警察局派到专案组协助堀越警长工作的本田警长说。本田警长的鼻梁上,架着一副金丝边眼镜,一对玻璃片闪闪发光。玻璃片背后的眼睛不停地眨巴着,好像发现了什么新的情况。

"如果该企业是日本的,我想乌托尼依与该企业之间的国际电话和国际电文，往来肯定很多。从电话电报记录里，也许可以找到某些线索。"

"这点子真是太妙了！空港'8·11'凶杀案侦破专案组可能还没有想到这一步。"

堀越警长手舞足蹈，非常兴奋地说。

被害人的生活地在海外，加之在现场以及尸体身上没有找到任何有关凶手的线索，只有等待被害人当地警方的协助。

4

数天后，阿拉斯加空港警方发来电文。

原以为会等很长时间，没想到回音如此迅速。当对方得知本国公民乌托尼依被害，便组织警力展开了详细的调查。

对方提供的情况与堀越警长估计是一致的。即便如此，他仍然牢骚满腹，意见一大堆。

"美国警方太冷冰冰了！如果是我们国家的人在海外被杀，我们警方肯定会直接奔赴现场。瞧！就连被害人的妻子也不来看最后一眼。"

堀越警长尽管不满对方的做法，但电文的内容却令他惊讶不已。

根据日本警方的协查要求，有关被害人的朋友关系、男女关系以及单位里的人际关系等，电文里记载得非常详细。

尤其是美国警方在很短的时间里，调查得如此详尽。可见，对方的调查手段比日本要先进许多倍。

惊动厚木"9·30"凶杀案侦破专案组的，并不是调查时间的迅速和内容的详细，而是有关委托书上增加的本田警官和永川警官提出的两个内容,在对方回答的电文上出现了意料不到的人物。

电文上说,乌托尼依的儿子死于车祸,该肇事者是当时正在阿拉斯加空港出差的全日空职员小室安彦。

专案组里,有好几个警官记得这个名字。他是遇难的全日空职员,他的遗体至今还没有发现。

"这倒是给空港'8·11'凶杀案侦破专案组送去一个好消息。"

"别急,电文上也有我们的好消息!"

这好消息是本田警官提出的调查内容。乌托尼依在退休前六个月的时间里,与东京之间的国际电话十分频繁。虽接到的国际电话次数很多,但打出去的电话记录上都是同一个电话号码和同一个人物。这一信息,引起了厚木"9·30"凶杀案侦破专案组全体警官的兴趣。

国际电话虽有好几个种类,但乌托尼依使用的是"指定通话人"方式。所谓指定通话人的国际通话方式,即要求电话局一直拨号到所指定的通话人接电话为止。这种国际电话方式,容易暴露对方的姓名和电话号码。如果接电话人是被害人生前经常联系的人,专案组绝不可能随意放过。

经过查询,电话号码是东京3213-472X,接电话的人是指定通话人,叫为谷敏之,系男性。

调查结果显示:该电话号码是千代田通商公司总部所属秘书室的直线电话。该公司住所在东京千代田区一桥。为谷敏之,系千代田通商公司专务的秘书。

千代田通商公司与全日空飞机失事似乎有重大牵连。该专务秘书与造成飞机失事重大犯罪嫌疑人曾经常联系,疑点很大。

国际电话的频繁往来,说明为谷敏之系重要犯罪嫌疑人。

为谷敏之,同时浮现在空港"8·11"凶杀案侦破专案组与厚木"9·30"凶杀案侦破专案组的侦查线上。

5

悄悄跟踪吉村建太郎的中野警官和池田警官,于几个星期前发现在他们与吉村君之间,常常出现一个陌生的男人。从陌生人的眼神可以看出,他不是偶然碰到或路上经常遇到的行人。

为防止被陌生人察觉,两个警官没有同时跟踪吉村君。他们的跟踪任务,既要保护吉村君,又要监视陌生人。于是,他们从保护吉村君发展到监视陌生人。吉村君背后,由池田警官跟踪;陌生人背后,由中野警官跟踪。各监视一个,分别保持相应距离。这样一来,也扩大了监视的范围。如此跟踪,既能保护吉村君,还可了解陌生人的动机。

这种多重跟踪方式在刑事侦查警官之间颇有人气,效果甚佳。该方式可与最近名声回升的蒸汽火车头相提并论。在大规模保护和跟踪的场合,确实需要这种双重跟踪乃至多重跟踪的方式。担任第二重跟踪人的中野警官,发现陌生人没有袭击吉村君的迹象,便采用隐蔽式摄像机为陌生人拍下九张不同角度的照片。

吉村君身后的跟踪者,是一个身着漂亮西装、公司职员模样的年轻人。他没有想到身后还受到中野警官的监视。

通过照片辨认,警官得知年轻跟踪者是千代田通商公司专务的秘书。他叫为谷敏之,今年二十八岁。

专案组接到这一报告后,为意想不到的收获而感到兴奋。虽还未掌握确凿证据,足以证实其跟踪吉村君系企业阴谋所为,但就目前发现的情况来说,所谓企业阴谋的可能性已经得到初步证实。

为什么千代田通商公司的职员要跟踪吉村君?

因为吉村君的主张,给千代田和中央这两大财团都带来很大的危害。

可千代田财团的中坚成员——千代田通商公司的职员,一连几个星期连续跟踪吉村君,说明其中必有文章。也许全日空飞机的坠毁、杀害大竹义明和乌托尼依,与他们的企业阴谋有关。

作为库鲁萨公司的利益代表——千代田财团的企业黑幕越来越明显,疑团越来越大。

跟踪吉村君的警官们提供的情报以及厚木"9·30"专案组掌握的情况,都同时出现了千代田通商公司为谷敏之的姓名。为谷敏之是企业人物,系重点怀疑对象。以两起凶杀案为中心点,展开交叉调查。于是,空港"8·11"专案组和厚木"9·30"专案组决定将为谷敏之作为两起案件的同一涉嫌人,展开联手调查。

6

"调查组后来的动向呢?说给我听听!"

千代田通商公司专务杉原省造坐在牛皮大班椅上问道。椅子下端,不时地发出咯吱咯吱的响声。

"系永教授提出有关飞行员操作上失误的主张虽稍占优势,可新堀教授提出有关扰流器动作异常的主张,得到我们财团强有力的支持。究竟哪一种主张最终成为调查组的结论,目前还很难预测。"

奴仆模样伫立在杉原专务跟前回答的，是他的心腹为谷敏之秘书。

千代田通商公司大厦，在东京一桥商业中心的一角，坐落在日本标志性的企业大厦群里。在鳞次栉比的大厦群里，千代田大厦威风凛凛，毫不逊色。此刻，为谷敏之正站在大厦最高层专务的办公室里，向上司汇报情况。

千代田通商公司是以东京为大本营的中央财团下属商社。主要经营不动产和综合贸易，系巨型综合商社，被誉为日本经济流通中心。该公司注册资金为二百五十亿日元，从业员人数为一万一千名。其销售额和销售规模，系日本四大顶尖商社之一。尤其机械和燃料的经销，是该企业的强项。

其经销的商品涉及面五花八门，极为广泛，从人造卫星买卖一直到拉面买卖。据说日本人从早到晚的起居生活，都离不开千代田通商公司经销的商品。

从早上使用的牙膏开始，到咖啡、红茶、黄油、干酪、洗涤精、罐头、品种齐全的药品以及睡觉用的床上用品等，应有尽有，琳琅满目。

千代田通商公司经销的商品，不仅与人们日常生活息息相关，同时，制造电车用的钢材，甚至人们头顶上的自卫队军用飞机和大型喷气式客机也属于他们经销。从天上到地上，很难找到与千代田巨型商社没有关系的商品。

"新堀教授提出的主张，如果能成为调查组的最终结论，那对我们公司太有利了！"

杉原专务眉飞色舞。在千代田通商公司的上上下下，希望他出任下一届总裁的呼声日益高涨。可以说，他是企业内部目前的第一号实力人物。

他的脸上红润富有光泽,脸形胖乎乎,颇有弹性。言行举止非常稳健,属上流阶层的气质。他长着一对十足的商人眼睛,目光锐利,思路敏捷。

平心而论,作为大企业的高层干部,凡世界上有的,他已经都拥有,可他依然是社会上最不满足的人。

用他的话说,一旦有满足感,不仅自己停滞不前,还会被激烈竞争的社会所抛弃。一个人,绝对不能满足现状,要经常给自己制定新的追求目标,要使自己经常处于饥饿的状态。

在杉原专务看来,这也许是一种自我保护的意识。他说,金字塔顶部越高越尖,其形状酷似你死我活的竞争社会。无论企业还是人,不能仅停留在领先对手一步的位置上,而是要更加发奋,继续努力,不断向前。否则,随时有被赶上的危险。竞争,是不讲人性的。从某种意义上讲,是肮脏、臭不可闻的。它与奥林匹克运动和体育竞赛相反,只有取胜才有相应的回报。总而言之,取胜才行。在当今世界上,只强调结果而不强调过程。只要达到目的,可以不择手段。在这种世界观的推动下,为使自己永远处于领先地位,必须把自己置于永不满足的状态。

这种状态易于不断把目光紧紧盯在新的目标上,从而才不会粗心大意。

杉原专务的这种生活信条,是从战争经历中得来的。在太平洋战争中,他作为一名士兵被送到南方海洋上的一座孤岛。他目睹身边的战友因为饥饿和疟疾,一个个倒下去,再也没有爬起来。他是凭着吞吃死去战友伤口上的蛆虫,才得以生存下来的。

当时,他还有一个几餐并作一餐吃的特长。有一个应征入伍前当过乞丐的士兵,嘴里经常说:"我讨饭的诀窍是,遇到可以吃的东西以及站在妇女面前,绝不要错过机会。即便现在肚子吃饱了，可还会饿。饿的时候，还得吃，不吃就不行。为防止饥饿的时候到来，要养成放开肚子大吃特吃的习惯。"

对此，杉原专务颇有体会。打那以后，一刻不停地捕捉猎物，成了他的嗜好和习惯。当然，他生性非常要强，加之经历了战争的磨难，既变得越来越现实，也变得越来越贪婪。

数百人中间只能有一人活下来的生存率，也是他在战争中得来的深刻体会。这更铸就了他对社会、对周围人不择手段的性格。

退役后，进入千代田通商工作的他，工作出色，渐渐崭露头角。尽管背后有许多人骂他是鬼杉和鬼原，形容他是一个吃肉不吐骨头的十足魔鬼，可他只是装作没有听见。

对于杉原专务这种贪婪的性格和独到的见解，为谷敏之则崇拜得五体投地。学生时代，作为学生联合会的激进分子，他曾使用铁棍与警察机动队展开英勇搏斗，一时成为学校的英雄人物。可四年级第二学期，他悄悄离开学校参加了工作。在反对垄断经济体制运动中比谁都勇敢的他，竟然没有人向千代田通商公司告发。这就是为谷的绝技。

为谷，生长在关西城里一个比较富有的商业经营者家里。在他看来，学生运动也只不过是一种节日的纪念。而节日的纪念，如同兔子尾巴不会长久。把自己一生当作赌注，投入到兔子尾巴般的纪念节日之中，未免太愚蠢。在反垄断经济体制的斗争中，他用钢盔和铁棍武装自己，品尝了模仿战争狂的刺激和兴奋。与此同时，他又竭力追求学业优秀，为自己进入一流公司工作打下扎实的基础。

学生时期，他在反对垄断经济体制的运动中领教了一番，尝到了战争狂的甜头，梦想有朝一日改变自己的立场，再站在市场垄断体制这一边，夺取富贵以及真正左右市场的权力。

就这样，为谷进入垄断经济体制里的庞然大物——千代田通商公司。与他同期的一些运动家，因坚决反对垄断经济体制，纷纷走入死胡同。如今，当时学生中的大部分活动家，都居住在八平方米左右的小房间里。

"社会上流传这么一种说法，只有成为千代田通商公司的职员，才算得上社会上出类拔萃的人物。而我呢，是专务秘书，是出类拔萃人物中的佼佼者。"

接近公司上层人物，对一个新职员来说，可谓梦寐以求。尤其是万人以上的大公司，高层干部仿佛都在太空中腾云驾雾。要拜见他们，谈何容易。

在招聘新职员面试与笔试会上，杉原专务极力主张录用为谷敏之。录用他，不是因为他应聘考试成绩优秀，而是他的骨子里有一股喜功好名的激情在涌动。在杉原专务看来，为谷正是他所希望和具有利用价值的年轻人。

沉湎于功名的青年，只要日后撒一点成功的诱饵，无论让他干什么，他都会冲锋陷阵。作为主要考官的杉原专务，不愧老奸巨猾，见多识广，一眼就看透了为谷是属于哪种类型的人物。

进入公司后，为谷被安排在石油销售部工作。不久，被破格提拔为专务秘书。提拔他，并非因他成绩显著，而是为了把他当作牛马使唤。

果然，为谷大概是年轻的缘故，丝毫没有察觉上司动机不良，心怀叵测。为谷甚至不清楚，杉原专务是在雇用了东京信誉调查所的人，彻底摸清他在学生时代的辉煌历史后，再破格提拔他的。

现在，为谷已是杉原专务的马前卒。按照主子的命令，为谷忠实地搜集全日空飞机失事原因调查组的动向。此刻，他正在一五一十地汇报。

"有一个担心的动向……"

汇报后,为谷又添了一句。可他又不知这该不该说,踌躇不安起来。

"有什么担心的动向?"

杉原专务的目光,突然闪了一下。

"说呀,到底是什么?"

"航空部派到调查组的那个叫吉村君的年轻公务员,最近,警方好像在跟踪他。"

"是提出第四引擎在空中脱离的那个小伙子吗?"

"没错,是他!"

杉原专务苦苦思索了一番。须臾,他说:

"别大惊小怪的!你还得跟踪他一段时间。"

这段对话发生的时候,为谷敏之尚未出现在警方的搜索线上。

第九章　迷路的诱饵

1

警方找为谷了解情况的地点，是东京警视厅刑事侦查一科的调查室。仅凭目前掌握和了解的一些情况，还不足以逮捕为谷。于是，只能将他定为涉嫌人。

一般来说，涉嫌人可以拒绝回答警方的提问。可涉嫌人如果懂得法律常识，则很少拒绝。因为只有与案件多少有点牵连，才会被警方列为涉嫌人。如果一概拒绝回答，反而会招来警方的进一步怀疑。尤其是那些知识阶层的涉嫌人，非常清楚这种利害关系。

有思想负担的涉嫌人，希望通过拒绝减轻警方的怀疑；没有思想负担的人，多半主动要求与警方会面，借机表白自己的清白。

为谷敏之接到通知后，立即到警视厅来了。瞧他目光冷峻和薄嘴唇的特征，就可以知道他是一个头脑冷静、心地刻薄的年轻人。

负责询问为谷君的警官，是空港"8·11"凶杀案专案组的山路警官和厚木"9·30"凶杀案专案组的本田警官。两个警官先后自我介绍了一番，再与为谷君寒暄了一阵，然后言归正传，径直进入主题。

警方首先提出的问题是，八月十一日下午八时至十时之间的两个小时里，为谷君当时在什么地方。尽管这是正当的询问，却招来为谷君的愤怒。

"为什么要问我这种事？"

涉嫌人与犯罪嫌疑人有着本质上的区别，仅仅是协助警官提供有关犯罪分子的线索或情况，而不能被升格成审讯对象。因此，没有必须回答的义务，可以拒绝。警官们也不需要告诉对方有拒绝的权利。

但为谷君的情况有所区别，虽目前还是涉嫌人，可事实上是犯罪嫌疑人。警方以涉嫌人的形式调查他的犯罪事实，也许能收到意想不到的效果。

可两个警官没有采用模范警官的做法，也没有继续追问为什么与乌托尼依频繁联系，更没有继续追问为什么跟踪吉村君。

这是他俩手中的王牌，不到万不得已的时候不能抛出。警方手里掌握的材料，无论如何不能亮底。他们只是适时地让对方抓住一些警方的弱点，引诱对方进入他们事先布置的口袋。

"我们是向你了解情况。不知道你是否清楚为什么会成为涉嫌人？"

山路警官态度十分和蔼，语气里丝毫没有妥协的余地。说话的后半部分，仿佛在敲山震虎。如果不清楚，就干脆阐明为什么会成为涉嫌人的理由。

"你突然问我时间隔了那么长久的事情，我怎么能记得住！"

对山路警官不紧不慢却掷地有声的提问，为谷君先是感到震惊，而后又很快露出愤愤不平的表情，似乎已经认可警方将他列为涉嫌人这一决定。

根据山路警官了解的情况,所谓秘书室,据说是千代田通商公司的干部培训班。被安排为首脑人物的秘书,是干部培训班的顶尖人物。

在一流大企业里,唯千代田通商公司培养的干部对象,年龄都在二十岁到三十岁之间。望着眼前年轻人的说话语气、态度和举止,对千代田通商公司培养这种类型的人接班,警官们实在是不敢恭维。

"只要你与某个凶杀案联系起来思考,就会慢慢想起来的!八月十一日,是全日空专务大竹义明被杀害的日子!"

"大竹专务被杀……"

为谷君紧锁眉宇,表示十分惊讶。瞬间,他又尖叫般地笑了起来。

"警官先生,你是不是怀疑我杀了大竹专务?哈哈,这就是你们警方的杰作,随意猜测。"

为谷君哈哈哈地狂笑起来,仿佛在咆哮。他脸上傲气十足,一副目中无人的表情。

警官们强忍心头怒火,耐心地等着他笑到结束。这狂妄的家伙,目前还只暂定为涉嫌人。一旦警方在语气举止方面稍不留神,也许会招来涉嫌人措手不及的反击。尤其像这一类熟知法律的人,善于钻法律空子。

狂笑的为谷君,终于止住笑声。他开始为自己辩解。

"八月十一日这天,我凑巧在国外。我因公出差与杉原专务一同前往美国,在那儿住了一个星期。我们是八月八日到美国,十一日住在纽约的希尔顿宾馆。为了最终敲定代理全日空购买美国新锐机种的事宜,与库鲁萨飞机制造公司的要人们会晤。当天晚上,库鲁萨公司为我们举行盛大的欢迎宴会。除库鲁萨公司有关单位的嘉宾，还有纽约市的许多财界要人也应邀出席。我们总算在时间上，赶上盛大的欢迎会，真是太及时了。我想，纽约市的大人物们是不会为我们做假证的吧……"

为谷君的语气，夹杂着骄慢。只要他们没有确定大竹专务的死亡时间，那杀害乌托尼侬的证据，警方就更加无从谈起。再说死亡的推断时间上，有一个月的幅度，警方更无从着手。

为谷君充满自信的表情使警官们意识到，他不在现场和没有作案时间的申辩是可信的，所以他才会以这种炫耀自己的口吻证实自己的清白。

"你认识一个叫乌托尼侬的美国人吗？"

警官以交叉形式询问。现在提问的是厚木警署的本田警官。

"有点认识。"

为谷君对这个提问，语气似乎变得慎重起来。如果他说不认识，本田警官打算追问国际电话的情况。可为谷君明确回答认识他。

"什么样的关系？从工作上，贵公司按理不会与他有直接关系。要是没有什么妨碍，请直接说！"

事实上，本田警官告诉对方，你有权拒绝回答。

"没有什么妨碍，我可以回答。我们是库鲁萨公司在日本的代理商，由于必须了解新锐机种在装备方面的详细情况，需要向负责保养与检修的机械师了解情况。乌托尼侬是全日空下属的保养检修主任，是我们需要的优秀人才。"

为谷君说得滴水不漏。就他这个回答，应该没有丝毫可疑之处。但从他说完后的脸上表情，似乎在预测警方的下一个提问。

"如果那样，应该由库鲁萨公司派出适合你们需要的技师，是吗？"

本田警官一针见血,但为谷君仍振振有词。

"你说的很对。当然应该由库鲁萨公司派来。可库鲁萨公司派来的人,出差的意识很强,很难管理。因此,我们希望招聘像自己公司职员那样的人,能不折不扣地听从公司的命令。"

原来如此。听上去,这种回答合乎逻辑。

在自高自大、不可一世的美国人眼里,尽管日本经济在世界上排列第二,可日本的专业人才归根结底是远东地区一个小小土国上的"土人"。从美国归来自称喝过洋墨水的日本人,曾经说到美国人的这种傲慢观点。

"乌托尼依这一次来日本,是赴贵公司应聘?"

"不,尽管有这种打算,可尚未具体化。然而,他本人好像是擅自来到日本。所谓好像,是因为我们在他死之前,根本不知道他已来日本。说得确切点,我们是大吃一惊。"

这时候,为谷君开始对乌托尼依的情况皆回答为不知道。在他看来,这问题如果不加以否定,随之而来的是湿手粘面粉,越来越麻烦。

乌托尼依来到日本后,为谷君连自己的影子也没有出现在他的周围。千代田企业看中的人才,千里迢迢从阿拉斯加来到日本,可为谷君却偏偏一次也没见过他。不仅如此,就连电话也没有通过。这种反常现象,在为谷君看来,似乎只要说声不知道就可以摆脱的。

但是,尽管乌托尼依的日本之行是他本人自己的主张,可这么长时间里,"经济后台"一次也没出现是不可能的。从踏入日本国一直到下落不明的那天,乌托尼依一直居住在宾馆里。而这家宾馆,与千代田通商公司之间近在咫尺。

为谷君从警官脸上的表情,似乎察觉到了这一疑点。

"在我们赴美期间，乌托尼依好像与公司联系过一次。可遗憾的是，他没有将自己下榻宾馆的名称留给公司的总机小姐。因此，我回国后没有与他联系上。再者，就我们公司来说，也没有必要一定与他联系。"

"可你刚才不是说了，他是贵公司人才引进的对象吗？作为想得到乌托尼依这样人才的公司，当他本人特地来到日本后，公司竟然说没有必要一定要与之联系。这好像令人难以置信。"

"最初一个阶段，我们公司的确非常器重他的技术，曾做了大量的劝诱工作。但他自从失去在交通事故中死去的儿子后，便一蹶不振，整天沉湎于喝酒、赌博，甚至打架。在生活上，他也是荒诞无度。最近，更是一味酗酒。于是，公司改变了原先的决定，对他敬而远之。像他这种'酒精'机械师，已不能为公司服务。因而，他这次为何来日本，其目的我们公司不可能清楚。"

警官心里十分明白，为谷君在寻找金蝉脱壳的借口。可他们手里，还没有能阻止他企图金蝉脱壳的工具。

"为谷君，还有一个问题。"

本田警官决定改变策略。

"高松山，你去过吗？"

对方不可能没有去过那儿。警官瞪大眼睛注视着为谷君脸上的表情。

"高松山……哦，我想起来了，是发现乌托尼依尸体的地方吧？当然记得。这是与自己多少有点关系的人死的地方。不过，我是通过报纸才知道的。不用说，那个地方我没有去过。"

他一边说，一边道明原因，似乎根本没有把这事放在心上。其实，为谷君这番话里有一个破绽，可谓老到失算。如果他说去过高松山，也许就好了。因为他即使说以前去过高松山，也不会让人感到有丝毫奇怪。虽然那里不是很有名气的地方，但作为家庭式的徒步登山旅游地，在国内还是颇有名气的。

再进一步说，虽然那里与千代田财团没有直接关系，可高松山一带是几个大资本企业正在收购土地和打算开发的地区。大资本企业的形式犹如人体的血管分布，错综复杂。作为大企业的专务秘书，即使知道高松山，到过高松山，也没有什么奇怪的。

可为谷君本人坚持说没有去过那里，警官也就没有再追问下去。

两个警官觉得空忙了一阵，失望地相互对视了一眼。最后决定，让为谷君离开警视厅。本应欢天喜地的警官，却觉得过早地惊动了涉嫌对象，感到后悔莫及。

在侦破案件的过程中，过早地与涉嫌对象见面，被认为莽撞和冒失，往往会使手中的王牌失效。剩下的一张王牌，是你为什么跟踪吉村君？在两个警官看来，暂时保留这张王牌，至少还有一丝希望。如果这张王牌打出去也是空手而归的话，除再度被对手巧妙地溜走以外，还会引起他的警惕，从而放弃跟踪吉村君。其结果，警方将永远失去捕获凶手的机会。

警方早就知道为谷君在跟踪吉村君。这一事实如果为谷君不清楚，即便高度警惕或者暂时不接近吉村君，也绝不会放弃跟踪。

在警方看来，吉村君是唯一剩下的"诱饵"。他们应采取类似于过去的引诱侦查方式，故而现在不能过早地抛出这张王牌。

"空港"与"厚木"两个专案组联手调查，以核实为谷君是否有作案时间。其结果证明，八月十一日，为谷君不在日本。

据一些纽约大人物的证词、下榻宾馆记录、日美双方出入境以及千代田通商公司杉原专务等人的证词，都证明为谷君不在日本。而这些证词和证据，看上去不像故意编造的。

又由于乌托尼依死亡时间的推断幅度太大，无法调查涉嫌对象的确切作案时间。从选择高松山这种特别场所，推断为谷君肯定到过高松山。对于他究竟有没有作案时间，警方展开了隐蔽的彻底调查。

他没有露出任何尾巴。而且，警方也没有发现有关为谷君与高松山联结在一起的蛛丝马迹。刚浮现在侦查线上的唯一涉嫌对象，仿佛渐渐被云雾遮住，连轮廓也被遮掩得模糊不清了。尽管两个专案组的警官们都在愤愤不平，咬牙切齿。无奈手中没有掌握确凿的证据，不得不眼睁睁地看着涉嫌人与自己失之交臂，擦肩而过。

2

神奈川县厚木警署属下的绿丘派出所外勤巡查警官田边克彦，一边继续执勤，一边被作为助手派到厚木"9·30"凶杀案侦破专案组帮忙。

他虽不是正式的专案组办案警官，但从作案现场的特殊性来看，作为熟悉现场地理情况的巡查警官，以助手形式协助专案组，无疑有利于侦破工作的顺利进行。

说是助手，并不是在专案组担任专职办案警官，而是身兼两职。在没有轮到派出所值勤的时候，他便到专案组工作。

警官是公务员，每逢星期日，并不能像其他普通公务员那样，可以自由支配休息日时间。执勤日，往往冒着生命危险，其高度紧张的程度，就连许多在日益壮大的企业内忙碌的员工也达不到。休息日还要待命以随时准备出发。

再说，如果是普通工薪阶层人士，无论公司如何日新月异，一旦退休，便可过着无拘无束的生活。偶尔喝醉酒、骂骂人，也不会怎么样。可退休警官则不同，稍有出格，马上就会成为号外新闻，被刊登在各大报纸的"光荣榜"上，且标题十分醒目。即便在自由时间里，也必须不折不扣地遵守警官规则。此外，还必须时刻保持"一级战备"，随时挺身而出，处理随时可能发生的紧急情况。甚至恋爱和结婚，也必须选择适应警官行业的对象。

在婚姻方面，过去必须向上司呈递申请报告，还必须经上司批准。这种形式，是违反基本人权的。尽管目前已经废止，可这种观念在上司头脑里还是根深蒂固。

警官如果挑选思想偏激的女人或与黑社会沾点边的女人为配偶，麻烦也就随之而来。倒也不是不允许结婚，而是工作禁区尤多。若与那种对象结合，必须自觉回避作案现场，还不能参加任何搜查和调查取证工作。

就婚姻的清规戒律来说，警官没有一点真正的自由。再说，无论到哪里，必须向所属派出所或所属警署报告自己所在位置。从某种意义上说，即便有某种意义上的自由，也是风筝式的。

田边警官对上司的安排，心里并没有什么牢骚。他认为：作为一名警官，保护公民财产和人身安全，维护公共安全秩序，是应尽的天职，理所当然要有各种制度的约束。他热爱自己的工作，每当熬过一个又一个长长的黑夜，迎来一个又一个充满曙光的晨曦的时候，一种自豪感便油然而生。正是因为自己在这大片新村里通宵巡逻，居民才得以安宁地入睡，迎来每一个祥和的早晨。他为了这份自豪，把制约多、随时有生命危险的警察工作视为自己的神圣使命。自从兼职担任专案组的办案助手以来，每逢不巡查执勤的时候，他便来到高松山周围的爱名、小野和古泽一带,向周边居民打听情况。

美军阿斯古飞行基地,坐落在厚木东侧毗邻的大和市。就厚木附近一带来说,很少见到美国人。因此,乌托尼侬在活着的时候,倘若出现在这一带,必定会引起周围居民的注意。

"肯定有目击者!"

田边警官对自己的想法深信无疑,到处打听。好在他是巡查警官,居民们大都认识他。即便他不认识对方,对方也认识他。

新村的建设正朝着城市化迈进,但这一带的风土人情仍保留着以往那种好客、热情、待人细致入微的习惯。

尽管这样,田边警官仍是一无所获。

打听对象,无疑是现场附近的居民。他把调查对象定位在水果店、食品店之类的商铺以及送牛奶工、送报人和上班族。原以为收效颇丰,不料,却竹篮打水———一场空。

剩下的对象,应该是深夜驾车来到拥挤的山脚、而后登山的人们。

白昼时间短的高松山周边,一旦出现车辆或者出现美国人,没有目击者是不可思议的。即便附近农家有人在深夜听到汽车声响,不会没有一点记忆。距离高松山最近的爱名地区,公路一直向古泽方向延伸。即使深夜里,车辆也是来往如梭。附近农家对汽车声音特别敏感。

田边警官虽说不是专案组正式成员,但他的敬业精神毫不逊色于那些名副其实的办案警官。他马不停蹄地到处打听,可还是没有丝毫线索。

随着时间的飞快流逝,一些留在印象当中的记忆也正在渐渐淡化。在现场,脚印、臭气之类的痕迹最易消失,遗留物也易散失。厚木"9·30"凶杀案侦破专案组面临着难以侦破此案的趋势。

3

意志顽强的田边警官，神情也开始颓然。一天晚上，轮到田边警官执勤。他心头升起一股怒火，暗暗下了决心，不能怕疲劳，要坚持不懈调查，一定要找到那个至今还没有露出破绽的罪犯。

凶手竟敢在自己管辖的安全区域制造凶杀案，那是绝不能容忍的。

从现场的特殊地形以及与道路之间的关系，凶手肯定不止一次到过这里察看地形，因此选择这里为作案现场。凶手清楚，只要经过距离东京附近的东名，四五十分钟就可以到达这里。

凶手选择这里为犯罪现场，也绝不是突发奇想，而是经过仔细观察后精心选定的。

田边警官陷入苦苦的沉思。这一段时间，为了能找到线索，他不停地奔波。尽管身体疲惫不堪，思路却异常清醒。

凶手之所以选择高松山作案，因为可以驾车直接到达这里，并且被害人的尸体可以隐藏相当一段时间。凶手知道，要让尸体完全消失，是不可能的。但只要能藏上一两个月，尸体就会腐烂，难以辨认。时间一长，连死亡的确切日期也难以推断。侦破工作也就无从着手。这就是罪犯的如意算盘！

——凶手，无疑是一个非常狡猾、不易对付的家伙。

田边警官的思路越来越清晰。虽然值勤时有打盹时间，可他丝毫没有睡意，一个劲儿地瞪着两只眼睛，注视着天花板。

田边警官把凶手与作案现场之间的关系，归纳如下：

一、凶手是否就居住在案发现场附近？

二、凶手是否曾经在这一带住过？

三、凶手是不是上班族？过去是不是上班族？

四、凶手是否在附近的餐馆里工作过？

五、这一带是否有凶手的亲戚和朋友？

六、凶手是否曾经因流动摊贩或者送报等，出入过这一带？

七、凶手是否因旅游、参观或者其他理由顺便到过这里？

根据迄今为止的调查，一至六已经被全盘否定。也就是说，仅剩下"七"似乎尚存在参考的可能性。可千代田通商公司内部熟悉为谷君的人说，为谷君一向不主张旅游活动地点放在高松山一带。

在侦查过程中，会不会有什么漏过的地方？

田边警官再次冥思苦想：为谷君究竟是否熟悉高松山一带？假设他曾经住过这里，那又是哪里呢？

适合东京人居住的住宅，最有可能的应该是自己管辖的绿丘新村。

当这一大片新村建造的时候，田边警官已经来到这一带执勤巡逻。从居住在这里的人中间，包括已经乔迁的居民在内，没有为谷君这般模样的人。也许他借住亲戚和朋友家？转而细细一想，又很快被田边警官否定了。

凶手曾经来这里上过班？或打过工？

最近迁入高松山周边的工厂数量，异常惊人，而且都是大型工厂。其中，有索尼、安立电器、厚木汽车部件、东洋油布以及武部铁等工厂。为谷君在大学毕业后，就一直在千代田通商公司供职，没有复杂的工作履历。会不会大学时代来这儿打过工？

哦，当时这一带根本没有工厂。那么，千代田通商公司与购买这一带土地的企业之间，在注册资金上是否合股？这又很快被自己否定了。接着，田边警官琢磨起饭店和流动摊贩这条线索。为谷君出生在关西一带，家庭非常富有。其父亲是那一带小有名气的商人，与高松山一带不会有任何业务关系。可这一条，看来不能轻易放过，最后再思索。

凶手是否曾经以旅游、参观以及其他理由到过这里？经过调查，无论旅游还是参观，为谷君都没有到过这里。

那么，他是否以其他理由到过这里呢？除旅游和参观以外，其他理由又是什么呢？……徒步登山？这也是旅游，但与旅游不同。经过证实，为谷君不曾来过这里登山。

他究竟通过什么渠道熟悉高松山这一带的呢？

旅游指南？高松山附近，早已向喜爱徒步登山的人们及其家属开放，即"高松山一日游"。该旅游项目，当天可往返于东京和高松山。参加该旅游项目的游客，络绎不绝。介绍"高松山一日游"的宣传广告册，各旅行社的服务窗口上都有。如果凶手混迹于游客中间，根本不会引起人们的注意。

类似这样的登山旅游地，在国内不计其数。那么，凶手为何选择高松山呢？倘若凶手在别处下手后移尸这里，无疑有同案犯，因为被害人身材高大。如果凶手在高松山下手，必须先引诱被害人到现场。

如果仅以登山一日游哄骗活着的乌托尼依上山，似乎不太可能。在高松山上，必须要有吸引外国人的名胜古迹，被害人才有可能上高松山。田边警官一筹莫展，百思不得其解。

突然，田边警官觉得眼前忽然一亮。

"有啦！肯定是引诱被害人上高松山打猎！"怎么样？高

松山周围，有很多打竹鸡和打青鹨的猎场。打猎，是吸引外国人到这里来的最好诱饵。即便被害人对打猎没有特别兴趣，也不会对这种邀请产生丝毫怀疑。可"一日游"旅游项目，十一月一日才开始。在那以前，无论谁手持猎枪，都会遭到当地人的怀疑。不过，对于为谷君是否爱好打猎，宜先展开调查。如果他持有猎枪，必须有公安委员会颁发的持枪许可证。从这方面着手调查，或许能找到线索。

田边警官在这通宵达旦的思索中，又迎来了美丽的晨曦。刚冒出地平线的太阳似乎在告诉人们，今天又将给高松山送来一个秋高气爽的好天。最近，这一带已经进入移动性高气压周期，气候适宜、稳定。

田边警官走到派出所大门口，深深吸了一大口新鲜的空气。一夜没合眼的他，顿感浑身舒畅。早晨六点，通常是新村大部分居民起床的时间。可今天，新村却万籁俱寂，似乎还在酣睡。

田边警官打算骑车到新村里转一圈。新村的早晨，与闹市中心不同，空气格外清新。虽微微寒冷，可他反觉得凉爽，睡意早已无影无踪。

他边骑自行车，边巡视新村的周围。很快，又骑车来到距离新村较远的地带。此刻，出现在他眼前的是本厚木田园俱乐部门前的绿色宽敞草坪。对面高山耸立，山峰周围飘浮着朦胧的朝霞。一轮旭日，已冉冉升起。田边警官刹住自行车，抬头仰望渐渐明朗的天空。硬玉般硬朗的天空中，仿佛孕育着巨大的热能。

无论怎么仰望，也只是壮丽的瞬间。

就在这时候，他突然犹如一尊雕像一动不动地站在那里。壮观的天空，绿色的大草坪，突然给他带来了灵感。苦苦思索了一夜的答案，不就在眼前吗？

"早上好！"

去东京的上班族们见到田边警官，一个个向他打着招呼。可喜出望外的他，此刻已全然忘记向居民们回礼，心早已飞向专案组。他一阵猛骑，风驰电掣般地直奔厚木警署。

4

根据田边警官的提议，专案组立即对为谷君与乌托尼依打高尔夫球的情况进行摸底调查。结果显示，为谷君是千代田通商公司高尔夫球兴趣部的副部长。在前年千代田财团高尔夫球比赛场上，他以高超的打球技艺，捧得"千代田董事长奖杯"。

阿拉斯加空港警方的电文上也明确记载，乌托尼依曾在数年前阿拉斯加州业余高尔夫球的比赛上，获得亚军。

专案组原先沉闷的空气，开始烟消云散。高松山与本厚木田园俱乐部近在咫尺。

乌托尼依在失去儿子后，才迷恋上酗酒与赌博的。可他不会忘记曾在阿拉斯加州业余高尔夫球比赛场上获得的那份殊荣。

假设为谷君邀请他去打高尔夫球，他照理不会拒绝。而且，他更希望在为谷君面前展示一番，挥挥令他神往的高尔夫球杆，好好地过把瘾。他跟为谷君到这里比试高尔夫球，是顺理成章的事情。再说乌托尼依后脑部的伤口，经法医鉴定系坚硬的高尔夫球杆猛击所致。

经核实，为谷君不是本厚木田园俱乐部的会员。千代田通商公司作为股东参建的高尔夫球场之中，没有本厚木田园俱乐部。

虽田园俱乐部距高松山近在咫尺，可这一带还有一个厚木国际高尔夫球场。该球场在本厚木田园俱乐部北边的下获野地区。

除星期日和节假日以外，两个高尔夫球场都实行全天候对外开放。即便没有会员同伴，只要有人介绍，非会员也可入场打高尔夫球。从作案现场的地理情况分析，为谷君的周围，肯定有是本厚木田园俱乐部会员的朋友。为此，厚木"9·30"专案组决定彻底调查两个高尔夫球场的所有签名账单。

从调查中得知，小田原水产公司和相模物产公司的社长铃村太平，是本厚木田园俱乐部的会员，是为谷君的高尔夫球友。小田原水产公司，是专门为千代田通商公司供应海鲜罐头货源的。

对于专案组警官的询问，铃村社长答道：

"去年，我和为谷君一同在本厚木田园俱乐部打过三回高尔夫球。"

果然不出所料，为谷君对这一带并不陌生！曾经，为谷君作为涉嫌人被问及是否到过高松山时，他却一口否定。

乌托尼依的死亡时间，可推断为七月到八月间。田园俱乐部该期间的签名账单，不计其数。所有非会员都按照服务总台的要求，签名账单上写有姓名、住所和介绍人等。

可一大堆账单里，就是没有为谷君和乌托尼依的姓名。

"到这里来，并不一定为了打高尔夫球。借口打高尔夫球，却把他带到高松山上……"

田边警官希望能找到目击者。仅强调为谷君熟悉这一带地形，是不能成为强有力证据的。

"单凭他个人的力量，把被杀害或者服用安眠药的乌托尼依背到山上是极其困难的。因此，乌托尼依多半是自行上山。由此推理，为谷身边可能没有同案犯。可半夜三更以高尔夫球名义邀请乌托尼依，无疑会招来怀疑。而且，应该有目击者！必须再重新走访周边的居民。"越堀警长说。专案组全体警官分成小组，又在现场周边展开深入细致的调查。可结果,还是一无所获。

田边警官煞费苦心的推理,由于找不到目击者,不得不搁置一边。

"我来过本厚木田园俱乐部高尔夫球场,可不知附近竟是高松山。"

如果有人这么说,闻者也许会燃起浓厚兴趣,跟着游览高松山。

可来打高尔夫球的人,对附近一带的无名小山并不会有多大兴趣。要说这一带比较醒目的山,也只有海拔不到二百米、隐蔽在大山背后的高松山。也许有高尔夫球爱好者,向服务员打听这座山的名称。而那些在高尔夫球场打短工的服务员,理应不清楚山的名称。

刚进入兴奋状态的厚木"9·30"专案组,转眼又开始压抑起来。这种气氛,也传染给了空港"8·11"专案组。大竹专务被杀,至今还没有找到任何线索。出现在两个专案组共同侦查线上的涉嫌人为谷敏之,由于警方找不到确凿证据,只得放弃对他的继续调查。

5

田边警官喜欢看小说。遇休息天,常去书店购买商业月刊杂志和推理小说。回家后,孜孜不倦地阅读。有时候,居然废寝忘食。

最近,派出所除安排执勤任务外,还要他协助专案组工作。于是,他连看小说的工夫也没有了。

与派出所毗邻的书店里,书架上都是田边警官爱看的小说和杂志。田边警官经常在巡逻途中买书,办公桌上堆得满满的。

送走长夜,迎来拂晓。每当与接班同事交接完毕,便是他最轻松的时刻。他迫不及待地从堆满书籍的桌上取出小说,聚精会神地阅读起来。

出于职业需要,他特别喜爱侦探推理小说。在当今社会,与他相同嗜好侦探小说的读者犹如雨后春笋,越来越多。因此,不管哪一本杂志上,或多或少都刊登侦探推理小说。有些杂志容量小,只得刊登短篇。由于内容紧凑,也能让人过把瘾。当然,阅读侦探推理小说最好是长篇,带劲儿而且刺激。可田边警官没有充足的时间,只得选择短篇充饥。

"咦!"突然,他的视线不再往后移动。这是一本随笔集,刊登着他一个熟人署名的文章。说是熟人,也没有直接交往过。那人叫阿源君,居住在新村的爱民小区。据说在太平洋战争期间担任过战斗机机长,以"攻击王"威震四方。战争结束后,受到自卫队嘉奖。如今,是某大企业的高层干部。

阿源君撰写的随笔叫《我的保健方法》。对熟悉的人写的随笔,田边警官饶有兴趣地阅读起来。

阿源君是这样写的:

我家背后有一座个头不高的小山,叫高松山。从我家徒步走到高松山的山顶上,来回四十分钟就足够了。好几年前,我开始清晨起床,牵着狗登上高松山。然后,盘腿坐在山顶上眺望相模滩方向徐徐升起的一轮红日。随着时间的推移,它已经成了我的习惯。

无论下雨还是刮风,从不间断。每当我回到家里的时候,全身发热,食欲大增。吃早饭时,味儿特别香。自从早晨登山赏日以来，我未曾患过感冒。我深深体会到，这是人世间绝好的保健法。"

读完这篇随笔，田边警官瞪大眼睛若有所思地望着窗外。听说作者阿源君，因公司业务一直在国外出差。

阿源君出差那一天，是警方发现尸体的一个星期前。法医推断乌托尼依死亡的时间带里，是阿源君经常登山赏日的时候。

田边警官清楚，打高尔夫球的高峰是星期日早晨。每逢星期日早晨天蒙蒙亮的时候，新村里的高尔夫球爱好者与各地来的高尔夫球爱好者，都云集在俱乐部门口，故而，也叫"清晨高尔夫"。因此，清晨邀请打高尔夫，并没有什么不自然。加之"清晨"这一容易疏忽的时间，往往误导专案组办案警官。前一段时间，调查对象仅仅是高松山周边的人。

在警方调查期间，目击者不一定住在现场附近。即使现场周边，也是同样。同时，目击者也有可能在警方调查期间，正好外出旅行去了。

如果为谷君利用清晨杀害乌托尼依，阿源君无疑是目击者。即便时间上的误差导致为谷君与阿源君擦肩而过，也有必要请阿源君回忆。

想到这里，田边警官直接把电话打到阿源君家。阿源君家里人说，阿源君正在回国途中，今天借宿在夏威夷的意利卡伊宾馆。

等到他回国，时间太长。接到田边警官的报告，专案组立即给夏威夷意利卡伊宾馆挂电话。

由于时差关系，夏威夷正是吃晚饭的时候。而且，阿源君正在宾馆房间里。听说日本警方有事找他，并且是当地警方的国际长途电话，他似乎吃了一惊。

待堀越警长说明情况，他非常乐意地作了回答：

"你这么一问，我确实遇到过那么一个人。记得那天凑巧在山路正中央，对方下山的速度非常迅速，而且来势凶猛！太阳还没有升起，就已经有人登山观日出。当时，我还真佩服他呢！那天，确实是八月二十五日清晨四时半左右。由于我带着的狗狂吠了一阵子，因而记得很清楚。"

"如果遇到那个人，你能认得出来吗？"

"当时太阳还没有出来，光线比较暗淡。可由于狗大喊大叫，那家伙凶相毕露，龇牙咧嘴的。那家伙当时的表情，非常奇怪，给我留下的印象特别深。因此，如果再遇到他，我能立即辨认出来。"

对于堀越警长列举的为谷长相，特征、身高以及体形，阿源君在电话时加以肯定。阿源君当过军人，养成了只要见一次面就能牢牢记住的习惯。他的这个特技在当时的部队里小有名气。

警长说了一大堆感谢的话，当他挂断电话的时候，专案组的房间里响起了雷鸣般的掌声和欢呼声。

终于得到了确凿而有力的证据。田边警官一下变成了专案组的正式成员，脱掉了"兼职助手"的帽子。虽然希望尽快将为谷捉拿归案，可阿源君的归国日也就在近前。于是，专案组决定等阿源君回来再动手，希望经过阿源君的再核实。跟踪警官早就从各种角度拍摄了许多照片。

"阿源君好险呵！如果那天再早一些上山，也许会遭到杀害？杀一个和杀两个，其罪行的量刑结果都是一样的。"

这句话，重新使全体办案警官感到震惊。按理说，凶手是绝不会放过目击者的。就那么一点时间差，保住了阿源君的性命。

如果阿源君回国后听到这个惊险的故事，脸上表情将会怎样呢？

两天后，阿源君回国了。空港专案组充分发挥了当地这一优势，在飞机到达出口处把阿源请进了警署。

尽管厚木专案组与他通过国际电话，可阿源君似乎还不清楚高松山的凶杀案是怎么一回事。

人第一次见面，如果曾经见过，也许会立即产生在哪里遇到过的回忆。尤其是在有被害人的场合，即使在异常状态下只见过凶手一次，在任何时候都不会忘记。

如果阿源君得知那次上山途中遇见的那个凶相毕露的男人，是犯罪嫌疑人，而且自己当时也身处危险，一定会产生曾在哪里见到过的回忆。但被害人的心理，也往往导致被害人误认。

作为警方，希望得到涉嫌人就是凶手的证词。

为尽量避免误认，趁阿源君对案件详情还一无所知的时候，请他辨认犯罪嫌疑人的照片。

在许多无关人的照片中间，夹杂着为谷的照片。可阿源君一眼认出了为谷的照片，还用充满自信的口吻说：

"在上山途中与我擦肩而过的，就是这张照片上的人。"

他的"特技"是小有名气的，其证词是值得信赖的。阿源君还说，当时山脚下的登山口，停着一辆黑色的小轿车。遗憾的是，他对轿车不怎么感兴趣，故而没有留意那辆轿车的车牌号码。

目击者阿源君的证词，应该值得信赖。根据他在犯罪现场与为谷敏之的不期而遇，进一步证实乌托尼依的死亡时间是八月二十五日清晨。

厚木"9·30"专案组获得由检察厅签发的逮捕证，将正在家中熟睡的犯罪嫌疑人为谷敏之捉拿归案。

6

空港"8·11"专案组派出刑事侦查警官到厚木"9·30"专案组，联合审讯犯罪嫌疑人为谷敏之。根据为谷敏之的供述笔录，两起凶杀案系同一罪犯作案的可能性很大。

然而就目前掌握的情况来看，为谷敏之没有杀害大竹专务的作案时间。故而，两个专案组尚不能合并在一起办案。可事实上，两个专案组已经紧密合作，联手侦查。

很快，两起案件与全日空飞机失事有关的消息，在社会上传得沸沸扬扬。神奈川县警察局、东京警视厅、海上保安厅、飞机失事原因调查组、新闻媒体以及市民，纷至沓来，打听案情的进展和结果。霎时，厚木警署那幢陈旧的木结构楼房被挤得摇摇晃晃，险些倒塌。警署周围，门庭若市，挤满了车流和人流。

对为谷敏之的审讯，在厚木警署第一审讯室展开。

审讯警官是堀越警长和那须警长。一开始，为谷敏之一再否认。在阿源君证词、打高尔夫球经历等有力证据面前，为谷敏之节节败退。那须警长说：

"希望你好自为之，顽抗是没有出路的！杀害乌托尼依的凶手是你，杀害大竹义明的凶手也是你，快坦白！"

话音刚落，为谷敏之脸上愤然变色。

"杀害大竹专务的不是我。我也根本不清楚。"

"那么，乌托尼依是你杀害的吧？"

堀越警长的目光宛如两把利剑，直刺为谷敏之的心里。顿时，为谷敏之不由得浑身颤抖起来。

"快说！"

警长们紧追不舍,为谷敏之心理上的最后一道防线终于崩溃。

为谷敏之供认道:

"杀害乌托尼依的凶手,是我。引诱他加盟我们公司的,也是我。为此,我一直与他保持着接触。自从他儿子死于车祸后,他生活上开始荒诞无度,破罐破摔。于是,我公司改变了原来的决定。出乎意料的是,他事先没有征得我公司的同意,擅自来日本逼迫我公司与之签订劳务合同。在来日本之前,他误以为签订劳务合同十拿九稳,遂与妻子离婚,且辞去全日空的工作。当遭到我公司人事部门拒绝后,便转而威胁我说,他已经不能返回美国,我公司必须收下他!否则,就拿我是问。

"他不仅口头威胁,还大白天在公司周围徘徊。一下班,就缠着我。我到哪里,他跟到哪里。喝醉酒后,多次闯入我居住的公寓里乱搞一气,甚至用匕首威胁。我忍无可忍,决定杀了他。

"好在没有人知道我与他之间有什么特殊关系,同事们只知道他与公司之间有矛盾。至于我呢,是代表公司而不是代表个人。

"为了自己今后的前程,我决意先下手为强。杀他,我经过了一番思索。比起伪造没有作案时间和伪造不在现场的假象,倒不如将尸体隐藏一定时间,以达到警方难以判断死亡时间的目的。如果尸体能完全消失,那是最理想的。可我是第一次杀人,不可能天衣无缝。我当时想,尸体只要能隐藏一个月就可以了。

"果然,机会来临。正如你们判断的那样,我到这里打高尔夫球,被这一带山的形状深深吸引住了,顺便转了一圈。山脚狭窄,车辆难以行驶,与一日游的登山路线之间有一定距离。由于地形复杂,游客不来这里。酷爱侦探推理小说的我突发奇想,这一带是容易隐蔽且难以发现尸体的场所。于是,我选择了这里。

"当时的记忆,还模模糊糊留在我的脑海里。为了杀乌托尼依,我多次赴实地考察地形。我发现,太阳没有升起之前,是最安全的时间段。于是,在乌托尼依面前,我稍稍露出妥协的姿态以缓和紧张的气氛。几天后,我邀请乌托尼依于八月二十五日一起上这里打高尔夫球,他不假思索就答应了。我对他说,在高尔夫球场附近,有一座能眺望富士山的小山。届时,先上那里欣赏清晨日出时的富士山。他十分高兴,很想一睹富士山的清晨雄姿。

"初来乍到的外国人,最感兴趣的,莫过于日本的富士山和艺伎美女。

"离开宾馆,已经是半夜两点左右。当然,我没有到宾馆里迎接,而是在大门口等候。当时的天气,一到四点天就会渐渐大亮。再不快点走,就来不及了。我驾车从世田谷驶出,穿过东名,不到三个小时就赶到了现场。爬到高松山上,看不见富士山。乌托尼依满脸沮丧,一再问我富士山在哪里。我故意寻找一番,将手指着遥远的方位。就在他集中注意力顺着我指的方向眺望时,我悄悄抡起球杆猛击其后脑勺。顿时,他昏倒在地。我又掏出事先准备好的绳索,使劲勒住他的颈部。由于距离隐蔽场所很近,我将他扛在肩上朝目的地走去。当时,我心慌意乱,肩上的尸体越来越沉重,累得我直喘粗气。如果拖着尸体走,草地上有可能留下痕迹,易于成为日后警方的线索。在掩埋场所,我事先挖好一个大坑,铁锹也隐蔽在坑里,上面铺满了杂七杂八的草。掩埋尸体,我没有用多少时间。

"掩埋完毕,我赶紧下山。途中,突然听到一阵猛烈的狗叫声。吓得我魂飞魄散,差点窒息。我压根儿没有想到,那么早的清晨,竟然有人登山观日出。

"作案前,我到过现场多回,可时间都稍稍早了一些,不知道有这么一个习惯于清晨登山观日出的人。如果知道，我绝不会选择那里。

"当时，幸亏手持的铁锹是折叠式的。折叠后的铁锹，我还用纸将它包了起来，没有被那个人发现。否则，那人也许会死在我的手里。

"杀大竹专务，是别人干的。虽在量刑上，杀一人和杀两人没有多大区别，可我不愿意替别人顶罪。请相信我说的话，他确实不是我杀的。"

为谷敏之承认杀害乌托尼依，否认杀害大竹专务。在警方看来，尽管为谷敏之矢口否认杀害大竹，可供词里还有许多不能自圆其说的地方。

"为谷敏之，你说你是受到乌托尼依威胁后才起杀意的，这话，无法让我们相信！乌托尼依把没有与自己签订合同作为恫吓借口，显然是不能成立的。你说，你感到恐怖才杀了他。你以为你那些假话，就可以把我们搪塞住了吗？为谷，你别自作聪明！诚然，乌托尼依有威胁你的可能。但是，他辞去干了几十年的工作，千里迢迢从阿拉斯加赶到日本来求你，是因为他手里掌握了你的痛处。到底是什么痛处？快说！"

堀越警长步步紧逼，为谷敏之面如土色，战战兢兢。堀越警长不愧被同事们誉为"罪犯克星"。堀越警长的乘胜追击，已经刺痛为谷敏之致命的地方。

"你不说，那我代替你说！"

那须警长发话了。两个警长相互之间的配合，非常默契。

"你唆使乌托尼依在全日空飞机上干了些什么？是不是要具体地说给你听听？你唆使他把固定第四引擎的螺栓，调换成劣质螺栓。调查组成员吉村君，把目光注视在螺栓上，你便袭击他。

"不，不对！"

为谷敏之大声嚷道。也许这是实话。

"不对在哪里？快说呀！一旦斯普鲁多大型飞机坠毁，贵公司就可以大做文章，大捞一把。中央商社是斯普鲁多新机型的代理商，为向全日空公司兜售，与千代田公司展开激烈竞争。你是千代田公司年轻干部中的顶尖人物，为将来出人头地，鬼蜮伎俩，不惜让大型客机坠毁。

"导致乌托尼依丧心病狂的，除在阿拉斯加空港担任全日空保养检修主任有作案机会，关键是他的儿子被全日空职员小室安彦撞死而积怨如山。

"作为报仇的导火索，你告诉他小室就在那架飞机上。于是，乌托尼依便轻易地上了你的当。被复仇占据整个心的乌托尼依，仇令智昏，不顾后果。如果他当时的精神状态处在崩溃边缘，是导致飞机坠毁的罪魁祸首的话，那么夺去一百多条人命的特大杀人犯就是你！"

"不对！不对！"

为谷敏之呜咽起来。平日里，那冷酷无情、高人一等的干部模样，此刻荡然无存。取而代之的，是悲惨、凄凉和绝望。

"所以我问你，究竟不对在哪里？"

此时此刻，警方处在有利位置。所谓有利位置，不是依靠吓唬哄骗涉嫌对象，使之完全屈服。而是灵活运用手中丰富的数据，辨别供词的真假，让对方乖乖自觉地供述犯罪的全部事实。

"我……我虽然知道乌托尼依的儿子是被日本人撞死的，可我不清楚肇事者是谁，更不清楚肇事者乘坐该飞机回国的情况。我说的，全部是真话，请相信我！如此恐怖的杀人犯罪，绝不是我干的！"

"那我问你,乌托尼依为什么要威胁你?难道那种威胁已到了你非要杀他不可的地步吗?快老实交代!"

"那,那……"

"快说!"

那须警长的手掌,猛击桌子。

"现在,你只承认杀了乌托尼依,可你杀害的乌托尼依,是夺走全日空飞机一百三十多条生命的凶手,你知道吗?"

那须警长的最后一句话,使为谷敏之心灵受到了震撼。

"我确实收买了乌托尼依,可我没有唆使他让飞机坠毁。只要他在中央商社代理的斯普鲁多大型飞机上制造一点小故障,我们的目的就达到了。全日空公司新机型选择委员会的主导意见:只要飞机结构设计上有微小欠缺,就不予选择。为此,我们仅希望乌托尼依在保养时做些小动作即可。

"至于代理斯普鲁多飞机销售的中央商社,我们必须战胜它。一旦失败,负责这笔大买卖的杉原专务在公司内部将陷入困境。

"在现任总裁即将退任之际,倘若大买卖成功,杉原专务将走马上任,接替总裁一职;反之,杉原专务有可能离开公司。一旦杉原专务走了,我的人生前途将希望渺茫。

"你们警方,不一定清楚公司内错综复杂的情况。在工薪阶层社会里,比起企业之间的竞争,最为残酷的莫过于企业内部的派系斗争。在这种派系斗争中,我希望我无论如何都要生存下去。为了这个奋斗目标,我收买了乌托尼依,但我没有唆使他去干那种丧尽天良的事。这是真的!试想,飞机坠毁后,事故调查绝不会马马虎虎走过场。到头来,凶手绝不可能逃之夭夭,逍遥法外!这一切,是乌托尼依随心所欲所致。当然,他曾以此作为漫天要价的筹码,我也给了他许多钱。可他仍不善罢甘休,相反勒索不断升级。甚至说什么,让全日空飞机坠毁是执行千代田通商公司的命令,要公司给他一亿日元的报酬。

"给予乌托尼依指令以及与他单独联系的,都是我一个人。所有费用,也都是在我的那部分交际费里开支。

"乌托尼依的歇斯底里,使我深深感到,再这样下去,我将日暮途穷。再说,我根本不曾有过那样的唆使。我坚持说没有发出过那样的指令,可飞机坠毁已成现实。再怎么辩解,也无法说服对方。

"为了保住自己,我决定除掉他。我所说的这一切,都是真的。我与全日空的飞机事故之间,没有任何关系。并且,我的公司与之也没有任何关系。"

尽管为谷敏之一把鼻涕一把泪,可两位警长怎么也不相信。现在,乌托尼依已经死了。为谷敏之究竟唆使到什么程度,没有人能证明。即便乌托尼依活着,如果为谷敏之一味强调没有那种主张,在故意唆使的程度与凶手行为的结果之间,也就产生了分歧,在法律上也很难定罪。

这种分析和解释,已经超越警官的职权范围。

由于估计到司法部门会严厉追究,为谷敏之矢口否认。只是因为飞机偶然坠毁在东京湾,才轮到警方兴师问罪。如果飞机坠毁在太平洋里,无论侦查手段多么科学,无论警官们多么优秀,也只能望洋兴叹!

至于被问及为什么要跟踪吉村,为谷敏之的回答让警长们无法接受。

为谷敏之强调说,主要是吉村主张的飞机失事原因,损害了他和公司的利益。如果吉村君站到中央商社一边,公司和他将处于无地自容的窘境。

对于吉村君被推入站台下边电车铁轨的提问,为谷敏之一再摇头。

犯罪嫌疑人为谷敏之,从杀害乌托尼依到被怀疑杀害大竹义明,加之杀害吉村健太郎未遂以及教唆杀害一百三十八名旅客和机组人员,作为双手沾满鲜血的他是十恶不赦的犯罪嫌疑人,被押送到横滨地方检察院小田原检察分院羁押。

在厚木警署的审讯室里,为谷敏之只交代了一部分事实。

第十章　第三收件人

1

为赔偿金额已经多次与遇难者家属交涉的江差君,向由纪子透露了一个消息。

"您丈夫在生命保险金领取人栏里,怎么不写您的姓名?"

"那又怎么样!"

由纪子没有好声好气地说,可脸上露出困惑的表情。新婚刚三个月,夫妇俩还没有把生命保险放在新家庭的议事日程上。安彦是公司要员,没有必要像机组人员那样急于投保。

"真的?那太奇怪了!"

江差君那失去人情味的目光里,流露出悲哀的神色。这一切,没能逃脱由纪子的眼睛。

江差君似乎觉得自己说漏了嘴,一脸后悔莫及的表情。由纪子觉得奇怪,连忙追问江差君。

"您丈夫与M保险公司签订了一千万日元的生命保险合同,可领取人是其他女性的姓名。再者,您丈夫与T海上火灾保险公司签订的保险合同上,又投保了三千万日元的国外旅行伤害保险,可领取人依然是那个女性。当初,我还以为领取人是夫人您的姓名呢！"

突然，由纪子似乎感到头上被人猛击一棍。为了另一个女性，丈夫竟投保总额为四千万日元的保险。而作为妻子的自己，竟然连领取一分钱保险的份额也没有。可是……

这到底应该怎么解释？四千万日元巨额保险金的领取人，居然是妻子以外的女性。充分证明，丈夫另有所爱。

比起保险金额，让由纪子感到茫然的，莫过于丈夫的隐私。比起金额数字，丈夫的隐私更为具体化、形象化。丈夫，竟然如此冷酷无情！

四千万日元，远远超过全日空施舍的丈夫遇难赔偿金额数。可见，丈夫爱那个女人，远远超过爱他自己的生命。可作为妻子的自己，为了早一天看见他的遗体，无论刮风下雨，每天像上班族那样，准时赶到东京湾。

由纪子好像已经忘记江差君的存在，呆头呆脑地站着，一股脑儿地胡思乱想。

"那女人，是谁？"

由纪子仿佛如梦初醒，大声问道。

"夫人，请别给我添麻烦！您自己可以直接问保险公司。"

看着江差君回答时的那般表情，他一定知道那个女人的名字，说不定还认识那个女人。

可无论由纪子怎么追问，江差君就是闭口不答。

由纪子不清楚保险公司是否会直接回答她的提问，心想还是先打电话试试看。谁知接电话的对方以为她就是领取人，也没有任何戒备心理，直接用领取人的名字称呼她。看来这笔巨额保险金，那女人还没有去领。

由纪子一听到那个女人的姓名，哑然失色，瞠目结舌。她认识那个女人,她理解江差君为什么不愿意说的为难之处。

查清一家保险公司合同上领取人的姓名,另一家保险公司合同上的领取人姓名自然也就清楚了。两个领取人,是同一个女人的姓名。该生命保险,是丈夫在与自己结婚的一年前就已经履行手续了。一年前,丈夫与那个女人的关系已经如胶似漆。

如果与那女性关系一般,丈夫不可能为她投入那么大的保险金额。

"果然,丈夫另有所爱!"

尽管结婚时间不长,可丈夫丝毫没有透露那个女性的存在。究竟是丈夫在这方面属于高手,还是自己愚蠢?也许两者都有。

每天像上班族那样去东京湾的自己,也许那么多天来,沉睡在海底的丈夫一直在耻笑自己。

当时也不知什么原因,总觉得丈夫还活着。这也许就是丈夫的嘲笑所致,以使自己产生了傻乎乎的错觉。

迄今为止对丈夫犹如干柴烈火一般的思念,顷刻化为冰冷的雪水。结婚后肤浅的生活经历,刹那间消失殆尽,化为乌有。

2

那天,吉村君因公务来到羽田空港的全日空办事处。傍晚返回航空部时,他走到车站广场喊出租车。由于不是高级官僚,不可能有那么多的钱让出租车一直等到自己办完公务出来。就在这当儿,天公不作美,哗哗啦啦下起了黄豆般的雷阵雨。不厚着脸皮,也许喊不住出租车。

在吉村君稍前一点的人行道上,正巧有个女人也在招手喊出租车。吉村君好不容易喊住的那辆出租车,却出乎意料地停在那女人跟前的车行道上,似乎示意那女人上车。吉村君急着要回去,顾不上发扬女性优先的美德,一弯腰弓入后排座位。

司机板起脸望着他,可吉村君毫不介意。

兴许累坏了?在全日空驻空港办事处,需要处理的事务比较复杂,加之对方是个慢性子,拖拖拉拉地直到下班时分才完成。最近,吉村君一直睡不好觉,好像因此着了凉。此刻他全身发烫,脑袋有跳跃般的疼痛感,仿佛患有轻度症状的感冒。今天,不回航空部了,快些回家睡觉休息吧!

正当出租车徐徐启动时,车窗玻璃上影映出一个女子的正面。噢,就是那个刚才被自己抢了车的女人。尽管瞬间工夫,可女人脸上仿佛在瓢泼大雨中迷失方向的表情暴露无遗。这一切,映入了吉村君的眼帘。

"是她!"

吉村君瞪大久盼的眼神,大声嚷道:

"停车!"

吉村君声嘶力竭地对司机吼道。没有想到这乘客如此气势汹汹,司机猛踩刹车踏板,把车急急刹住。

吉村君从玻璃窗探出脑袋,拉大嗓门朝女人示意:

"请上车!"

见陌生男子突然邀请她上车,她稍稍吃了一惊,可脚步却不由自主地朝车里走来。

当车驶入一号高速公路的时候,吉村君才想起应该询问她的目的地了。如果女人不是去东京,那怎么办?主动邀请异性拼车的举止,固然令人感到多少有点失常。可女人上车后的表情更让人觉得奇怪,一声不吭,两眼凝视着窗外。

吉村君从这个女人身上，似乎找到他长期所梦寐以求的"她"。

影映在车窗玻璃上的女人，无疑生活在现实社会里，无疑是一个千载难逢的女性。正因为本能地意识到这一点，他才歇斯底里地朝着司机大嚷。他已有家室，孩子也已上小学念书，却完全失去理智和正常思维。

果然是自己的梦中情人！人生的重要契机，已经来临。对于快到中年且对家庭感到厌倦的男人来说，偶尔遇见妻子以外的梦中异性，往往只是瞬间的兴趣。

可吉村君的憧憬，却非常认真。他深信，梦中情人总有一天会像仙女下凡，来到他的身边。

吉村君寻找那个真正的"妻子"，已经走过很长的岁月。如今，幻想变成现实。"她"不仅与自己同乘一辆车，而且就坐在自己身旁，还能感觉到她身上散发出的体温。

"终于找到了！"

吉村君心里乐滋滋的。无比激动的心情，使他不知所措。他没有主动自我介绍一番，也没有向她献殷勤，只是希望能尽情地多看对方几眼。他那迟钝的目光久久地停留在对方的脸蛋上，津津有味地欣赏着……

吉村君炽热的视线，射得女人脸庞微微泛红，渐渐变成红彤彤的苹果。她察觉到来自陌生男人的眼神里，没有恶意，也没有敌意，而是充满了好感。她愿意让这样的男人眼光，在自己的脸上短暂停留。

女人，二十岁刚挂边，身着淡紫色的套装西服，清澈的眼睛，脸上皮肤富有弹性，瀑布般的长发垂挂在背上，扎着一根黑色的大蝴蝶结；丰盈的面容，在长发的衬托下，似乎显得有点紧张。

裸露在服装外边的肌肤，虽细腻，但肤色稍暗。外表很有气质，似乎受过良好的高等学府教育。服装略紧身，没有性感的流露。腰部和胸部，线条分明，没有松弛的感觉。

如果未婚，服装和表情似乎过于朴素和呆板；如果已婚，则过于整洁、清爽。

最初，吉村君全身心地注视着对方。渐渐地，他开始冷静，开始告诫自己，必须赶快询问对方的目的地。

吉村健太郎和小室由纪子就这样相识了。由纪子到全日空空港办事处，是办理有关丈夫遇难赔偿金的手续。

虽吉村君对由纪子一见钟情，可由纪子没有轻易表露在脸上，没有表白自己的内心世界。

吉村君一路上有说有笑，没有让小室由纪子感到丝毫不快。在吉村君的邀请下，小室由纪子欣然应允下次见面。她似乎并不讨厌吉村君出现在她的生活里。

3

"小室安彦赴欧出差前，与海上T火灾保险公司签订了三千万日元的旅行伤害保险合同。"

这消息是横渡警官从全日空负责事故赔偿的职员那里打听来的。

"十君，谈谈你的观点？"

他主动与十君警官商谈。

"是呵。"

十君警官随声附和。在专案组里，他和警视厅派来的"猴脸"横渡警官组成侦查小组。横渡警官多年从事刑事侦查工作，经验丰富，办事老到。十君警官非常喜欢和他在一起，仿佛一见如故。组合时间虽不长，可俩人俨如一对老搭档。

横渡警官板刷发型，眼眶里大半是眼白，体形骨瘦如柴，个头儿只有十君警官的肩膀那么高。看上去，似乎出身在贫困的家庭。唯那对目光犹如利剑，仿佛一眼就能识破罪犯的心理。扬善弃恶，富有正义感。看他的气质和眼神，似乎天生就是做警官的。在专案组里，他俩的组合博得一致好评，还被誉为黄金搭档。

"小室生前常去国外出差，从不投保。唯独这次国外出差，居然如此重视，竟投保三千万日元。这种保险类似赌博台上的赌注。而且，只投保旅行期间。简直不可思议！"

"我也觉得奇怪！"

十君警官心里的疑点越来越大。横渡警官一针见血地道出他心里的疑团。

"我想你可能怀疑，小室事先清楚飞机坠毁的阴谋。"

"是呵，可小室也随机遇难，同归于尽。即便三千万日元的保险金，也不能与生命的价值相提并论。你说是吗？"

"也许……"

"什么也许？"

"小室的遗体，至今还没有发现？"

"是的，还没有。"

"我有种感觉，这家伙可能没有死！"

"不会！旅客登记簿上有他的名字。"

"登记簿不能全信。只要经办人做一下手脚，就可以轻易蒙混过关。别忘了，他本人是航空公司的职员！"

"可从外国返回日本，没有护照是不能通行的。"

"这情况，我不太清楚。总之，唯这一次国外出差投保三千万日元，是绝对不能让人接受的。而且，还有一个奇怪的消息。"

"什么奇怪的消息？"

"领取小室保险金的人，你猜是谁？"

"谁？不是妻子，就是子女。"

"她刚结婚，还没有下一代。"

"那会是谁呢？"

"是妻子以外的一个女性。"

"这消息是真的吗？"

当横渡警官慢慢说出领取人的全名时，十君警官惊愕无语，两只眼睛瞪得像一对杏核，眼看就要蹦出眼眶。

"让你受惊了！当初我也不信。就凭刚成为小室安彦的新娘的长相，正如草场警官评价的那样，确实是一个大美人，又漂亮，又富有魅力。可小室安彦投保的三千万日元里，却丝毫没有他漂亮妻子的份。他居然把这笔巨款留给别的女人享用，可见感情非同一般！不单单是旅行投保，远在他还没有与妻子结婚的一年之前，就已经向M保险公司签订了一千万日元的生命保险合同，而领取人就是那个女人。从那时起，这对男女的关系就已经可想而知，非同寻常了……"

"如果小室活着，肯定会与那个女人保持联系。"

"看来，他活着的可能性很大。这是一起诈骗保险金的犯罪？！"

"尽快在那个女人的住宅周围布控！"

十君警官喜不自禁，手舞足蹈，宛如已经找到猎物踪影的猎人。

4

当小室由纪子得知丈夫对她隐瞒保险这一情况后,内心始终处在十分复杂和自相矛盾之中。自己一味钟情的丈夫,居然还拥有另一个女人。

自从丈夫出差去了欧洲,自己在家一心一意盼望他归来。飞机失事后,她仍抱着一丝希望,深信丈夫还在人世间。随着遇难者遗体的出现,她仍然像上班族那样,天天去东京湾,不管刮风还是下雨。她心里只有一个念头,希望尽快能看到他。

可日夜思念的丈夫,却彻底背叛了她。这是她无论如何不能接受的事实。四千万日元这一具体的数字,证实丈夫无情地背叛了自己。她感到自己如同坠入万丈深渊一般,处在绝望之中。

由纪子与吉村君相逢,正是她对丈夫的思念彻底变成泡影的时候。虽然吉村君外表没有安彦那么潇洒、英俊,可他那种狂热和真实,深深打动了由纪子。吉村君的出现,无疑成为支撑由纪子精神的强有力支柱。一个是飞机失事遇难者的家属,一个是飞机失事原因调查组的成员。偶然的巧合,让这对男女感到了"缘"的力量。

两人之间的感情迅速发展起来。可他们的感情只是停留在精神上,并没有进入男女间那种特定的实质性阶段。

丈夫遇难,由于尚没有找到遗体,从法律定义上来讲,由纪子依然是小室安彦的合法妻子。这对于从小在温室里长大的由纪子来说,无疑是精神上的特大枷锁。

而吉村君有妻子,虽和太太感情不深,可也是合法夫妻。尽管生活在一起枯燥无味,然而他们已经有了共同的下一代。

如果吉村君执意追求由纪子,成为伉俪是可能的。可真娶她做妻子,孩子怎么办?让无辜的孩子从亲生父亲身边离开,未免太无情了!在现实生活中,由于夫妻感情彻底破裂,给孩子带来不幸也是万不得已。在吉村君看来,他可以离开现在的妻子。可在孩子看来,母亲是不可替代的。让下一代感到真正幸福的,是亲生父母亲相敬如宾,白头到老。

——难道因为孩子的幸福,就必须与自己费了九牛二虎之力才找到的梦中情人一刀两断?

面对孩子与由纪子,吉村君心里的天平很难倒向哪一边。可自己和由纪子之间的感情,绝不能当作儿戏。

渐渐地,他俩见面的次数迅速猛增。可彼此之间,谁都不愿意越雷池一步。也不知是哪一次见面的时候,吉村君忽然提出一个奇怪的问题。

"我一直想问,但又一直没有问,犹豫了好一阵子……"

吉村君说了开场白后,开始慢条斯理地进入主题。

"您丈夫参投四千万日元的保险,领取人却是另外一个女人。我总觉得您丈夫与那个女人之间,不只是单纯的感情!"

这是他俩约会的老地方,是新宿一家叫库罗哇鲁的咖啡馆。此刻,吉村君和由纪子边喝咖啡边交谈。吉村健太郎居住在北区新村住宅,由纪子居住在杉并区周边公寓,新宿凑巧是中间地带。两个人经常在这家咖啡馆会面,增进相互了解。这家咖啡馆,环境幽雅恬静;音响里播放的音乐,是他俩共同喜欢的法国乐曲。这些优点,促成他俩一致选择这里作为约会地点。

由纪子喝了一口咖啡,慢慢地将杯子放回桌上。她那对会说话的眼睛望着吉村君,示意他继续往下说。

"您丈夫事先不会不知道飞机坠毁的阴谋吧?

"他意识到，飞机一旦坠毁，自己很有可能受到警方的怀疑。过去他去国外旅行，从不参投保险。唯独这一次，不光参投，而且竟巨额投保。为实实在在得到这份保险金，他必须付出生命。再看另外一个一千万日元的投保合同，证实你丈夫与那个女人之间的关系很早就形成了。

"经全日空公司介绍，我已经大致清楚。您丈夫从参投一千万日元的生命保险开始，一直到与您结婚之前为止，先后两次赴美国出差。如果您丈夫爱那个女人，为感情投保也是很自然的。再说当时，您还没有出现在他的生活里。可在您与他结为夫妻组成家庭后，他还在继续为那个女人投保，那就显得太过分了，分明是讽刺、讥笑和无视您的存在。

"可见，他清楚飞机坠毁的阴谋，但并不清楚自己会死。从周围人的眼光以及有过那种经历的人的眼光里，他深信自己不会离开世界！也就是说，您丈夫事先知道飞机坠落的阴谋。"

吉村君像救世主那样，重新望了由纪子一眼。这是一种耸人听闻的推理！"如果是诈骗保险金，必须事先知道飞机将会坠毁。既然您丈夫事先知道，那您丈夫不是飞机坠毁肇事者，就是制造坠落飞机阴谋的同伙。

"四千万日元，确实是一笔巨额款项。可为了它，竟然坠落价值三十亿日元的喷气式客机，还不惜搭上一百三十八条人命！"

这怎么可能？！

虽然只是一刹那间的震惊和毛骨悚然，可吉村君的暗示犹如巨大的磁铁，深深地吸引住了由纪子。她越想，越感到忐忑不安。

恐怕江差君也抱着这样的疑问！由纪子想到江差君曾经看着

她的目光,似乎在揣摩一件商品的里里外外。……还有,还有那些警官。"

猛然间,由纪子感到背后也有这样的视线。她想转身,可颈部变得僵硬起来,根本无法转动。

吉村君继续说:

"——即便有这样的疑点,可飞机坠毁不是您丈夫干的。从打捞上来的机身残骸分析,没有爆炸的痕迹。作为调查组成员,我可以向您保证,虽然调查组的主流意见是飞行员操作失误。可我总觉得有人在引擎上做了手脚,蓄意坠毁飞机。

"专业方面的解释,我就不再赘述了。可所有情况都证实我的怀疑是有道理的。您听明白了吗?假设您丈夫事先知道飞机将坠毁,说明您丈夫与那个凶手认识。我不明白,那凶手为什么要坠毁飞机?为什么要干那种伤天害理的事情?

"这次飞机失事,与两个财团的巨大利益紧紧联系在一起。我怀疑第四引擎有问题,对他们双方都不利。于是,调查组大部分成员都联合起来,以决定性多数压制我的主张。这不仅仅是单纯压制反对意见的行为!"

吉村君说起自己曾经在地铁站台上被人推入铁轨的危险经历,吓得由纪子脸色苍白,瑟瑟发抖。

"照你这么说,凶手是哪一家企业?"

她屏住呼吸,哆哆嗦嗦地问道。一开始就被吉村君推理深深吸引住的由纪子,总算开口说话了。

"暂时还不能断定,可疑点越来越大。"

吉村君喝了一口咖啡,润了一下嗓子。

假设吉村君的推理完全正确,说明丈夫也卷入了企业阴谋的旋涡。可丈夫又为什么要铤而走险呢?虽说家里还谈不上非常富裕,可结婚时自己从娘家带来的许多金银珠宝之类的财产陪嫁,也不算少。他本人又是一流企业的职员,收入也非常可观。作为大竹专务的有力臂膀,按理说前途无量,可是……

"夫人,"吉村君的目光更加强烈了,"夫人的娘家,听说是经营一流宾馆的?"

吉村君突然改变话题。可由纪子的脑子里仍在为丈夫思索,安彦怎么会跌入企业阴谋的陷阱呢?疑问,一直在她的脑海里盘旋。

"非常冒昧,您结婚的时候得到了许多家产,是这样吧?"

话题转变得奇怪、突然。可由纪子还在思索刚才的疑问,便随口"嗯"了一声。

"结婚后,您丈夫是否动用过您从娘家带来的财产?"

这时候,由纪子才如梦初醒,停止了刚才的思索。

——被他这么一说,还真有这么回事。结婚后,自己从娘家带来的家产渐渐减少。他与我结婚,难道是看中我家财产?既然结婚了,家里的一切就成了夫妻的共同财产。现金交给丈夫,有价证券也如数转到他的名下。丈夫用去不少现金,还变卖了大量有价证券。尽管丈夫连声说对不起,可据说钱都用在了正当的交往上。由于自己从小足不出户,对社会不甚了解,以为男人在社会上交往需要用钱,也就不去想入非非。可现在回想起来,丈夫拿钱外出,多半是为了那个女人。

"我怎么会这么傻呢!"

由纪子使劲咬着嘴唇,鲜血涌了出来。

吉村君觉得,由纪子原先对丈夫抱有的模糊信赖,此刻已消失殆尽。

"吉村先生，今天晚上我不想回家了！我要跟您走，无论哪里都行。"

由纪子语气坚定。她望着吉村君，那信赖的目光犹如一股股热浪激烈地抚摸着吉村君的全身。吉村君此刻的心里，也开始火烧火燎般地燃烧起来。随着无声的巨响，家庭的桎梏终于被这对男女挣脱、砸碎。

第十一章　生存的条件

1

为谷被送到地方检察院后，继续否认杀害大竹专务以及唆使乌托尼依更换部件致使飞机坠毁的犯罪行为。

其否认的语气，使检察官们察觉到：为谷也许不是出于量刑的角度，而是根本就没做。

法律上规定检察院的羁押时间，被空耗了许多。由于为谷对杀害乌托尼依的犯罪事实供认不讳，即便立即提起公诉也无任何妨碍。可为谷连续杀害大竹的疑点很大，加之与这起飞机失事案有关。在检察官看来，应尽可能有效使用所剩无几的时间，以达到预期效果。

在审讯为谷的同时，空港"8·11"专案组将为谷的上司——千代田通商公司专务杉原省造列为涉嫌人，向他发出了传唤通知。询问场所在警视厅的调查室里，与为谷上次被询问的场所相同。

杉原专务乘坐一辆高级进口轿车，悠然自得地朝东京警视厅缓缓驶来。虽大腹便便，但鹰似的锐利目光，显得咄咄逼人，杀气腾腾。

千代田通商公司，不愧在日本商业界里名列前茅，也不愧为千代田财团里遥遥领先的领头羊。眼前这位千代田通商公司的杉原专务，眉宇间透露出威严和自信。他生性好强，曾在太平洋战争中作为南太平洋孤岛的一名士兵，九死一生，从数百具死人堆里活了下来。由于生存意志顽强，更增强了他生活中的好胜心。当然，杉原专务的这段充满惊险、富有传奇色彩的苦难经历，警官们是不会清楚的。

询问过程中，如果老奸巨猾的杉原专务占上风，其结果将以警方失败而告终。

担任询问杉原专务的刑事警官是那须警长。对付像杉原专务那样的大人物，那须警长比较适宜。

在长期的刑事侦查生涯中，那须警长可谓身经百战，经验丰富。其大部分时间，用在如何对付穷凶极恶的罪犯上。他的脸部表情从早到晚没有一丝笑容，冷若冰霜，铁板一块。

他与对手在威严的表情方面没有多少差别。对手是有一定社会地位的人，询问方法必须慎重。即将对阵的那须警长和杉原专务，脸上似乎都露出小心谨慎、认真对待的表情，可谓旗鼓相当。

"真无脸见你们哪！为谷是我原来的部下，竟然做出令我难以置信的事情，给你们添了不少麻烦，实在对不起啊！"

杉原专务说这番话时，依然不失威严，仅说话语气上比较缓和。在这种场合，如果目中无人、狂妄，反而易于瓦解、失败。

"你说为谷是你原来的部下？"

那须警长的脸上流露出困惑的神色。如果设身处地站在对方立场上，即便没有那样的威严表情，那须警长一开始并没有找到理想的切入点。

"是的，他确实已经辞职。"

杉原专务脸上是镇定自如、若无其事的表情。

"辞职？什么时候？"

"大约十天前。"

"十天前，这也算早？"

那须警长的语气里，充满了愤怒。十天前，正是为谷被逮捕的时候。

杀人凶手不能保留一流企业的工作，谁都清楚。但在被捕的同时，就被公司开除，简直是……

从某种意义上说，为谷是为公司利益而杀人是不容置疑的。他的犯罪动机多半是立功升官的虚荣心所致，但毕竟是为公司的利益，倾其全部所能。这种犯罪，有可能给公司带来不利影响，迄今为止的贡献和政绩，也将遭到彻底抹杀，就像扔掉低值易耗品似的。由于为谷已经辞职，千代田通商公司可以大放厥词，极力声称该犯与公司无关。

很明显，为谷不是自己主动提交辞呈的。那须警长仿佛看到了企业的冷酷和自私。

"商业企业里，十天可以说是很久以前的啦。总之，商社的工作节奏很快。前些天，有一个只请了三天病假的职员，返回公司时已经被别人替代。像我们商业企业，人事部门是最苦恼的。"

杉原专务无所顾忌地笑了。他根本没把警方的审讯室放在心上，似乎仍是坐在自己办公室的感觉。为谷除否认犯罪事实以外，没有向警方出示任何与杉原专务有关的材料。因此，那须警长手上没有任何可以追问对方的材料。

有关杀害大竹和全日空飞机坠毁这两起大案，如果杉原专务被证实与为谷有关系，不仅企业名誉和利益一落千丈，还将导致自己立即倒台。在他看来，必须与为谷之间断绝任何瓜葛。

询问很快结束了。杉原专务的狡猾，远远超出警方的预先估计。

2

"混蛋！"

在从警视厅回公司的路上，杉原专务自言自语。他在发泄心里的愤怒，骂声很轻，连司机也没有听见。

以自己为中心的杉原派，正处在是否能掌握公司政权的微妙时刻。不争气的为谷偏偏干出这番蠢事，简直是忙中添乱。眼下司机在身边，不能发泄心中的怒气，只得忍气吞声，轻声嘀咕。

——为谷，确实是自己腰间上的一把削铁如泥的秘密匕首，可这把匕首差点刺向自己的脑袋。虽然他一贯唯命是从，宛如自己的得力臂膀，可现在必须与他拉开距离。为了自己的安全，距离拉得越远越好。现在，他一定在期盼我的拯救。可救他，意味着毁灭自己。像他这样忠诚的人，今后还能找到。唯独自己，一旦失去机会就再也回不到巅峰。

利害关系非常明确！为保护自己，杉原专务决意快刀斩乱麻，将为谷斩于马下。转而一想，光这样干还不行。在杉原专务的部下里出现杀人犯，可是反对派绝好的攻击材料。

只要与这些案件有关的情况，自己必须与为谷之间划清界限。我不止一次暗示过他，那些话大概没有其他人听见吧？

杉原专务的脑海里，仔细追寻着过去的记忆。陡然间，他的脑海里，翻腾起二十多年前在南太平洋孤岛上的痛苦回忆。

孤岛用于对敌人的攻击和防守，其地理位置是南太平洋上的大门。当时，日美两军展开了硝烟弥漫的战斗。在美军占绝对优势的炮火下，日军被剥夺了海上制空权。由此，日本的粮食和弹药补给线被掐断了。

比起战场上战死的人，更多的是饿死的人。在如此壮烈的战况下，大部队只得趁夜间乘驱逐舰突围。大家冒着空袭和舰艇炮火，朝驱逐舰停靠的海边疾跑。在密密的树林里，深一脚浅一脚地行进。一路上，许多同伴因生病和饥饿纷纷倒下。他们身上，连自杀用的手榴弹也没有。加之四肢不能动弹，只能艰难地死去，而后腐烂。一些活着还能行走的人，嘴里嚼着死人身上的肉，拼命朝海边行进。等到了海边，仅剩下三分之一的人数。

驱逐舰无法靠岸，只能停泊在距离岸边两百米远的浅海上。大家精疲力竭，可又必须游过去，而且速度要快。在游到驱逐舰前，一旦被敌机和敌潜艇发现就没命了。在游泳过程中，一些士兵由于精疲力竭而被大海吞没。当时，即便富有怜悯心，也心有余而力不足。为使自己活下去，大家都在奋力游泳。好不容易游到船边，又出现了一道难以逾越的障碍。那是船舷上十米左右的铁梯，只有沿着铁梯爬上去，才能登上甲板。

士兵们为逃脱死亡，使尽吃奶力气才游到这里，可还得爬铁梯。在苟延残喘的士兵们看来，爬铁梯最为残酷，比滚钉板还要可怕。铁梯高度虽只有十来米长，可它仿佛比天还要高。

"加油呵！"

"再加一把劲！"

甲板上，传来船员们的鼓劲儿声。可士兵们身体怎么也使不出劲儿来。为了活命，一定得爬上去。与其死在大海里喂鱼，倒不如腐烂在密林里。

同伴们拼命地拉着铁梯向上攀缘。有的好不容易爬到途中,可由于实在使不出最后的一丁点儿力气,坠入大海,再也没有浮出水面。

终于从海里挣扎出来的杉原,总感到脚上格外沉重。他往后望去,原来是平时与自己最亲密的战友。

"求求你,带上我!"

那人拽着杉原的脚,不顾一切地求杉原。他把生的希望寄托在杉原的脚上。杉原也清楚记得,战友家里有新婚一年的妻子和刚生下的孩子。

可杉原也已经奄奄一息,无力拯救自己的亲密战友。杉原晃动着脚,企图挣脱战友拽着的手。当战友察觉杉原的企图时,拼命地拽着。一个在甩脚,一个在拽脚,都在垂死挣扎。

"快松开!"

"求求你!带上我!"

在地狱般的战场上曾经相互帮助过的这对战友,如今反目成仇,恩将仇报。

"喂,再不松手,我就……"

杉原的脚上,承受着战友钳子般的力量。突然,他抬起脚朝战友的鼻梁蹬去。紧接着,又憋足全身力气,再次朝正在向自己哭诉的战友鼻梁上蹬去。这时候,杉原感觉到自己的脚仿佛踩在熟透了的柿子上。顿时,凄厉的喊叫声飞向空中,鲜红的鼻血四处飞溅。

由于杉原一连串的猛击,一息尚存的战友生命终于画上句号。

被杉原踢入水中的战友,很快沉入海底。漂浮在海面上的,是战友鼻子和嘴里喷出的鲜血。随着一阵浪涛扑来,鲜血立即被消融在水中而无影无踪。杉原顾不上"送别"战友,而是庆幸轻装上阵,一个劲儿地沿着铁梯向上攀缘。

甩掉了战友,杉原顿感自己正在渐渐离开死亡的边缘。

眼下的情景,比起当时简直一模一样。当时,面对不顾一切拽住自己的战友,怒火中烧,气不打一处来。无论谁都在竭尽全力使自己生存下去的时候,为什么有人却把自己的生存寄托在他人身上?不仅如此,还妨碍别人的生存。

在当时的战场上,两人确实相互帮助过。可关键时刻分秒必争!尤其在生死边缘,人应该依靠自己的力量战胜死亡。

为谷,如同当年的那个战友,也正在拼命拽自己的脚……

杉原触景生情,往事历历在目。

纵然没有飞机和潜水艇的攻击,可一旦思路迟钝、战术笨拙,便会失去宝贵的生命。

当前,自己身处巨大的企业,一旦有失误,失去的不仅仅是自己在公司内部以及在社会上的地位,而且还有……

"混蛋,蠢蛋!"

杉原不由得拉大嗓门一阵狂叫。司机以为上司在训斥自己,赶紧转过脸去。

"没你的事,没你的事!"

正当他向司机摇摆手的时候,轿车已经停靠在千代田通商公司的大本营——千代田大厦门前。

3

空港"8·11"专案组的侦破工作暂时搁浅。羁押在检察院里的为谷,依然坚持只杀了乌托尼侬的口供。

检察环节，凶杀案的羁押时间几乎都可延长。检察官们充分使用法律赋予的时间，收集认定为谷有罪的材料，以保证公诉的准确性。

由于为谷执意否定，检察官们开始从根本上怀疑为谷直接杀害大竹和唆使人致使全日空飞机坠毁的可能性。尤其大竹被害的当时，为谷既没有在作案现场的可能，也没有作案时间。加之双重密室之谜至今尚未解开。

负责侦破大竹被杀和解开双重密室之谜的空港"8·11"专案组内部，也有这种说法。

"也许除杀害乌托尼依以外，其他与为谷无关？"

随着时间的推移，这种观点变成专案组的主导意见。为确保破案工作顺利进行，那须警长决定召开专案组全体警官会议，展开讨论。

首先是杀害大竹的作案时间。为谷当时在纽约，且已经得到证实。唯一的可能性，或者是同谋，或者是唆使犯罪。但从迄今为止的调查情况表明，为谷周围尚没有出现异常情况。

所谓唆使犯罪，是指使那些不能承担法律责任的人代替自己犯罪。

"假设为谷是同谋或者唆使别人犯罪，杀手又是怎么出入双重密室的呢？现在，从犯罪嫌疑人嘴里打开缺口的尝试已经失败。我认为，有必要重新侦查现场。"

为诱导大家畅所欲言，那须警长的开场白很有启发性。

渡边警官早就等不及了，急忙站起来发言：

"我经过认真思索，为谷没有杀害大竹的动机。"

霎时，大家的视线集中到渡边警官的脸上。

"我们一直简单地认为，库鲁萨派为了有利于自己而除掉斯普鲁多派的核心人物大竹专务。可杀了大竹专务一人，并不能左右全日空机型选择委员的动向。比起大竹专务，吉村君的主张对库鲁萨派来说最具威胁。按理说，库鲁萨派首先除掉的应该是吉村健太郎。

"吉村君被人从站台上推到电车轨道的位置，却在电车停车区域的稍前方，很显然，罪犯并没有杀意。也就是说，罪犯从一开始起就无意杀害吉村君。我认为，这是库鲁萨派的一种警告。大竹专务，是一个颇具身份、举足轻重的大人物，杀他才能灭口。吉村君，是航空部的一般公务员，警告一下也就足够了。吉村君是专业人员，大竹专务是从基层上去的高层干部。大竹专务接触吉村君，是因为吉村君精通飞机结构以及有关技术。再说，吉村君又是飞机事故原因调查组的成员。尽管他在调查组里孤军无援，可比起实干家大竹专务，对库鲁萨派最具威胁。要杀，应该先杀吉村君。或者说，杀大竹专务和杀吉村君，至少应该同步进行。对于凶手来说，杀了大竹专务以后，吉村君应该是存在的最大危险。可吉村君却什么危险也没有。可见，凶手与全日空飞机坠毁事故之间没有必然联系。如果凶手没有参与全日空飞机坠毁的犯罪，无论吉村君如何坚持自己的主张，凶手理应不会有任何反应。

"正如为谷说的那样，在量刑方面，杀一个和杀两个都是一样。如果他是杀害大竹专务的凶手，肯定会招供。只承认杀害乌托尼依，不承认杀害大竹专务，也不可能减轻罪行。并且，我们也拿不出确凿的证据，证实杀害大竹专务的凶手与全日空飞机事故有直接关系。我认为，杀害大竹专务和杀害乌托尼依的凶手，相互间没有必然联系。也就是说，为谷的供词是真实的。"

当渡边警官终于停止他的"长篇报告"的时候，不知是谁深深地吸了一口气。这表明渡边的分析,道出了他早就在心里萌发的疑问。

"那么,到底是谁杀害了大竹专务?"

野村市松和小室由纪子,既不在作案现场也没有作案时间。

"接下来,我要说的是坠毁的全日空飞机。"

那须警长和山路警官相继发言。撇开为谷不谈,也就无法列出其他犯罪嫌疑人。可大竹专务的尸体解剖表明,确实是他杀。而全日空4301客机的坠毁,确实存在人为的破坏痕迹。

围绕犯罪嫌疑人为谷敏之的四个谜				
被害人包括飞机	乌托尼依	大竹义明	全日空飞机坠毁事故	吉村健太朗
自己招供×表示否认	〇	×	认可部分责任	×
动机	威胁	排除竞争对手	排除竞争对手	提出第四引擎空中脱离主张
对于为谷有利的方面		一无作案时间二密室三动机薄弱	一没有必要让飞机坠毁	一没有犯意
不利方面	一主动招供二熟悉当地三目击者四动机强烈		一由于乌托尼依死亡,唆使范围不清楚二如果坠毁在海洋中央不会留下任何证据	

"有关为谷的供词,我稍稍整理了一下。"

一直在桌上频频书写的河西警官,站起身发言。他走到黑板前,绘制了一个与刚才在笔记本上画的表格一样的表。而后,面

对大家,像老师上课那样向大家解释:

"为谷现在供认不讳的,只是杀害乌托尼依的罪行。其他三项犯罪,他一概否认。就这三项犯罪,我来比较一下对于为谷有利和不利。经过比较,是五比二。有关全日空飞机坠毁事故栏里的'一',对为谷是不利的。如果为谷杀害乌托尼依是事实,对于为谷来说,可能包含着百分之五十的有利因素。大竹专务栏里的'一''二',与吉村君栏里的'一',对于为谷来说,非常有利。也就是说,可以从根本上否定为谷的犯罪事实。按照这张表格分析,正如渡边警官说的那样,我也认为为谷只杀了乌托尼依一人。"

表格化的解释,易懂,富有说服力。

如果这三起案件相互之间没有内在联系,究竟谁是凶手?由于一开始就把目光集中在企业阴谋上,致使侦查工作走了一段很长的弯路。

河西警官也仅仅是通过图表化解释,强调三起案件是独立犯罪。而究竟哪些人是凶手,似乎也不清楚。

当会议室成员陷入一片沉思的时候,十君警官抬起脸望着大家,好像在说"我有办法了"。

那须警官眼尖,已经注意到十君警官准备发言的神情,便抬了抬下巴示意他发言。侦破会议,是一种集思广益、发挥集体智慧的会议。在大家踊跃发言的时候,往往会产生新的思路、新的启迪和新的发现,以防止在现实侦查过程中,出现推理小说里像名侦探那样的独断专行。

会议如果陷入沉默的僵局,就有可能达不到应有的效果。大家踊跃发言,不断亮出自己观点,才能高潮迭起,达到会议所要求的效果。

4

"刚才，我突发奇想。"

十君警官迅速阐述了自己心里的想法。

"为谷自己供认杀害乌托尼依的时候，说他既不知道乌托尼依的儿子被小室安彦的汽车撞死，也不知道小室安彦乘坐的是4301飞机。"

这又能说明什么呢？全体警官的目光不约而同射向十君警官。

"如果这一情况属实，无论为谷采用什么办法唆使，无论乌托尼依怎么'闹钱荒'，我想他们没有必要让飞机坠毁。"

"可事实上飞机已经坠毁，并且乌托尼依以此为由威胁为谷，结果被为谷杀害。"

那须警长插话。这不是反对，而是解释。

"是这样的。可成为威胁的唆使内容，眼下还无法断定。我是这样想的，如果唆使乌托尼依的是为谷以外的一个人，大家觉得可能吗？"

"你，你说什么？"

好几个警官异口同声。迄今为止，还没有一个人敢于这样推理。

"也就是说，向乌托尼依告发小室安彦乘坐4301飞机的，不是为谷，而是另外一个人。"

听到这里，没有一个人再表示疑义。刚才，由于突然出现的新思路，使大家无法立即接受。

"根据这种新的思路，推理是可行的，也是合乎逻辑的。我也模仿河西警官绘制了一张表格，向大家作一下说明。"

十君警官站到黑板前面。

"假设为谷以外的那个人物是'X'。设'X'将小室乘坐4301客机的消息暗示给乌托依尼为'a'。再设为谷的暗示为'b'。正如为谷供述的那样,'b'的目的不是使4301客机坠毁,而乌托尼依也表示同意。正当乌托尼依准备实施'b'的目的之际,出现了'a'的暗示,从而燃起了他的复仇烈火。变成'复仇狂'的乌托尼依,以此为转折,将'b'转换成'a'。就这样,全日空的4301客机坠毁了。

"可乌托尼依威胁为谷,始终把飞机坠毁的结果说成是'b'的目的,不断威胁为谷。也就是说,只有'X',才是知道小室乘坐4301飞机回国的那个神秘人物。

"为谷与小室之间,没有任何关系。而且,为谷知道小室乘坐那班飞机的可能性也极小。"

十君警官说完,会场上响起了雷鸣般的掌声。他的发言,为警官们破案带来了崭新的思路。

可"X"又是谁呢?大家面面相觑,不得而知。有关全日空飞机坠毁的推理说明,虽令大家比较满意,然大竹专务被杀,案情始终如云雾一般。

"众所周知,小室安彦唯独这次出差,投入三千万日元的巨额旅行保险。我总觉得他与这起飞机失事案有关,很有可能他没有搭乘这班飞机。

"据我们了解到的情况,在国际航班中,旅客登记簿上的一览表和实际旅客人数即便有一两个人的出入,飞机照样起飞。空港地面和空中等候的飞机,都在按顺序排队进入跑道,或者起飞或者着陆。试想一架飞机的每班航运价值高达数十亿日元,如果任凭在地面上等候,一分钟就将损失几万日元。就这一点来说,旅客登记簿是靠不住的。还有更重要的情况,小室的遗体至今没有下落。"

山路警官的鼻子下边又在冒汗。他一面擦汗,一面大唱反调:

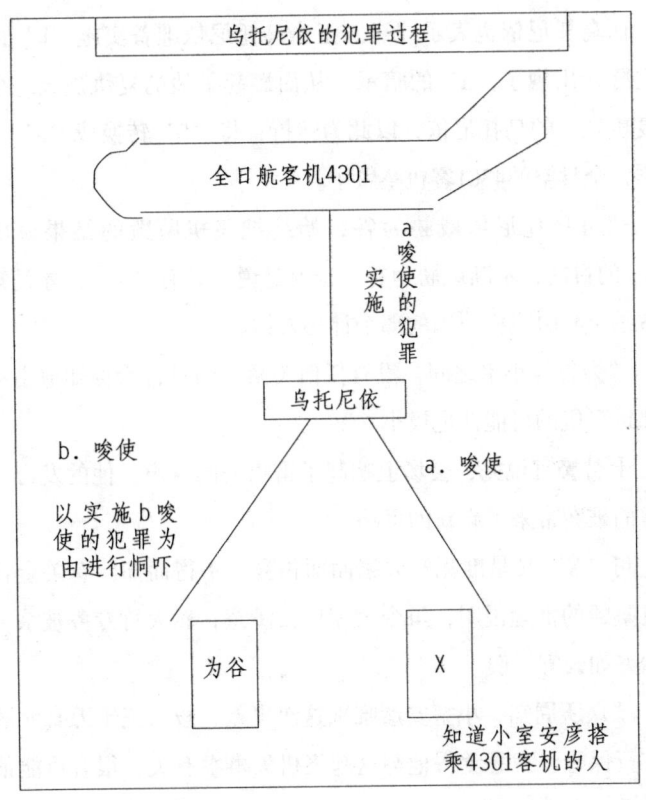

"不,小室安彦肯定在4301客机上。否则,乌托尼依是不会在飞机上做手脚的。对夺去他儿子生命的肇事者,乌托尼依恨得刻骨铭心,咬牙切齿,决不会忘记那张令他终生难忘的脸。在飞行过程中,飞机需要中途加油。每逢加油,所有旅客必须离开飞机。这种时刻,乌托尼依站在舷梯旁,非常容易对小室安彦加以辨认和核实。并且在最后一个中途空港清点搭乘旅客人数时,实际人数必须与一览表上的人数相一致。"

由于一连几个月在空港"8·11"专案组工作,警官们熟悉了一些航空专业上的基本术语。

"照你这么说,三千万日元保险金的定期投保金额,也不是什么大的数额。看来,可能是三千万日元保险金额的诈骗犯罪?"

"令我们感到奇怪的是,保险金领取人不是小室安彦的妻子。由此可见,小室安彦企图与那个女人联合诈骗巨额保险金。可仔细考虑一下,他们就为了三千万日元去让一架飞机坠毁,似乎又不太可能。况且,小室安彦的家境并不困难。他又是全日空公司的干部培养对象。三千万日元的保险金额,只需每月支付一万七千日元。也就是说,小室安彦不可能如此轻易地将自己的生命当作赌注,下在另一个女人的身上。"

小室投保的T海上火灾国外旅行伤害保险,是指一个月里的国外旅行期间,无论遇到什么伤害以及死亡事故等,就可以按照合同规定如数支付保险赔偿金给领取人。这一类保险,是个人保险的最高限额。超过这个限额,合同条件显得特别复杂。并且兑现时,具体情况具体处理,赔偿金额最后必须由部长裁定。

虽然三千万日元不是一笔小数。可每月仅需支付一万七千日元。对于小室安彦来说,每月的定期付款算不了什么。对于小室安彦的投保与领取人,横渡警官与十君警官就此进行了详细调查。保险公司回答说,虽是个人保险的最高限额,但这样的投保人并不少见。于是,怀疑有诈骗保险金犯罪行为的十君警官和横渡警官只得作罢。

"尽管如此,小室安彦为什么在领取人一栏上不写妻子的姓名呢?"

那须警长的目光炯炯有神,向大家扫视了一眼。

"经过调查,领取人确实是大竹专务的女儿,名字叫什么来着……"

"叫美和!"

横渡警官补充说道。尽管他曾经对那须警长报告过这一情况,可好像并没有引起他足够重视。最近一段时期,十君警官和横渡警官把目光集中在大竹美和的周围,却丝毫没有发现她与小室安彦接触的迹象。为此,空港"8·11"专案组坚信,小室安彦与4301客机一起坠毁在东京湾。

"小室除三千万日元的投保,还有一千万日元的投保,领取人姓名都是大竹美和吗?"

"是的。"

横渡警官与十君警官异口同声道。

"全日空飞机坠毁,不能与小室安彦诈骗保险金的单独犯罪混为一谈。但其与大竹美和之间的男女关系,最好仔细调查一下!还有,小室由纪子最近一直与吉村健太郎在咖啡馆约会。负责跟踪他俩的警官不可掉以轻心,要加强监视!也许能发现什么新的情况。"

会议结果,统一了专案组全体办案警官的认识:全日空飞机失事与两起凶杀案,皆为相互没有内在联系的单独犯罪案件。另外,唆使乌托尼依动手脚以致坠机的是一个神秘人物,被专案组假设为"X"。

第十二章　规模庞大的犯罪

1

得知丈夫背叛自己的真情，由纪子的心情由悲伤转化为愤怒，加之情感上一时冲动，当天晚上与吉村君度过了一个愉快而又难忘的良宵。

那天夜里的情景，由纪子至今回想起来还历历在目。吉村君把她紧紧地搂在怀里。他是那么地迫不及待，那么地如饥似渴。他尽情地抚摸着她那美丽的曲线，似乎生来第一次见到女性的胴体。由纪子的脸颊上，宛如升腾起嫣红的云朵，害羞起来。可她却像听话的小绵羊，依偎在他的怀里，任凭他……

自己与吉村君的生命接吻，是由于丈夫的无情而产生的逆反心理。回想那天夜里的几次高潮，感觉自己与吉村君之间的默契配合，仿佛很早以前就已经相爱和相伴。

与吉村君一起的那个良宵，让由纪子将她与丈夫近一百个日夜的新婚生活，抛到了九霄云外。

由纪子与吉村君，双方都希望以那天夜里撞击的爱情火花为良好开端，作为爱情的永久保证。

两个人都有家室，相会一旦突破最后防线，紧紧拥抱才是最安心的时刻。

没有爱情的做爱，在日常生活中屡见不鲜。但他俩已经把两颗受伤的心紧紧贴在一起。只有当身体相互紧紧依偎在一起的时候，似乎爱情才有了保证。

可打那以后，他俩没有再度良宵。既不是禁欲，也不是担忧，而是警方对他俩的行动监视越来越严密。

察觉到警官在跟踪他俩的，是吉村君。他得知为谷敏之已经被捕，也察觉自己身后仍有"尾巴"。

事实上，警官对于他俩的邂逅十分怀疑。

按理说，男女恋爱，警察不应该干预。

可无论他俩怎么相爱，一个是有妇之夫，一个是有夫之妇，是道德伦理所不能允许的。如果选择与情人宾馆幽会，跟踪的警官也许产生误会，视自己与长期憧憬的女性相会为荒淫无度。

在专案组里，这对男女的奇怪关系已经成为茶余饭后的话题。每一次遇上吉村君，由纪子都无法娓娓细说爱慕之情，只能把爱深深埋藏在心里。在由纪子看来，每一次约会不是幸福，简直是耻辱。不能越出咖啡馆，爱便不能进一步发展。而警方的紧紧跟踪，又难以摆脱。吉村君的心里，也是一样的痛苦。

可是精神的力量，将他俩紧密地连在一起。

"警察究竟怀疑我们什么？"

由纪子想。一定是丈夫的投保之谜！

丈夫，唯这次出差巨额投保。根据吉村君的推理，警官们似乎在怀疑她丈夫与全日空飞机失事有关。

如果真与全日空飞机失事有关，小室安彦应该还活着。如果他还活着，最先与他接触的首先是大竹美和，其次才轮到自己。

"肯定是这个原因，警官们才一直跟踪我。"

终于，由纪子找到了警方跟踪的答案。

2

十一月十六日，吉村健太郎突然接到上司命令，调他离开事故调查组，于本月二十日回航空部恢复原来的工作。吉村君没有表态。

可他心里牢骚满腹。他非常清楚，这分明是报复。他的主张，触及了两大财团的利益。总之，胳膊扭不过大腿。况且，这是部里的命令。美其名曰，属正当调动。再说调查组人员的配置，除重要人物以外，都由政府委托有关部门和社会团体推荐。

吉村君没有屈服。

"哼！我要与他们斗到底！"

吉村君无论如何不愿意放弃自己的正确主张。可自己已经不是调查组成员，不能在公开场合发表自己的见解。倘若自己的主张能揭露企业阴谋，那该有多好！公开史无前例的特大犯罪，应该与自己所处的环境无关。

他开始考虑第一个问题。

小室投保的四千万日元，领取人为什么是大竹美和？

与此同时，空港"8·11"专案组已经确定，唆使乌托尼依犯罪的是一个神秘人物，正在全力以赴搜寻。假设小室安彦与飞机坠毁有关，其与乌托尼依的存在是自相矛盾的。

唆使人为谷打听到小室安彦乘坐4301客机，便将这一重要消息通知乌托尼依。由于小室以最高保险金额为自己投保，证明他事先知道飞机将坠毁。可见，小室安彦与为谷之间有某种联系。小室伪造搭乘4301客机旅客的登记簿，而事实上没有坐上飞机。

如果在飞机起飞前瞬间离开飞机，其姓名无疑留在旅客登记簿上。可"复仇狂"乌托尼依，理应核实过小室确实在4301客机上的事实。

倘若经核实小室不在4301客机上，乌托尼依不可能如此轻率而冒天下之大不韪。若想置小室于死地，他必定仔细观察。作为保养班主任，找借口辨认仇人是轻而易举的事情。现在，飞机坠毁是不可改变的事实，而且小室也确实与这架飞机一起遇难。

如果为谷和小室是同案犯，与乌托尼依的存在无论如何是相违背的。如果事先知道飞机坠毁的阴谋，小室不可能乘上飞机去白白送死。何况，大竹专务介绍的美丽新娘正在盼望他归来。再者，他又是公司的干部培养对象。即便自杀，也不存在任何理由。就人生来说，正是他开始走向辉煌、踌躇满志的时刻。

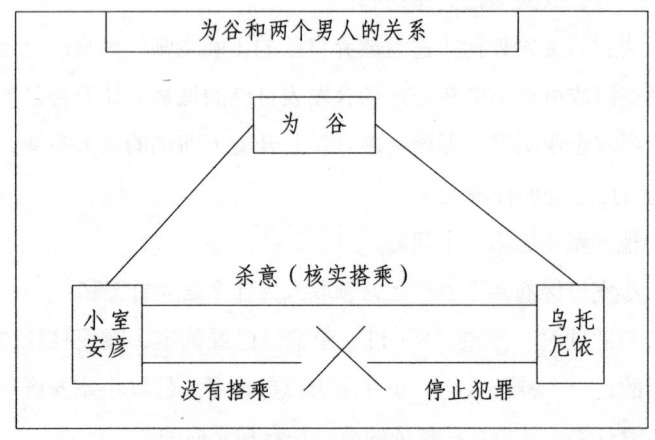

虽在小室看来，四千万日元是一笔巨款。可为这笔巨款去毁掉一架满载乘客的客机，似乎完全不合逻辑。

"小室与飞机坠落，可能没有关系！

"那又是谁指使乌托尼依的呢？如果为谷与小室无关，断定

'X'是为谷也是不合情理的。再说为谷不可能得到小室驾车撞死乌托尼依儿子和小室搭乘4301客机的准确消息。

"要么，千代田通商公司使用企业间谍？可小室安彦赴欧出差是临时决定的，即便使用企业间谍，也无法事先清楚具体的出差时间，也不可能知道飞机在飞行途中经过哪些停靠空港，更不可能把骇人听闻的企业阴谋赌注押宝在小室身上。他的欧洲之行，是临时代替大竹专务出差的，事先没有任何预兆。为谷与小室之间，至今也没有找到任何联系。

"看来，这背后肯定有一个神秘人物。"

猛然间，吉村君为小室安彦悲哀起来。作为由纪子的丈夫，曾经拥有过由纪子，可眼下，他不仅被怀疑为飞机坠毁案和保险欺诈案的犯罪嫌疑人，而且，还被怀疑充当过为谷的鱼饵。他那美丽的新娘，竟然又被别人占有。尽管由纪子是自己多年来梦寐以求的情人，可法律上是不能容忍他们的关系的。

"如果不代替大竹专务出差，那该有多好……"

吉村君心里充满了怜悯之情，嘴里不停地说着。无意识的自言自语居然使他大脑思路无限开阔起来，视野也无限宽敞起来。

刹那间，他惊呆了，茫然地望着远方。

3

"唆使人'X'，既清楚小室安彦乘坐4301客机，也知道小室安彦曾驾车撞死乌托尼依儿子。"

吉村君的新发现，给专案组提供了一个新的侦查切入点。

一天，吉村君突然拜访空港警署。他提示警方，究竟是谁处在最容易得到那两个消息的位置？

山路警官和渡边警官与吉村君非常熟悉。在光线昏暗的调查室里，他们与吉村君再次见面。由于只剩下那个房间，警官们觉得太委屈吉村君了。刚见面，第六感觉就告诉他们，吉村君带来了贵重礼物。

吉村君无暇顾及警官端来的热茶，屁股一沾上椅子就一语惊人，滔滔不绝地说了起来。

"那个'X'就是全日空公司的专务大竹义明！"

吉村君脱口而出。两个警官犹如丈二和尚，似乎连头脑也摸不着了。

大竹专务是第一被害人，死在第二被害人乌托尼依之前。因此，警方没有把他列入犯罪嫌疑人范围。

外行就是外行，吉村君简直信口开河！警官大失所望，脸色铁青，兴趣全无，语气也走调了。

"你那种推理十分自然。因为小室安彦代替大竹义明出差，对吗？"

如果即刻下逐客令，今后他再也不会为警方提供任何信息。无可奈何，警官们只能以礼相待，陪着消磨时间。

"设大竹义明为'X'，他唆使乌托尼依，你俩能赞成吗？"

"你，你在说什么？"

吉村君刚才那番话，警官们惊讶得语无伦次起来。大竹是被害者，又是全日空公司斯普鲁多派的核心人物，为何要毁掉自己竭尽全力支持的大型飞机呢？

吉村君依据自己的推断，仍在慢条斯理地叙述。

"大竹的女儿美和，刚披婚纱不久。新郎真壁慎一，是中央银行副总裁真壁慎一郎的长子。不用说，中央银行是中央财团的核心。中央财团以代理新型飞机为契机，企图把全日空列入自己的融资范围,与以千代田银行为核心的千代田财团展开激烈竞争。这一事实,已经众所周知。

"全日空公司斯普鲁多派大人物大竹义明,企图通过战略性婚姻,与中央银行紧密联合。这中间,好像有什么不可告人的秘密吧!"

吉村君说到这里,停顿了片刻。模棱两可的话语,促使警官们开动脑筋。事实上,他暗示对方,他已经嗅到"企业阴谋犯罪"的火药味。

听完吉村君的推理,两名警官已经清楚吉村君不愿意阐明推断结论。

大竹义明清楚乌托尼侬憎恨小室安彦。当小室安彦乘坐的4301客机在阿拉斯加空港作短途停留前,大竹义明通过国际电话通知乌托尼侬。当然,大竹义明早已知道为谷敏之唆使乌托尼侬制造故障隐患的阴谋。

疯狂的乌托尼侬,一旦得知小室安彦在4301客机上,必然超越为谷敏之唆使的范围。为给儿子报仇,无疑制造了致命的飞机故障隐患。飞机坠毁后,必然逃脱不了政府调查组的严密调查,为谷敏之势必被怀疑,进而殃及千代田通商公司,从而一举打垮千代田财团。

为了企业利益而使飞机坠毁,即便遭到怀疑,也足以使千代田财团受到致命打击。同时,中央财团就可从根本上控制全日空公司,逐步垄断航空市场。至于究竟引进何种机型之类的问题,也就迎刃而解。

以巨大都市为核心,形成巨大的企业王国。企业王国里,有近百家系列公司;而每个系列公司的下属公司,皆超过一百多家。如此规模的企业王国之间竞争,与当今世界上大国之间的战争如出一辙,同样是战火纷飞、血肉横飞般激烈。

大竹义明唆使乌托尼依,仅仅是简单的通知。

"4301客机上的旅客中间,有小室安彦。"

如此简短的国际电话通话,十几秒钟就足够了,不会留下任何证据。

这种鱼饵,乌托尼依会上钩吗?即便鱼不上钩,对于大竹义明来说,既构不成任何威胁,也挂不上故意罪名。如果鱼上钩,价值三十亿日元的飞机和一百三十八条人命,足以使千代田企业王国在中央企业王国面前俯首称臣,以达到吞并投降企业巨大利益的目的。

为此,不惜损失三十亿日元的飞机和一百三十八条人命。大竹义明适时扔入鱼饵,性急的乌托尼依无疑上钩。根据法律定义,事实上构成的"故意",与"未必"没有必然联系。

对于令世界震惊的"故意",竟然找不出相关的任何证据。即便乌托尼依活着,单凭告知"小室在4301客机上"这句话,也无法令大竹义明构成犯罪。

——也许……

警官的脑瓜子里闪出奇想,一种令人不寒而栗的奇想。

——安排小室安彦代替出差,也许是预谋?不,一定是预谋!

大竹义明的肩膀上,长着冷血动物般的脑袋。为了自己的利益,可以不惜牺牲一切。

乌托尼依大概不知道捅消息的人就是大竹义明!如果知道,理应直接威胁、敲诈他。如果知道,乌托尼依不会向为谷敏之提出一亿日元的要求。可见,真正的唆使者应该是大竹义明。

果然,乌托尼依按照大竹义明炮制的罪恶阴谋,协同行动。可即便如此,大竹义明还够不上神机妙算。他的罪恶阴谋有一个失算,那就是说,调查组里竟然出现两派势力的代言人;而且,调查组里的两大派系势均力敌,难分胜负,以致他的失算越来越明显。吉村君的主张,尽管有助于他的阴谋实施,可毕竟寡不敌众。处在两大派别的夹击之中,犹如躲藏在风箱里的老鼠,风声鹤唳。

大竹义明与中央企业集团共同策划的阴谋,吉村君绝不会同心协力。大竹义明也不可能向吉村君全盘托出,请他拔刀相助。为了激励吉村君,大竹义明将他从站台上推入轨道。血气方刚的吉村君知道有人暗算他,犹如火上浇油,必将大动干戈。大竹义明的举动,不是警告,而是注入兴奋剂。不用说,吉村君性情刚烈、疾恶如仇,早已被大竹义明洞察。为此,大竹义明做了充分计算,以人尽其才、物尽其用。

神秘人物"X"的答案一旦解开,大部分谜底则不攻自破。唯一剩下的一个谜:谁杀死了大竹义明?

4

根据吉村健太郎的暗示而形成的惊人推断,立即在空港"8·11"专案组会议上引起了空前热烈的讨论。

设大竹义明为解开"X"的答案,结果与所有情况相符。只是杀害大竹义明的那个人,仍然是难以解开的谜。经摸底排查,有杀害大竹义明动机的人中间,首先是千代田通商公司的杉原专务。可推断的大竹死亡时间,正是杉原专务与为谷敏之在美国纽约宾馆出席盛大酒会的时候。其次,是全日空公司内部对立派的首脑野村市松。有证词证明,他也没有作案时间。再者,是小室由纪子,经核实,她被列在杀人嫌疑对象之外。

"企业阴谋的一系列指示，皆来自中央财团。大竹义明也许仅仅被当作道具使用？"

有人持这种意见，就飞机事故调查组里"中央派别"的态度来说，他们激烈抨击吉村君的主张。因此，中央财团与大竹义明之间没有参与共同阴谋策划的迹象。倘若两者同谋，中央派别理应全力支持吉村君的主张。

由于杀害大竹义明的凶手迟迟没有出现，被视为企业阴谋的巨头们仿佛躲在黑压压的乌云背后，向警方发出狰狞的笑声。

犯罪嫌疑人为谷敏之羁押期满。横滨地方检察院小田原检察分院以公诉人身份，将其送上刑事法庭的被告席上。

第十三章　凄绝的交差

1

厚木"9·30"专案组对于为谷敏之的供词，终于调查完毕。由于空港的"8·11"凶杀案与厚木的"9·30"凶杀案之间，没有必然和内在的联系，经上级批准，厚木"9·30"凶杀案侦破专案组宣告解散。

与此相反，空港"8·11"专案组的搜索侦查尚停留在原地踏步阶段。

厚木"9·30"专案组以顺利侦破案件而胜利结案，而空港"8·11"专案组似乎陷入迷宫。专案组成立最早，侦查时间最长，却毫无效果。

那须警长已经好久没有回家了。专案组里的大部分警官的住所，距离空港警署较近，上下班很方便。可那须警长的家居住在练马区外围，途中需要换好几路电车，故而他常常住在空港警署的宿舍里。

最近，又一连好几天没有回家。身上穿的衣服，已经满是汗臭味。他打算回家洗澡，再取一些替换的衣服。他有一个小秘密，其实也算不上秘密，只是一旦被年轻警官知道，说不定会笑话他。因此，他从不对别人讲起自己的兴趣和爱好。

　　那须警长尽管已过中年，却是通俗音乐迷。微薄的薪水，买不起高级立体声音响设备。即便那样，狭小的住房里，还是购置了廉价的立体声音响设备和数十张音碟。

　　偶尔遇上空闲的休息天，他便打开摆放在墙角的立体声音响装置，一边同步哼唱，一边尽情地欣赏。由于都是他那个年代的歌曲和音乐，故而被上高中的儿子打入"冷宫"。

　　最近，那须警长又特别思念这些老歌。

　　由于全身心投入侦破工作，与自己酷爱的音乐分别了很长时间。这种渴望，简直难以言喻。

　　在专案组里，诸如《爱似蓝天》和《通向明天的桥》这一类软绵绵的情歌是不允许听的。

　　今天，那须警长风尘仆仆，从最南边的羽田空港，横穿整个东京都市，回到北边练马区自己的家。比起回家洗澡和换衣服，更渴望的莫过于尽情地欣赏一番音乐，过一把久违的瘾。

　　今天回家，正值遇上与众多上班族下班回家的时间，因此被卷入你推我搡的交通高峰。乘坐公共汽车来到蒲田，再从品川来到山手线。在涉谷周围，下班族人头攒动，熙熙攘攘。

　　那须警长挤在人群中间，不时浮想联翩。每天挤在人群浪潮中的上班族们，比自己不知要幸运多少倍。

　　车厢里人山人海，上班族们每天准时从家里出来，准时返回家里，过着和平幸福的生活。而警官则不然，一旦案件发生，就必须投入侦破工作中去，并且不允许有任何私心杂念。

　　他的一些同事，由于长期住在专案组里，回家时竟然把乘坐电车的顺序忘得一干二净。那须警长想，如果这次回家是抱着胜利结案的心情，那该有多好。

那须警长用右手拉紧电车顶上悬挂着的安全吊环,无意识地眺望着窗外,大脑自然而然地思索起"8·11"凶杀案。

现场是密室,而且是两重密室。

谜一般的密室,一刻也没有离开那须警长的沉思,始终盘旋在他的脑海里。即便陶醉在酷爱的音乐里,脑瓜子里也时常翻腾着谜一般的密室。

侦探推理小说里,说到过密室。在喜欢侦探推理小说的读者中间,热衷于密室的人似乎并不多。据说作者喜欢在密室上大做文章,故弄玄虚。小说最初编写的密室,是罪犯绞尽脑汁,伪造的第一现场。后来,密室之说到处泛滥,而且生搬硬套,以致小说结构与情节设计之间极不自然。读者们不欢迎这一类侦探推理小说,觉得作者不应该在密室上大做文章。

但那须警长手头上的凶杀案,都发生在现实生活中,也确实有密室作案,并且是双重密室。房门内侧,不仅上有保险,还挂有安全搭扣。更令人感到不可思议的是,房门外侧的走廊上有服务员时刻监视的目光。如此戒备森严的房间里,竟然发生凶杀案。服务员的证词,没有怀疑的理由。杀人凶手居然冲破两重密室,溜之大吉。这究竟是怎么回事?杀人凶手为什么偏在两重密室里实施杀人行为?

面对谜一般的两重密室,他们始终彷徨徘徊,至今查找不出凶手制造密室杀人案的理由。

正在深入思索的时候,池袋地铁车站到了。那须警长准备在站上换乘西武线,在人流的推动下渡过横跨立交桥。这一回的电车上,终于有了座位。

随着电车徐徐启动,刚才中断的思路又活跃起来。

为什么要制造密室?其中必有难以言喻的理由。只要找出理由，密室之谜也就不攻自破。

那须警长回忆起曾经读过的《密室集》。

密室诡计，大致分为三种类型。

第一，天花板、墙，或者地板上，有秘密通道。

第二，门上和锁上安装机械性的机关，可以从门外侧挂上锁的内保险。

第三，利用心理上的错觉。或者在室外使用凶器；或者在行凶时，制造凶手或被害人不在室内的假相等。

除上述以外，三种类型的密室作案手段常常混合或错开使用。

就本案来说，第一种类型应该排除；第二种类型已经做过种种实验，可能性不大；剩下的，是第三种类型。那么，所谓心理上的错觉究竟是指什么错觉呢？按理说，应该没有产生错觉。经过地毯式的严密搜索，却没有发现任何破绽。这难道是错觉吗？

思索停滞不前……猛然间，哈欠一个接着一个，他全身感到疲软。思考戛然中断，似乎是一种疲劳的信号。电车开始减速，驶入那须警长回家的最后一个车站。以往，电车驶入站台时，车厢里几乎空空荡荡的。今天，车厢里一直处于拥挤状态。快要到站了，拥挤情况与始发时没有多大变化。

他深深体会到，大都市的膨胀，给交通带来了拥挤不堪的现状。

2

草场警官的调查，有了突破性的进展。大竹美和，不是大竹义明的亲生女儿！他俩的真实关系，是养父与养女。

小室安彦在保险合同上的领取人栏里，为什么要写大竹美和？为查明事实真相，草场警官在美和的住宅周边神出鬼没地展开了仔细调查。在当地派出所的户籍档案里，草场警官突然发现这样一段记载，从而了解了大竹美和的身世。

大竹美和的亲生父母，于十几年前因所乘客机失事而遇难。其父亲家永谷之，是当时涌现的小说作家新秀。

昭和三十×年三月，为出席巴黎举行的世界文学作家会议，家永谷之偕妻子女儿一同前往。他们乘坐的，是全日空461航班白峰号喷气式客机。该航班经由北冰洋上空飞往英国伦敦，在途经阿拉斯加上空时，该机发生重大故障而紧急迫降。当时，家永谷之夫妇俩遇难身亡。机上九十一名旅客和机组人员中间，仅十人幸免于难，其中就有大竹美和。

当时，家永谷之以其卓越的文学天才一跃成为新锐作家，正是观察社会、大显身手的时候。如果他活着，一定会写出许多深受大众欢迎的小说。根据其尖锐的洞察力和富有想象力的聪颖，将来必成大器，必将成为一个优秀的大作家。可惜的是，由于遭遇飞机失事而英年早逝。

当时，草场警官还在中学读书，拜读过家永撰写的好几本小说，十分崇拜。

"哦，大竹美和的生父，原来是家永谷之？"

脸上不太流露感情的那须警长，居然瞪大眼睛，半响没有说话。据说，那须警长本人也曾是家永谷之作品的崇拜者。

作为一个文学青年，那须警长受到过家永作品的影响和激励，曾有过一时冲动，立志将来当家永那样的小说家。草场警官一边望着那须警长，一边好奇地想象那须警长年轻时的情景。那张毫无表情的脸，竟也有过对文学的憧憬。不知道他当时是以什么样的表情，阅读家永作品的。

草场警官真希望时间倒转，再回到那须警长的年轻时代，目睹他当时的情景。可此时此刻，草场警官还有一个更重要的消息需要向那须警长报告。

"救出大竹美和的那个救命恩人，你知道是谁吗？呵，就是大竹义明！当时，他是那架失事飞机上的客舱乘务长。"

"你说什么？"

那须警长由于说话时用劲过猛，屁股下那把椅子发出"嘎吱"的响声。

"那是真的吗？"

"是真的。我这里有当时的事故记录，是向全日空公司借来的。这是全日空公司当时从幸存者那里收集来的证词，完全可以相信。"

那须警长伸手接过那本厚厚的原始记录，贪婪地阅读起来。读完后，闭起双眼一声不吭地陷入沉思。

这一突然出现的新情况，究竟应该如何解释？它与"8·11"凶杀案本身有什么必然关系？如果有，应该是怎样的关系？

专案组全体办案警官紧张地你望望我我望望你，焦急等待着头儿的命令。终于，那须警长抬起脸扫视了大家一眼。

"记录上的所有幸存者，大家分组一一拜访了解。虽已经十多年过去，可也许还有活着的，或许也有情况不明的。总之，大家设法找到活着的人，当面了解飞机失事当时的情况。"

听完那须警长的命令，专案组的气氛又变得活跃起来，大家立即分头行动。大竹义明领养大竹美和，其中必有某种原因！大竹义明为什么要收养美和？据说是大竹义明亲自将她救出冰天雪地，故而把父亲的感情倾注在她的身上。仅仅是这个原因吗？其中，肯定还有什么非常复杂的原因。

追本溯源，必须从十多年前的那次飞机事故中着手调查。
警官们纷纷离开专案组，出发了。

3

经过一番调查，又一个令人吃惊的新情况出现了。由于过去十多年，已经有好几个幸存者命赴黄泉。他们的死亡原因，不是年迈体衰，而是因为交通事故以及患病。他们死亡的时候，年龄还很轻。

打听幸存者消息的工作不得不中断。又经过耐心寻找，终于找到两名旅客和两名机组人员。幸存者中好像有一两个外国人，现已经无法找到。

作为当时的幸存者，画家平田君告诉警方：

"大竹义明那家伙不是人！胡说什么，只有能行走的人，才有生的权利。他竟然下令，把伤病员全扔在冰天雪地里冻死饿死。对于被抛弃在冰天雪地里的伤病员们，居然连毛毯和食品都强行没收。还说什么，要死的人最好是光着身体。我上前阻止，他竟然企图扔下我。唉，已经是过去的事了。现在说真话，也是出于无奈。那家伙被杀，是罪有应得，咎由自取。"

还有一位幸存者，现正在经营一家贸易公司。他叫古贺。

"那等于是杀人犯罪！可要是这么说，我们这些幸存者都是同案犯。当时，我们与大竹义明一起，把那些伤病员扔在冰天雪地里。虽不是同谋，可既然是人，理应上前阻止。事实上，我们都扮演了帮凶的角色，犯有间接杀人罪。无论在什么场合，强者才有生存权，而弱者只有死亡权的这种论调，是毫无道理的！可当时，没有一个人敢站出来阻止。因为都庆幸自己有可能活着出去，就昧着良心不再说什么了。我们活着的人，都隐瞒了当时的这一事实。由于飞机失事，留在现场的，没有一个是活的。据说，救援队当时也没有怀疑什么，只认为幸存者已经突围。

"驾驶舱里的机组人员，全部死了。飞机失事后，调查组举行的听证会，也仅仅是走过场流于形式。总之，我们这些能活下来的人，确确实实应该归功于大竹义明。

"如果没有他的果断和勇敢，也许我们早就离开人间了。如今，他也去了，我也不想说那些鞭挞他的话。"

当时担任乘务员的山口君，现在是东京一家宾馆学校的讲师。

"大竹义明当时的行为，在那种场合下也是不得已而为之。没有大竹义明，大家都得死。可活下来的就这么点人，也确实让别人多少有点怀疑。可不管怎么说，我还是不能原谅他，当然也不能原谅我自己。我辞去全日空公司的工作，也是因为讨厌大竹义明的人品。虽然他收养了当时活下来的孤儿，可能也是良心没有完全泯灭的一种表现。或者说，以此将功赎罪，逃避良心的自责。可我觉得，那是无法饶恕的犯罪。"

幸存者只有一个不声讨大竹义明罪行的。当时担任乘务员的前川奈美，如今是有两个孩子的家庭主妇。

"活下来的人，不应该非难大竹义明。当时，大家都在生与死的十字路口上犹豫不决。可大竹义明带领我们选择了前者。我心里非常清楚，他对于自己当时的'狠毒'一直感到十分痛苦。

"他才是真正的男人！大家干不了的事，他敢干，而且一马当先。那种场合，要想死比什么都容易。尽管当时他被骂得狗血喷头，什么野兽啦、冷血动物啦，等等。可他的出发点，是为了能救出更多的人。为此，他勇敢地挑起代理机长的指挥员担子。可以这么说吧，那是需要极大勇气和意志的。

"他并不是出于自己活下去的需要,而是为救更多的人。我们活下来的事实,足以证明这一点。假若有人责备他,只应该是在那里死去的人。可在那些死去的人中间,也有人支持他、肯定他的果敢行为。

"对于不能行走的人,他并没有全部扔下。就说那对死去的旅客夫妇吧,他们唯一的女儿是大竹义明背在背上获救的。女孩儿的生父叫家永谷之,是当时一个小有名气的小说家。为了他的孩子,大竹义明没有再婚,既做父亲又做母亲。听说那女孩长大成人,嫁到一个非常阔绰的银行副总裁家里做媳妇。如果家永夫妇在九泉下有知,一定会感激大竹义明的。"

前川奈美一边擦泪,一边追述往事。那段亲身经历使她感慨万千,心潮起伏,也表达了她对大竹义明的勇敢,充满了爱慕之情。

不管怎么说,大竹义明在飞机紧急迫降的非常情况下,将老弱病残的伤员遗弃在冰天雪地里的事实,是毋庸置疑的。功过是非,姑且不论,可把强者的生存建立在蹂躏弱者基础上的行为,是无论如何不能容忍的。

4

大竹美和的父母,就是被大竹义明抛弃在冰天雪地里的那对夫妇。这一铁的事实,给"8·11"凶杀案的侦破带来新的进展。

"当时,大竹美和才五岁。一想起养父将其生身父母扔在冰天雪地时魔鬼般的模样,无疑自幼怀恨在心。应该说大竹美和是有杀人动机的。"

根据全体警官收集到的信息，那须警长作了综合性分析。从他说话的语气里，显示出必胜的信念。对于濒临解散的专案组，犯罪嫌疑人的出现，不啻一股温暖的春风。

"但是，假设大竹美和为犯罪嫌疑人，似乎有一定难处。"

渡边警官说出自己的想法。

"在接受大竹义明的养育过程中，大竹美和的心里理应产生了父女之情。事实上，大竹义明喜欢大竹美和，是众所周知的。周围的人都说，这对父女感情胜过有共同血缘的亲人。五岁时候的记忆，是十分模糊的。经过十多年的抚养，说她还有复仇心理是无法理解的。如果真有复仇心理，她也不必等到现在。"

那须警长连连点头。在他身上，没有压制别人发言的缺点。他擅长集思广益，故而大家的发言十分踊跃。原本是信息交流的侦查研讨会，现在成了大家比智力、比分析的演讲现场。那须警长善于听取部下意见的良好作风，使会议更趋活跃，不断爆出冷门。

河西警官说道：

"我想说的是，大竹美和没有作案时间。大竹义明被杀，是晚上九点以后。而九点前后，大竹义明的秘书挂电话到房间，还与大竹义明通过话，证实大竹义明活着。

"当时，大竹美和被众多亲朋好友簇拥着来到登机口，而后上飞机去夏威夷。这种时候，她怎么可能返回大竹义明房间行凶，并且……"

"请等一下说！"

那须警长平日里很少有过这种激动，尤其像这样粗暴打断部下的发言。他那严峻的目光，绕着天花板转了一圈。

"刚才，我突然想到了一个问题。当然不是大竹美和在众目睽睽之下潜入大竹义明房间行凶，大竹美和出现在登机口时，表明行凶已经结束。我这个观点，大家觉得怎么样？"

那须警长说出大胆的设想。大竹美和出现在登机口的时候，不是行凶前，而是行凶后。可阻碍这一推理的，是秘书吉井君的证词。他当时与大竹义明在电话里通话，证明大竹义明还活着。吉井君的证词，是可以信赖的。假设大竹美和当时已经杀了大竹义明，大竹义明不可能与吉井君通话。经过调查核实，现场没有录音机之类的东西。

可那须警长认为，在大竹美和行凶后，大竹义明没有立即死亡。

通常，伤口外表观察和解剖的死亡推断时间，与被害人实际死亡时间多少有点差异。以可以相信的证词时间为基准点，即他鉴定的死亡时间比基准点稍前一点，也是可能的。如果没有证词，死亡时间的基准点多少应该向前推移一点。

就科学鉴定的死亡时间而言，证词只能是一种补充。因此，绝对信任"补充"，有可能产生盲区，导致侦查误入歧途。

其次，除非他当场死亡，否则，受伤时间和死亡时间未必一致。曾有被害人心脏部位被刺穿后，竟然延续了长达二十五分钟的生命。即便被视为致命伤，也有生存一段时间的可能。因此，被从乳头部位刺穿左肺叶上部的大竹义明，受伤后仍有短时间的行动能力。

受伤后的行动能力，因受伤部位不同而异，是解剖鉴定上最难鉴别的。大竹义明尸体的解剖结论，没有断定当即死亡。假设大竹义明受伤后还活了一段时间，那结果又怎样呢？

结果可以证实，大竹美和没有作案时间之说是站不住脚的。也就是说，大竹美和行凶后返回候机楼大厅，而大竹义明是带着伤痛与秘书吉井君通话的。

　　证实这一说法，还有一个有力的证据：大竹义明没有为大竹美和送行。唯一的女儿去蜜月旅行，作为父亲，无论如何应该送行，再说他当时就在空港的宾馆里。尽管如此，他却留在房间里没有去送行。也就是说，大竹义明当时正处在想送行却不能送行的窘境。

　　如果真是这样，他为什么不向吉井君发出求救的呼喊呢？

　　当时，大竹义明处在报警和父爱的悲伤交加的十字路口。所谓杀人行为，加害人和被加害人都将成为憎恶的化身。憎恶的质变，酿成杀人结果。被害人心理当转换成对凶手的憎恨时，便气绝身亡。

　　庇护凶手的被害人，也是存在的。遇上子女杀害父母亲的场合，被害人也许在临死前不以相同的仇恨目光面对凶手？

　　"快逃！快逃！"

　　被害人尽管身负重伤，濒临死亡。可为使孩子免于承担刑事责任，不让杀人罪名玷污自己的下一代，也会对凶手施以最后的保护。从法律上说，杀害长辈亲属的罪行，会比杀害他人加重处罚。或者无期徒刑，或者死刑。即便杀害养育亲属，量刑时，与杀害长辈亲属同样论处。

　　杀害年过半百的父母亲，行凶的子女有可能被判处死刑。如果被判处无期徒刑，他们将在监狱里度过余生。

　　"你别管我，快逃！剩下的，我自己想办法！"

　　身负重伤、行将消失的意识，在人生的最后时刻出现一种有意识的挣扎。这种时候，被害人的意识显得特别清醒。当时，也许大竹义明拼命地挥手，示意女儿逃走。放走女儿后，大竹义明为了伪装自杀现场，关上房门，挂上安全搭扣，再捡起女儿行凶后留在现场的匕首攥在手里,并且一把握住锋利的刀刃。

将房间变作成密室、伪造自杀现场后,还是不能死。女儿是否安全逃离了?尽管父亲受到女儿致命刺伤,可仍竭尽全力延长即将熄灭的烛光,以祈求女儿逃到安全区域。

是父亲那颗慈善的心,延长了自己危在旦夕的生命。

女儿美和离开房间的时候,大概没有让人发现吧?大竹义明这时候的心情,也许无比壮烈、痛苦不堪。

大竹美和新婚旅行的出发时间已经迫在眉睫。察觉大竹义明没有为女儿送行,无疑有热心肠的人给大竹义明打电话。原打算在有人打电话前或者有人前来迎接自己的时候,制造密室房间内的自杀现场。但是,有人打电话来的可能性极大。果然不出大竹义明所料,秘书吉井君的电话打进了房间。

大竹义明忍受伤口的剧烈疼痛,以十分平静的语气在电话里对答如流,成功地制造了大竹美和没有作案时间的假象。

当电话里确认自己的女儿平安无事后,大竹义明挂断电话后便安心地咽下最后一口气。因此,大竹义明脸上没有出现痛苦和不安的表情。这种表情是父亲的那颗善心所铸就的。

在他临终前瞬间的意识里,也许浮现出女儿幸福的家庭,或许尚存一丝没有见到外孙的遗憾。

然而,大竹义明没有来得及注意匕首的握法。当时,他的意识无疑处于恍恍惚惚、模糊不清的状态。

由于刀刃与伤口不相吻合,以致他的良苦用心化成泡影。他的错误握刀方法,成为强有力的他杀证据。

那须警长把自己的想法,一股脑儿地端给了大家。他的"子女杀害父母与被害父母逆向维护子女"的论点,使在场的警官肃然起敬,刮目相看。可要真正使大家对那须警长的这一论点心悦诚服，还必须解释两个疑点。

其一，室内的安全搭扣。即便大竹义明自己挂上，也还是存在大竹美和如何躲开来自服务台的监视视线的疑问。根据死亡推断的时间段，先后在服务台值班的两名工作人员，都一口咬定没有人员进出314房间。

从晚上六点到九点，是保安员江森君代替值班。九点之后，是女服务员大石小姐值班。假设大竹义明在吉井君打电话之前已经遇刺，行凶时间应该是江森君值班的时间段。可他坚持说，没有看见有人进出314房间。

从伤口情况以及解剖结果判明，大竹义明被刺后的生存时间不是很长。根据吉井君的证词，即便死亡时间稍有前后误差，也很难骗过法医尖锐的观察力。在江森君六点值班前，大竹美和行刺的可能性绝对没有。

其二，是杀人动机。大竹美和被大竹义明养育十多年，依然保持复仇心理这一说法不合乎逻辑。

突破不了这两道难关，那须警长的论点就难以深化，也就无法逮捕大竹美和。

可那须警长的论点，突破了密室这道防线。从而，大竹美和没有作案时间的假象被撕开了。制造密室，有其必然理由。虽还存在两道难关，但那须警长的论点，确实使密室的一系列疑点迎刃而解。大家表示赞同。

于是，围绕最新浮现在侦查线上的涉嫌对象，制订出了新的侦查方案。

（一）设定与吉井君通话前，为大竹义明遇刺时间。对这一时间段展开调查，以核实大竹美和是否有作案时间；

（二）复查大竹美和与小室安彦之间的男女关系；

（三）再度向宾馆保安员和服务员了解当时值班的情况，对现场再度展开搜查取证。

5

大竹美和无法证明自己有没有作案时间。她本人强调说，当时自己在大厅里。可送行人中间，没有人为她证实。就连新郎真壁慎一也说，宴会结束后见到她的时候，是晚上八点四十分。

"多半在休息室里吧。女人换衣服和化妆是需要很长时间的。"

真壁君不清楚新娘目前的处境，若无其事地道出了这一情况。可经过调查，晚上八点以后在休息室的人中间，没有人证明看到过大竹美和。结婚宴会结束后，新婚夫妇即将开始蜜月旅行。而且，起飞时间迫在眉睫。这种时刻，新娘不可能关上门精心化妆，更不可能几次三番地出现在人们面前。

除婚礼仪式以外，新娘大部分时间在休息室里边休息边等待。趁这一段空闲时间，新娘完全有可能在同幢宾馆里的某个房间往返。如果身穿普通衣服，一般不会引起别人的注意。可出入314房间时，不可能避开三楼服务台保安员的视线。当警方再度向江森君和大石小姐了解时，他俩仍坚持说没有人进出314房间。

"在同一时间段里，我们模仿他俩值一回班，也许能发现什么！"那须警长提议。

刑事侦查界里流传一句俗话，叫"现场百回"。也就是说，现场必须经过无数次反复调查，自八月十一日案发以来，警官们毫不在乎宾馆工作人员的冷眼，在314房间及其周边进行严密搜查。并且坚持在晚上六点到十点多的时间段布控，观察案发后的现场及其周围动静。

由于布控的警官太多，以致空港宾馆的经营层面露难色。为此，专案组挑选山路警官和渡边警官留在现场布控。好在发生凶杀案的314房间，正巧在空港警署所在地的正上方三楼，上下距离很近。不过，他俩对值班实验的成功与否感到格外紧张。宾馆方面也十分配合，按照原来的案发地点和案发时间，安排江森君和大石小姐先后在三楼服务台值班。

在各楼层上的楼层服务台，是楼层客房服务员的常驻场所。

房客一进入房间，服务员立即送上热水瓶和浴衣等。待房客住宿结束离开宾馆后，随即安排工作人员打扫整理房间，准备迎接新的客人到来。

化装成服务员的警官，从下午五时开始站在服务台里一边值班，一边监视走廊。大石小姐他们也站在旁边听候客人吩咐，为客人服务。在大石小姐他们走开的时候，旅客误以为警官是宾馆工作人员，便吩咐他们。

"茶叶有吗？"

"有晚报吗？"

"把针和线给我送来！"

"我肚子疼，有什么好药吗？"

走廊上旅客川流不息，吩咐不断，内容丰富。

"宾馆的客房服务台，还真够忙的！"

警官暗暗吃惊。他们进入服务台值班的时候，正是这家宾馆迎接新旅客的时间段。一到七点，旅客进出开始少了起来。到了八点，几乎没有人进出。走廊上，静悄悄的。

从八点开始，警官紧张起来。吉井君打电话的时候是九点，按照那须警长的观点，凶手进出314房间是吉井君打电话之前。

也就是说，从晚上八点到九点是最可疑的时间段。

走廊里，没有人影，鸦雀无声。站在服务台观望走廊以及紧急楼梯的出入口，一览无余。虽灯光不太明亮，却足以照见人影。

"像这样的光线，除非是透明人，要不然是不可能躲过服务台视线的。"

渐渐地，警官从紧张转变成失望。

八点二十分左右，从服务台望过去，距离左侧最近的房门开了，走出一个中年男子和一个年轻女郎。

"我们退房。"

中年男子看到服务台里有两个大男人，似乎有点不好意思。

"谢谢，结账请到总台，房间里我检查后会报告总台的。"

大石小姐不知何故，语气十分尴尬。

"怎么这么晚退房？"渡边警官问道。

江森君面露愧色，脸红起来。

"实在对不起。像这一类客人，总台尽量不允许他们住进来。可他们手上有国营运输公司的联票，只好让他们住在这里。说好今天晚上有警官在这里监视，可总台接待人员还是忙中添乱，不知他们怎么搞的。"

江森君的话，引起渡边警官的高度警觉。江森君羞涩地解释，强调说明宾馆方面是极力禁止卖淫女与房客同宿的。可预约客房的时候，接待人员是不可能对客人的情况完全了解的。况且像国营运输公司经营的联票，在总台看来，即便明明知道男女房客不是合法夫妻，也只能睁一只眼闭一只眼。

"……类似这样的房客，多半是在傍晚办完手续进入客房的，几乎不在这里过夜就退房。不知是男房客害怕妻子猜疑还是其他什么缘故。像这种情况，以前是不允许的。可最近，市中心宾馆由于客房爆满，这些客人便拥向周边地带的宾馆。说实话，我们也是苦不堪言。"

江森君就连房客带情人入住，也感到难以启齿。事实上，向自由恋爱者提供场所，根本不违反法律。江森君似乎有什么误解，而渡边警官他们也不属于行为风流的人物。为了侦破"8·11"凶杀案，根据专案组命令，他们双双被派到这里担任服务员。渡边警官苦笑着重新将视线移向走廊。就在这时候，山路警官突然"喂"地连叫两声，把双手抱在胸前。

"你瞧！"

山路警官指着走廊的某个角落。

"凶手可能隐蔽在那个阴影处！"

"哦？哪里？"

这一回，轮到渡边警官感到惊讶不已。

这家宾馆的所有客房，门都是朝外开的。刚才退房的那对房客，其住宿的311房间，门也是朝外开的。他俩退房时，是敞开房门走的。其目的是为了让打扫和整理房间的服务员一目了然，311房间的房客已经退房。

为了不影响服务员观察走廊的视线，几乎所有宾馆的房门都是朝里开的。唯独羽田空港宾馆客房的房门，是朝外开的。也许是老式建筑，以此表明房内没有特别服务。

瞧！刚才退房的311房间的门打开的状态，与走廊几乎呈九十度直角。宽度约八十厘米、高度约两米的房门，遮挡住服务员的视线，形成了可移动的盲区。敞开的房门，占据了三分之一的走廊宽度。

如果对面某个房间的房门同时敞开，两扇房门可占据三分之二的走廊宽度。也就是说，可移动盲区占据了三分之二的走廊。

如果八月十一日晚上八点到九点之间，311房间、312房间和313房间其中任何一个房间的房客退房，凶手便在可移动盲区的掩护下，神不知鬼不觉地通过走廊，堂而皇之地出入314房间。

警官突然拉大嗓门，向身边的服务员问道。

"不查阅一下总台的旅客登记簿，难以回忆清楚。可被你这么一问，那天晚上好像有退房的旅客！"大石常子一边回忆一边答道。

警官即刻下楼来到总台，查阅到了当时的记录。果然有一对冒名花冈关男的情人房客，于当天晚上八点十二分退房。房间号码是312。

江森君和大石小姐都证实，那天晚上312房门是敞开的。虽然距今已相隔很长时间，可由于是凶杀案发生的那天晚上，尚能清楚回忆。

当大石小姐和吉井秘书发现凶杀案的时候，312房间已经被服务员整理完毕，关上了房门。因而，参加搜索的全体警官都没有发现这一可移动的盲区。两重密室之谜，终于化解。

6

大竹美和外围的三道防线，第一道和第二道已经突破。剩下最后一道防线，是其与小室安彦之间的关系。从专案组调查的情况表明，大竹美和杀害大竹义明的动机，与小室安彦的存在肯定有着千丝万缕的联系。

大竹美和与小室安彦曾经相爱过，而小室安彦是大竹义明杀害的。虽不清楚大竹美和是通过什么途径知道这一消息的，可养父杀害自己所爱男人的新仇，唤起了生身父母曾经被养父抛弃在冰天雪地里的旧恨。新仇旧恨，萌发了大竹美和决心置养父于死地的杀意。这种杀意，远远超越了养育之恩——这是专案组的观点。

因此，大竹美和与小室安彦之间没有男女关系是不可能的。而且，这种关系是切实存在的。可无论怎么调查，却难以找到能证实他俩男女关系的任何证据。

"嘿！简直是天衣无缝，无懈可击呀！"

调查警官感到遗憾。

就目前收集到的证据，证实大竹美和的杀人动机源于小室安彦。关于（一）婚礼酒宴后有无作案时间。当时，仅三四十分钟。即便没有人证明，也难以与其直接行刺联系起来。在日常生活中，三四十分钟时间没有旁人证明也是常有的。至于（三）所说的密室情况，除大竹美和以外，谁都可以在那个时间段进出案发现场。

总之，上述情况都只不过是一种可能。大竹美和有可能行凶，其他凶手也有可能行凶。

为使可能上升到肯定，需要确凿的证据。对于大竹美和是否确实有杀人动机，警方需要进一步核实。

对大竹美和周边的监视，进一步强化。大竹美和与真壁慎一的新婚住宅，在世田谷区玉川奥泽町的高级住宅区里。这幢楼房是真壁慎一专门为结婚新建的。新郎、新娘、老用人以及几条高鼻尖嘴的德国犬，一起生活在这里。

慎一依仗父亲的势力，在中央财团下属一家公司里担任高层干部。每天早晨和晚上，公司专车接送慎一上下班。早晨，丈夫一走，宽敞的住宅里就剩下大竹美和与老用人。大竹美和闭门不出，几乎看不到她外出逛街串门。即便出门，也只是买一点东西就回家。

最初阶段，警方怀疑大竹美和与小室安彦联手诈骗巨额保险金。但随着乌托尼依与大竹美和复仇之说的出现，小室安彦的死亡已经确实。因此，在监视和跟踪大竹美和的日日夜夜，虽说她不可能与已经死亡的小室安彦接触，可侦查线上，除大竹美和被列为涉嫌人以外，没有再出现第二个涉嫌人。专案组经过多次慎重研究，认定杀害大竹义明的凶手就是大竹美和。

"总之，监视和跟踪不能松懈，如果大竹美和真是凶手，这期间肯定会有什么新动向。"

尽管大竹美和静而不动，可监视警官丝毫没有放松。那须警长打算从大竹美和外出的目的地寻找重要线索。

警官们日复一日，不急不躁地等待着。

7

一天，大竹美和送走丈夫后，便换上外出服装，急急匆匆地走出玄关。那是十二月初的某日。

轮到值班监视的横渡警官与十君警官，显得异常激动起来。就在判断大竹美和可能要喊出租车的一刹那间，十君警官抢先来到大路，坐在一辆出租车里等待时机。最初，出租车驾驶员满脸不快，当看到十君警官出示的警察证件后，只得无可奈何地点点头。一切正如十君警官预料的那样，来到大街上的大竹美和喊了一辆出租车。她侧身转过脸望了一眼背后，而后放心地进入出租车。她担心被人跟踪。

"好，跟着前边那辆出租车，绝对不能让它跑掉！"

司机高度集中注意力，箭一般地尾随追了上去。出租车与警官之间，是犬与猿的关系。一旦联手跟踪罪犯，犬猿之间的配合相当默契。如果遇上经营者驾驶的社会车辆，即便协助警方追捕，可由于驾驶技术与出租车司机相距甚远，不是在途中迷路，就是被前面的车辆察觉。

大概是警惕被人跟踪，大竹美和乘坐的那辆出租车，在世田谷区里迷路似的横冲直撞。途中，她一连换了两辆出租车。最后，来到多摩川附近的泊江新村。

大竹美和下车后，没有再喊出租车，径直朝新村里走去，这里好像是此次外出的最后目的地。

她走入某幢住宅大门上到二楼。只见房门晃了一下，大竹美和侧身进入房间后"啪"地关上了房门。

从一楼信箱栏分析，那家主人是川野君。

警官决定在楼下等候，见机行事。

"我们也一起进去，怎么样？"

十君警官望了一下手表，征求横渡警官的意见。自大竹美和进入那家后，已经过去三十分钟时间了。这是国家出资建造的新村六层楼住宅，没有后门。

"好呀。"横渡警官答道。

回答的语气里，似乎犹豫不决。没有搜查证、逮捕证以及其他所需证件，警察是不可以随便进入民房的。否则，可以被指控为私闯民宅罪。

"那房间里应该能找到我们需要的线索。一旦她出来，就再也抓不住证据了。我俩模仿推销员，进房间窥视一下就出来好吗？"

十君警官态度非常坚决。平时，一对对恋人进入情人宾馆房间做爱前，先要花上三十分钟的时间淋浴。纯粹为做爱去情人宾馆的罪犯，未必注重保持现场。故而，只要当场抓住他们拍成照片，就可以得到无法抵赖的证据。

可现在，他们所处的环境有所不同。现场是新村住宅的房间里。只要保持不了现场，就难以得到有力的证据。再这样无休止地待下去，时机将很快流逝。这个新村住宅，由于大竹美和出现在警方的跟踪线上，第一次变成搜查对象。

"好，闯一下试试看。"

机不可失，时不再来，横渡警官终于下定决心。他也觉得大竹美和拜访新村的川野君，绝不是单纯地走亲访友，一定是为了干什么。从她一路上不时换乘出租车，其目的是警惕背后的尾巴，可见其中必有文章。

大竹美和进去的那家房门上，挂有川野的姓氏标牌。两位便衣警官按了一下门铃。

铃声响了，房间里传出有人朝门背后走来的声音。忽然，门开了。

"哪一位？"

中年女子毫无戒备地站在房门的内侧，朝两位陌生人问道。说时迟那时快，其中一位陌生人在告知身份之前，已经迅速挤到房间里边，敏捷地朝整个房间环视了一眼。内外房间的隔断，呈敞开状态。整个房间，一览无余，一目了然。大竹美和在外面这间不到十平方米的房间里，与另一个人在一起。

虽横渡警官和十君警官与大竹美和毫不相识，可她一眼就识破了来访者是何人。

"啊！"

她轻轻地惊叫一声，呆若木鸡地望着门口，两只手紧紧地抱住怀里的小孩。

"大竹美和，不，应该叫你真壁美和。夫人，您怀中的小孩是谁的？"

听警官这么一问,大竹美和怀抱小孩的双手抱得更紧了。出生还不到一年的孩子,脸盘和五官长得与大竹美和一模一样。

8

怀抱孩子的大竹美和,主动向警官坦白了自己的罪行。

"杀害养父大竹义明的是我,最爱养父大竹义明的也是我。在这块土地上,最令我尊敬的就是他。在我孩提时代,他将我的生身父母抛弃在冰天雪地里。那情景,至今还深深地铭刻在我的记忆里。

"不过,我并没有因此怨恨过他。在与养父朝夕相处、相依为命的岁月里,使我深深地爱上了慈父般的他。不用说,幼时的记忆如同痊愈的伤口一样,早就被我置于脑后。

"在我上大学那年,养父把这些事一五一十地告诉给我听。我为他坦荡的胸怀,由衷地敬佩和感动。对他当时的行为和举措,我没有责难和怨恨,我理解他是为了救更多能行走的人。当时,他的壮举是十分孤立的。我不止一次地为他流过泪,为他感动。听了他的叙述,我更爱他了。

"我与小室安彦相识,是在大学读二年级的一个夏天。那是他第一次随养父到我家来玩,我们就这样相识了。由于我跟他非常投缘,因此他常来我家玩。有时候,还邀我在外面与他幽会。男女间相爱,不需要什么理由。不知不觉地,我恋上了小室安彦。随着爱情的升温,我与他越过了未婚男女间的最后防线,偷吃了禁果。

"记得那是他从阿拉斯加出差回来的时候,据他说他在出差的地方驾车撞死了乌托尼依的儿子。为此,他内心痛苦万分,后悔不已。他跟我说,乌托尼依的儿子突然出现在他的车前,以致刹车不及、酿成惨祸。在当地法庭上,公司使用巨款了结这起民事纠纷。但不管怎么说,毕竟夺去了一条人命。他说,心里一直感到不安。

"也许为了逃避痛苦的现实,或许在这种时候特别需要异性的安慰,当时,他那炽热的眼光望着我,百般地求我。当时,能让他暂时忘掉烦恼与痛苦的,除我以外没有第二个人。不,即便没有那次事故,即便他没有那样苦苦地求我,而我最爱的除了他还是他。只要他需要,我随时都会顺从、满足他。

"也就是那一次,我与他之间发生了关系。很快,有了爱的结晶。就是这个可爱的孩子,他叫安男。我怀孕六个月后,向父亲坦白了这个秘密。原以为他会原谅我,答应我与小室安彦的婚事。可出乎意料,他恼羞成怒,暴跳如雷,一定要我把孩子打掉。

"他说,我的结婚对象绝不可能是小室安彦。他还说,血与血之间的交流,家与家之间的交流,必须有最好的基因传到下一代。为了我的幸福,从某种意义上说,择偶对象必须远远优于小室安彦。他就是我现在的丈夫,真壁慎一郎。

"无论养父怎么愤怒,我已怀孕六个月,不能不顾自己的母爱去堕胎。

"随着时间的消逝,我始终在养父面前保持沉默。只有沉默,才是我坚强的防线。无论他怎么反对,我也不能堕胎。不管怎么说,孩子是无辜的。况且,我无论如何要生下小室安彦的后代。

"幸亏我怀孕的症状不是很明显,六个月的身孕,竟能瞒过父亲的眼睛。

"可我与小室安彦结婚,他却无论如何不允许。他认为小室安彦确实是一个优秀的人才,但不适合我。

"在我养父——小室上司的高压和干预下,由我父亲做红娘,小室安彦与神奈川县沿海一带经营宾馆的社长的女儿结了婚。

"小室安彦哭着向我道歉和谢罪,他说只要自己在全日空工作,就绝对不能违背上司——我养父的意愿。并且,自己也不愿辞去全日空工作。

"当时,我似乎真正了解了什么是男人的真实面目。我望着父亲的身影,似乎彻底明白了工薪阶层社会的残酷。这种残酷,必须牺牲自己宠爱的女儿和无辜的幼儿!甚至必须牺牲人性最基本的东西!

"我与小室安彦之间的爱情,被迫搁浅中止。打那以后,小室安彦突然变得格外谨慎起来。没隔多久,我便同意了父亲为我包办的婚姻,接受了真壁君的求婚。

"小室安彦结婚后两三个月,养父按原定计划本应去欧洲出差。可他突然以身体不适为由,让小室安彦代替他。几乎是在差不多同时,我与小室安彦之间的爱情火花有了结果,一个可爱的小生命来到世上。这是一个非常健康的小男孩,活泼可爱。尽管我与小室安彦已中止了那种关系。可父亲仍不善罢甘休,硬从我手里夺走孩子,把他送到希望收养孩子的川野君家。川野君是我养父的一个远房亲戚。

"我作为养父手中一张用作战略婚姻的重要王牌,一旦让别人知道是一个有私生子的女人,养父蓄意炮制的策略将毁于一旦。于是,父亲禁止我去川野君家看望孩子。这小孩叫安男,是取了小室安彦的'安'字,那是我在起名时硬加上去的。

"小室安彦出发去欧洲后,父亲带我到了箱根。我原以为是安慰我，后来才明白他是有不可告人的目的的。

"在箱根宾馆里，父亲订了两个房间，一个我住，一个他住。两个房间，分别冒用他人的姓名。他以身体不适为理由，以公司名义到温泉疗养，没有什么奇怪可言。

"那天晚上，我想起一件事情需要与父亲商量，便走到他住的那个房间门口。门虚掩着，没有关严。房间里，传出养父用英语与对方打电话的声音。没有什么寒暄语，也没什么礼貌用语。我不希望打扰他，打算等一会儿再来。就在我刚要离开的时候，听到这么一句话。

"'小室安彦在全日空AJA4301客机上，是由伦敦飞回日本的。'

"4301客机坠毁在东京湾，就在他打电话以后发生的。我听到这一新闻时，那一天的电话内容突然闪现在我的脑海里。养父曾在箱根宾馆的房间里，用英语跟对方通电话时说过的那句话。

"电话，也许是养父打给阿拉斯加空港飞机保养班的乌托尼依主任的。一连串的疑问，瞬间在我的脑子里翻腾起来。我悄悄去了箱根宾馆，查阅了父亲曾经打过的国际电话号码记录。当我得知那个电话号码真是阿拉斯加空港，他真是打给乌托尼依的时候，我惊呆了，我简直难以相信自己的眼睛。我愣了半天。猛然间我明白了一切。

"父亲之所以去箱根，并不是安慰我，而是为给乌托尼依挂国际电话。如果从家里挂那个可怕的电话，恐怕事后难逃法律追究的下场。于是，以休养名义去箱根，并在那儿打电话。再说使用的是假名，不可能被人察觉。如果不是我亲耳听到，绝对不会有第三个人知道这件事。而且，他至今还活在这个世上。

"杀害小室安彦的真正凶手，是我的养父。使飞机坠毁和杀害一百三十八位旅客和机组人员的凶手,也是我的养父。天哪!他为何要这样干?

"我明白了,养父将小室安彦驱逐到国外,是为了顺利地把我嫁给真壁慎一郎。他把我当作权势交易的牺牲品。他不是从爱护我的感情出发,而是出于保护自己,进一步出人头地的强烈欲望。为此,小室安彦的存在,不仅仅是他前进道路上的拦路虎、眼中钉,更重要的,小室安彦是引诱乌托尼依出手的绝好鱼饵。

"与此同时,我明白了养父为何会把我的父母抛弃在阿拉斯加的冰天雪地里。那不是万不得已的做法,而是恰恰证明了他的本性。他的心,原本就是那样的冷酷、无情。

"在我上大学之前,他从不提起当时的真实情况,这也是出于养父的如意算盘。养父那种爱我的方式,使我也成了铁石心肠。剩下的,无论他怎么坦白也不能动摇我复仇的心。他的爱,使我萌生了旧恨。我看清楚了,他是一个十二分可怕的人物。我的养父,已彻底失去了人性。

"小室安彦投保四千万日元,是为了我。以往的多次出差,他都没有投保。可唯独这一次他毅然地投了巨额保险,也许他有预感。刚结婚不久,而且有了心爱的妻子。可他偏偏投保,而且是四千万日元的生命保险。对此,我深深感受到他对我的一片赤胆忠心。保险金是小室安彦为我和孩子用生命换来的。每每想起他,我便对小室安彦产生无限思念和无比崇敬。从而,在心底里激起了我对杀害小室安彦的凶手——养父的愤怒。

"养父,不仅夺走我心目中的丈夫小室安彦,还夺走孩子安男的父亲。如果没有父亲的反对,我与小室安彦及我们的孩子早已组成一个美满幸福的家庭。

"我开始变了,我无论如何不能原谅他。新仇旧恨,杀意萌生。我不再爱养父,而是刻骨铭心的恨。

"我决意杀死养父。于是,我选择了举行婚礼的那天。我结婚的那天,就是养父野心得到实现的时候。在举行婚礼的当天,既当新娘又当凶手,是为了复仇。

"宴会结束后,我换上普通的服装,利用旅行出发前的短暂时机,闯入养父正在休息的314房间。

"我事先对他说过,在结婚旅行之前有话对他说,请他待在314房间别走开。也许是养父在女儿出嫁前的感伤,他愉快地答应了。后来我仔细想过,他当时的心情确实依依不舍。

"幸亏在结婚宴会结束和旅行出发前的匆忙时刻,谁也没有注意到我的离开。

"我没有乘电梯,而是沿着消防楼梯上了三楼。我知道,这幢宾馆楼里很少有客人单独进出。可我当时已经横下一条心,反正最终逃脱不了警方的逮捕,即便让人看见也无妨。当然,我不希望在目的没有达到之前,让别人发现自己。

"在从楼梯到314房间的走廊上让我躲过服务台'眼睛'的,是312房间或者是313房间那扇敞开着的房门。这纯属偶然。

"养父看到我的出现,非常兴奋。尽管我成了他向上爬的阶梯,毕竟是他花费心血将我拉扯大的。多年的父女之情,分别是令他最最伤感的。

"就在这当儿,我趁机取出事先预备好的匕首,朝他左胸猛刺过去。他一定没有想到致命的袭击,竟然来自亲手养育的女儿。他那难以置信的眼光,呆呆地望着我。片刻,他对我说:'你快逃!快逃!你必须获得幸福!'大概是肺部被刺,他说话声音很轻很轻,但我听得清清楚楚。他每张一次嘴巴,嘴角便鼓出一个血泡。他拼命抓住我的手指着门,示意我赶快逃走。当时,他热泪盈眶。从他的眼神中，我才醒悟到他对我真正的爱。他之所以执意让我到真壁家做儿媳妇，其真正目的绝不是为了保全自己和实现更大的野心。他认为，我与真壁慎一郎结婚才能获得真正幸福，故而要我远离小室安彦。当时，我真正明白了养父的良苦用心。他自己就是与我的养母结婚后，才坐上全日空公司专务这把交椅的。当时，我养母的父亲是全日空公司的高层干部。正因如此，他比谁都清楚公司内部派系斗争的残酷性。现在，我悔恨交加，可为时已晚。我做了一件人世间最愚蠢的事情。

"当时，我目瞪口呆，腿脚发软。嘴巴已经不能说话的父亲，在印有空港宾馆名称的信笺上写道：

"'小室安彦因酒醉驾车，撞死了乌托尼依的儿子，还企图从现场溜走。慌乱中，他将一个幼儿挂在车尾保险杆上，摇摇晃晃逃驶出两三公里。经过法院审理，被判处有期徒刑。为缩短刑期，全日空公司花费巨款与当地法院交涉并做了担保，他才得以回国。像如此性格残忍的男人，我不能让他成为你的丈夫。'最后，他又写道：

"'求你了！快逃走吧！别喊医生，我反正活不长了！'

"他深知自己已经危在旦夕，无论如何要把我从杀父之罪中解脱出来。顿时，我恍然大悟。为了养父，我必须逃跑。

"旅行结婚的起飞时间越来越近，连一分钟也不能犹豫了。如果房间外走廊的状况与来的时候一样，我也许还有获救的机会。由于隔着上衣刺入养父的左胸，我身上的衣服几乎没有沾上血迹。我决定抓住获救的机会。

"不是为了自己，而是为了养父。我一边擦泪一边对养父说：'再见啦，爸爸，您把我抚养到今天，我衷心感激您的养育之恩。'

"养父高兴地笑着点点头。这时候,他的嘴巴已经不能动弹,视线也模糊起来,身体开始摇晃起来。

"我强忍着父女之间告别时的悲伤,从房间里出来。幸亏走廊上与来的时候一样,那扇房门仍然敞开在那里,遮挡着服务台的'眼睛'。沿着来的路走到消防楼梯,从那里回到大厅。一路上没有被任何人看见。

"刚才我说的一切都是实话,是我杀了抚育我长大的养父,心里非常后悔。可当我把匕首刺入养父胸膛的时候,曾有过憎恶被风刮走的感觉。

"细细想来,我们一家是被诅咒的。养父把我的父母亲抛弃在冰天雪地里,杀害了我的恋人,即这个孩子的父亲。而现在我又杀害了养父,自己又将作为杀人凶手接受法律的制裁。

"这大概是老天爷对我们家的惩罚!如今,与其说是后悔莫及,倒不如说是沉浸在无限悲痛之中。两个已经死去的人,尽管各自都有这样那样的情况。但对我来说,他们都是不可替代不能缺少的。我们不应该自相残杀!我现在才明白,人是多么孤独和多么悲伤呵!

"杀害养父的女儿,理所应当承担法律责任。可一想起孤零零的安男,我的心就像被揪住似的疼痛。我们大人所做的一切,与他毫无关系,却要让他幼小的心灵承受巨大的痛苦和孤独。对于真壁慎一郎,我与他没有任何感情。尽管时间不长,可我欺骗了他,居然以同床异梦的夫妻名义与他生活在一起,实在是抱歉之至。"

终章　虚无的判决

1

十二月二十一日早晨，居住在横须贺市的木匠汤村幸次挎着一架照相机，租借了一条小船来到东京湾。他已经好长时间没有像这样痛痛快快地玩过了。最近，他突然对摄影感兴趣起来。

他想从海上取景，拍摄一张冬季清澈的蓝天白云与林立的工厂烟囱形成对比的照片。船在海上行进的时候，一阵阵刺骨的寒风向他迎面扑来。可他满不在乎，仍忙于取景对焦，寻找最佳镜头。

汤村的摄影作品，最近被刊登在某权威摄影杂志上，获得佳作奖。摄影迷的汤村更是以此为契机，全身心投入到摄影上。

由于光线缘故，烟囱与天空难以三位一体。他东搜西寻，好不容易找到满意的画面时，又觉得这种大众化的镜头谁都能找到，便打消了念头。

汤村希望通过清晨厂区的清澈天空与苍白无力的大海对比画面，告诫人们爱护大海，保护环境。

这种画面需要配有林立的烟囱、大海以及寥廓的蓝天。可尽管是晴朗的冬天，工厂上空早已失去原来的亮丽色彩。加之大海里漂流着废弃物，被染成了灰白颜色。

随着船体不停摇晃，身体开始感到暖和起来。

汤村君渐渐变得焦急起来。如果太阳高高升起，就难以找到理想的画面。为寻找这样的镜头，船开始朝东京湾北面的野岛驶去。就在这时候，汤村君发现N汽车工厂的岸边漂浮着橱窗模特儿形状的物体。

"难道……不可能！"

汤村君虽然打消不吉利的念头，可握桨的手掌汗涔涔的。船来到漂浮物旁边，转了几圈。经过仔细辨认，汤村君不由得吓出一身冷汗，脸色变得红一块白一块的。

果然是具漂流的尸体。已经体无完肤，面目皆非。只剩骨架的尸体上，到处留下小鱼没有吃干净的痕迹。

当船再朝尸体身边靠近的时候，正巧涌来一个波涛，尸体被高高抛起。那黑洞洞的骷髅眼窝，朝着汤村君瞟了一眼。

田浦警署接到汤村幸次的报案，迅速驾船赶到现场打捞尸体。尸体遭到了鱼群的蚕食，原形已经无法辨认。腐烂的肉已经所剩无几，尸体的大半部分已经白骨化。一看就知道，尸体已经在海里漂流了很长时间。

起初，多半由于水压原因而沉在水深的海底。后来，由于涨潮和退潮的缘故，尸体终于浮到了海面上。

尸体上身的衣服，由于长时间海水的浸泡，已经无影无踪。下身仅剩下皮带及皮带部分的长短裤布条，其余是骨架。

田浦警署起初以为是钓鱼者不慎掉落海里。经过分析，腰部剩下的布条是西装模样，加之不曾接到过钓鱼者落入附近海里的报案。经与空港"8·11"专案组联络，该尸体特征与全日空公司职员小室安彦相符，是一百三十八具遗体中唯一没有打捞上来的。

次日下午，小室安彦之妻由纪子接到通知，赴田浦警署确认尸体。根据皮带和布条等，确认系其丈夫的遗物。皮带扣上，刻有Y·K的英文字母。

接着，确认遗体。警方考虑到遗体已大部分呈骷髅形状，打算让由纪子辨认照片，但由纪子执意要辨认尸体。为此，警方担心她有可能受不了刺激而当场昏厥，特地配备了医生、护士以及抢救器具。好在由纪子见到尸体后，只是瞪大眼睛呆呆地望着，半晌后才对警方喃喃地说：

"确实是丈夫小室安彦。"

在AJA4301客机坠毁东京湾后的第十个月里，最后一具遗体终于浮出海面。

2

天空没有月亮，海上涌起昏暗的波涛。在万籁俱寂的栈桥上，小室由纪子和吉村健太郎并肩站着。

"正巧过去一年了。"

吉村君一边望着黑压压海面上泛起的白色浪花，一边附和着说。

"是呵，正巧是一年。"

由纪子重复着吉村君的话，将视线投向比海面还要昏沉的天空。如果遇上晴天，一轮皎洁的圆月一定会高高悬挂在空中，迎着呼啸的寒风，向西缓缓而去。一年前的今天，满载一百三十八名旅客和机组人员的最新喷气式客机，就是在一刹那间被冷酷无情的海水吞噬。

悲剧，不仅带给一百三十八位遇难者，也带给他们家属和亲朋好友无限怀念和忧伤。

"我们一定要分手吗？"

吉村君抬起脸，用眼睛望了由纪子一眼。

"虽说不一定会幸福，但最好还是那样。"

由纪子回答时，视线继续射向远方，似乎在搜寻不知藏在哪里的月亮。

"为什么不追寻人生的幸福？"

一阵狂风吹来，扬起她的长头发，飘落时遮盖了充满忧郁的眼眸。

"为什么？我……"

由纪子不再遥望无边无际的天空，把目光转向吉村君。

"爱你！正如你所说的那样，你也是我心目中唯一的异性。虽然不知道今后的人生旅途有多长，可如果与你一起生活肯定充满幸福和阳光。我今年还只有二十三岁，一想起今后漫长的人生旅途必须独自一人默默去走，便时常发疯似的神情恍惚。可你呢，有妻子，有孩子。如果你只有妻子，我肯定会毫不留情地从你妻子身边把你夺走。然而我不能从你的孩子那里夺走他的父亲。因为你绝不会忘掉你的儿子，你更不会为了爱慕的女人而舍弃自己的亲生孩子。你，就是那样的男人。我知道你爱我，而且爱得发狂。可你那种思恋，与疼爱孩子又是另外一回事。

"即便你能与我一起生活，可你绝不会忘了孩子。与我结婚后，除疯狂地爱我，你还必须去爱孩子，留恋你过去的家庭。而我，却无法忍受那种生活！也绝不会允许你去看那个与我毫无血缘关系的孩子。我是这样的女人，你能忍受吗？你以为与我这样的女人在一起，能获得幸福？"

这一回轮到由纪子瞪大眼睛，紧紧地注视着吉村君的眼神。

吉村君的目光，磨磨蹭蹭地移向天空与大海连接的焦点。

"相遇邂逅与朝夕相处的性质完全不同，不能混淆在一起。"

由纪子的补充，为他俩的情感画上了无情的句号。

"明白了！"

吉村君长长地叹了一口气。

"那你今后打算怎么办？我想听听。"

他想说他有了解的权利。那天夜里通宵达旦的拥抱，使他记忆犹新，仿佛就在昨天。一切是那么清晰，那么难忘。那天夜里，对于由纪子和自己应该都意味着人生的重大转折。

可现在，一切已成过去。唯那天夜里的回忆，在自己的一生中最具价值。

"我想收养小室安彦的孩子，可我不能收养你的孩子。在小室安彦的孩子面前，我能当好他的父母亲。这是因为我与小室安彦之间没有爱情。与我之间没有爱情的男人，或者不管什么样的女人，如果收养他们的孩子，才有可能唤起母亲的感情。"

渐渐的，风力更大，风声更猛了。吉村君与由纪子互相对视，默默无语。昏暗的天空与沉闷的波浪相映重叠，折射出一丝丝暗淡的光泽。两对浑浊的眼睛，难以表达出心灵深处的伤感。彼此之间的忧伤，难以用言语形容。

"好了，回家吧。"

吉村君催促由纪子。他不想再说什么，他默认了由纪子所说的一切。

要回家了！该是这对曾经相爱过的情侣分手的时候了。

从今往后，他们都将沿着各自既定的人生旅途走下去，直到人生的终点站。

吉村君将再度回到有妻子和孩子束缚的生活中，品尝墙角下的幸福。

仔细回想起来，自全日空飞机坠落开始，作为事故调查组成员，偶然与由纪子相遇并热烈地向她求爱，本想以此为契机，改变人生的旅途，可结果是失望，是徒劳。最终留给自己的，是一个又一个虚无缥缈的泡影。而在事故调查组里，自己曾上演过螳臂当车的闹剧。而螳螂终究是螳螂，结果还是不自量力，被赶出曾祈求大显身手的舞台。

从今往后，正因为明白了自己不过是螳螂小吏，还会鼓起以往扬善弃恶、挺身而出的热情吗？

吉村君背对着大海，缓缓迈开脚步。紧随其后的由纪子，正在抹着夺眶而出的热泪。吉村君全然没有察觉，继续迈着缓缓向前的沉重脚步。

海面，天空，没有一丝光，只有沙沙的风声。

3

昭和四十×年三月十八日，调查全日空斯普鲁多808喷气式飞机坠落事故原因的政府调查组，给出了最终调查结论报告书。如下：

根据打捞上来的机身结构分析，没有发现在机身触水前因结构不良而致事故的证据。虽有第四引擎在飞行中脱离之说，可主翼上固定引擎的螺栓材质经检查没有异常情况。第四引擎与其他引擎相同，在触及水面时缓慢旋转，没有异常情况。飞机两主翼表面的扰流板没有缺陷。有关飞行员操作上失误的说法，虽疑点很大，但没有确凿证据。酿成AJA4301飞机坠毁的事故原因，难以判明。

与此同时，东京地方法院也下达了关于大竹美和的判决书。

根据日本刑事诉讼法第二〇〇条，杀害直系长辈或杀害配偶直系长辈的凶手，判处死刑或者无期徒刑。

译后记

叶荣鼎

记得，我当年是从红遍我国的《人证》电影得知，该电影剧本是从日本侦探推理小说《人性的证明》改编而来，小说是由发行量高达60万册的《新干线杀人事件》的作者森村诚一创作的。观看那部电影后回味无穷，欲罢不能，没过多久，我又看了一遍。当时，大街小巷、茶余饭后都在热议那部电影。我曾奢想，何时能够成为森村诚一小说的译者。

没想到许多年后梦想成真。我含辛茹苦翻译的《东京空港杀人事件》展现在世人眼前，带领广大读者揭秘日本文化，跟着作家感悟深掘人性的另一面。回想用译入语展示译出语所载异国文化的那些日子，可谓煞费苦心，犹如昨日。

《东京空港杀人事件》里的那架航班从东京机场起飞，途径冰天雪地时坠落。日本政府高度重视，派出专家组成的空难调查组，勘察事故是否由机械故障引起。

由此，涉及许多有关飞机的机械术语，我当年走遍图书馆没有找到此类日汉词典。于是，我不得不翻开通信录打听有否在机场担任机械师的亲友。几个星期后,终于传来好消息,有亲友在虹桥机场担任机械师,我兴奋得险些崴了脚踝。那天夜晚,我上门请教,然他工作繁忙十分劳累,见面还没说上几句话就睡着了。第二天,我去他单位请教,还没聊上一二十分钟就结束了。吃了好几次闭门羹。现在想来,为了让译入语更贴近机械术语,为了使表述更贴合该专业逻辑,累得我实在够呛。

中译版《东京空港杀人事件》,文学含量高,科技含量高,横跨文学翻译与科技翻译两个领域,好在青年时期我曾考入宝钢翻译科,有过科技翻译经验。一般而言,翻译分语言翻译与文字翻译;语言翻译又称口译,分单传、交传与同传。文字翻译又称笔译,分科技翻译与(人文翻译)文学翻译。科技翻译是自然领域的翻译,指一种语言文字转换成另一种语言文字。文学翻译是思想领域的翻译,是在准确的基础上,鲜明、生动、形象且具艺术感染力地用一种文字再现另一种文字承载的文化信息。也就是说,语言本身是文化,又承载着文化,当变成另一种语言时,并非意味着译出语本身文化消失,而是融入译入语文化凝聚成译语文化,再现译出语承载的文化,不是单纯技术性的语言躯壳变化。从这个意义上说,译作脱胎于原作,独立于原作,是原作的另一译语版本再现,充分体现译者对于原作的理解,对于翻译与文化的理解,对序跋正文的理解以及学识素养等个人特色。

现实主义文学是文化的一面旗帜,源于现实生活,集中反映一个国家的社会普遍文化,揭示该国的政治状况,折射该国的经济发展程度,把握时代的脉搏;且又高于生活,有力地参与和推动时代的进程,始终代表着时代的精神性价值。

读过《东京空港杀人事件》之后,你会情不自禁地赞美森村诚一不愧为深掘人性的文学大师,你会发自心底地赞誉他是情节设计高超、伏笔铺垫绝伦的写作大师,既出乎意料,又彻悟人生。这与他供职酒店总台长期"窥伺"社会的经历、大量"偷觑"走红作家手稿的阅历分割不开。

回放飞机坠地的最初镜头,机身拦腰折断,前舱化为废墟,导致几十条人命被无情夺走;后舱基本完好,除了部分乘客不同程度负伤,后舱食物储藏室坠地后因抢救及时而尚存不多的食物;幸存的乘客们相互谦让,温情四溢,暖意浓浓。当断定救援飞机因能见度低没有发现坠机地而不再飞来救援时,幸存的乘客们都转眼间从希望转为绝望,行为开始变得失控,人性的丑陋面开始充分暴露。当所剩食物变成稀缺物资时,让梨的美德无影无踪。当乘务长决定带领轻伤员"突围"并将仅剩食物全部带走,把冻死、饿死的无望留给重伤员时,场面发生了戏剧性令人窒息的突变,抽泣声、叫骂声交织的别离惨景,目不忍睹。

我也跟着心潮起伏,无力奋笔疾译,稿纸变成泪纸。男人狠心抛下重伤者,女人哭叫着诅咒,我也不由自主跟着咒骂背信弃义者。说实话,尽管开译前已读多遍,还是按捺不住内心深处对人性丑陋面的愤慨,简直不敢直视译入语再现的画面,起身望着窗外发愣,半晌才缓过神来。然而,乘务长大竹义明虽是始作俑者,在突围途中漠视相继倒下长眠于雪地的逝者,但却自始至终地驮着空难中失去父母的小女孩,忍着饥饿,踩着冰雪,带着所剩无几的轻伤员突出了白皑皑的重围,也折射出了人性善莫大焉的闪光一面……整个作品客观地深耕了人性充满私欲、兽性、狡诈的丑陋面与其善良面,集中反映了森村诚一用独特视角解析人性的创作风格,值得我国读者寻一片清凉的荫地,通过译者翻译的作品去理解原作,去与作者展开悄悄对话,同时深思不可预测事件突发时的正确选项。

从事文学翻译二十多年，出版译作逾百，与许多出版社友好交往，但像四川文艺出版社这样学识水平之高与文学修养之深，且将文学与商学完美结合的出版社现今为数不多。看一眼《彩之河》腰封上"在这光怪陆离的世界我们都有影子，就连影子也有影子"点石成金的广告语及其独特外观，足可知其实力。我坚信，《东京空港杀人事件》将继续以冲击波视觉效果赢得我国大江南北读者的青睐。

2019年小雪写于上海虹桥东华美寓所